VERMISST

Über den Autor

René Falk wurde 1955 geboren. Er ist ein echter Rheinländer und lebt in Troisdorf, einem Nachbarort von Köln. Schon sehr früh zeigte sich seine Neigung zum Schreiben von Kurzgeschichten, vor allem im Bereich SF und Fantasy. Später richtete sich sein Interesse mehr auf das Genre Krimis & Thriller und bald begann er selbst Krimis zu schreiben. Und wenn es ihm mit seinen Geschichten gelingt, seinen Lesern die eine oder andere (ent)spannende Stunde zu verschaffen, hat er nichts falsch gemacht.

VERMISST

René Falk

Jede Verwendung von Bild und Text, auch auszugsweise, ist ohne schriftliche Zustimmung des Autors strafbar. Dies gilt auch für die Vervielfältigung, Übersetzung und Verwendung in elektronischen Systemen. Sämtliche Namen, Charaktere und Handlungen sind frei erfunden und reine Fiktion des Autors. Alle Ähnlichkeiten mit lebenden oder toten Personen sind rein zufällig und nicht beabsichtigt. Sämtliche Namen und Charaktereigenschaften der Protagonisten sind zudem geistiges Eigentum des Autors und dürfen ohne dessen ausdrückliche Zustimmung nicht verwendet werden.

Bibliografische Information der Deutschen Nationalbibliothek: Die Deutsche Nationalbibliothek verzeichnet diese Publikation in der Deutschen Nationalbibliografie; detaillierte bibliografische Daten sind im Internet über http://dnb.d-nb.de abrufbar.

René Falk
VERMISST

Umschlaggestaltung: *MyCoverDesigner.com*
Text und Innenillustrationen: *René Falk*

© *2019 Alle Rechte vorbehalten.*

Herstellung und Verlag:
BoD - Books on Demand, Norderstedt

ISBN: 978-3-7412-9145-6

Inhaltsverzeichnis

ÜBER DIESES BUCH	7
PROLOG	9
KAPITEL 1	17
KAPITEL 2	38
KAPITEL 3	63
KAPITEL 4	89
KAPITEL 5	108
KAPITEL 6	131
KAPITEL 7	152
KAPITEL 8	166
KAPITEL 9	182
KAPITEL 10	204
KAPITEL 11	214
KAPITEL 12	231
EPILOG	250
DAS ERMITTLERTEAM	253

ÜBER DIESES BUCH

Auf dem Kommissariat erscheint eine Frau, die eine Vermisstenanzeige für ihre seit zwei Tagen spurlos verschwundene Tochter aufgeben will. An der Geschichte scheint zunächst nichts ungewöhnlich zu sein: Die zwanzigjährige Franziska König kam nach einem gemeinsamen Kneipenbesuch mit einer Freundin nicht nach Hause. Bald aber schon stößt die mit dem Fall betraute Kommissarin Christina Ohlsen mehr und mehr auf Ungereimtheiten. Während sie versucht, das Rätsel des mysteriösen Verschwindens der Franziska König zu lösen, wird im nahen Stadtwald die Leiche einer jungen Frau entdeckt.

*Leben ist das, was passiert, während du
beschäftigt bist, andere Pläne zu machen.*
John Lennon

Prolog

Helene König schickt einen missbilligenden Blick quer über den Tisch hinweg zu ihrer Tochter, die schon wieder an ihrem Handy herumspielt. Der Kellner ist derweil mit dem Auftragen des Hauptganges beschäftigt, wobei er sich scheinbar konzentriert seiner Tätigkeit widmet. »Ich wünsche einen guten Appetit!«, verkündet er den Damen anschließend steif, bevor er sich dezent entfernt.

Helene hatte ihre Tochter anlässlich ihres fünfundvierzigsten Geburtstages zum Abendessen in eines der vornehmsten Restaurants der Stadt eingeladen. In der halben Stunde, die seit ihrer Ankunft in dem Gourmettempel vergangen ist, griff Franziska alle paar Minuten zu ihrem Smartphone, um irgendwelche Nachrichten abzurufen oder zu versenden.

Sie ärgert sich kolossal über das Verhalten ihrer Tochter. Die Studentin ist, wie viele Menschen in ihrem Alter, ein Opfer der modernen Medien und offensichtlich selbst bei einer Gelegenheit wie dieser nicht in der Lage, ein paar Stunden darauf zu verzichten.

»Dass ihr jungen Leute ständig mit euren Handys herumhantieren müsst!«, entrüstet sie sich mit gefurchter Stirn. »Heute ist mein Geburtstag, also zu meiner Zeit gab es so etwas nicht!«

Franziska König, die an der Universität Köln im ersten Semester Medienwissenschaften studiert, legt das Smartphone schuldbewusst neben ihrem Teller ab. »Es ist haargenau fünfundzwanzig Jahre her, dass du so alt warst wie ich heute, Mama!«, belehrt sie ihre Mutter. »Und damals gab es definitiv schon Handys mit SMS.«

Helene und Franziska König sind sich in Gestalt und Auftreten dermaßen ähnlich, dass ein wenig aufmerksamer Beobachter sie für Schwestern halten könnte. Der augenfälligste Unterschied liegt - neben der Kleidung - in ihren Frisuren: Während Helene ihr dunkelblondes Haar modisch kurz trägt, lässt Franziska ihres offen bis auf die Schultern fallen.

»Ich meinte ja auch diese Unsitte, bei allen möglichen Gelegenheiten damit herumzuspielen«, präzisiert ihre Mutter ungehalten. »Und außerdem waren die Dinger damals reichlich klobig, hatten nur ein winziges Display, und es ließ sich kaum mehr damit anstellen, als zu telefonieren. Und ich hatte übrigens keines!«

»Wie hast du überleben können?«, wundert sich Franziska. Mit ihren zwanzig Lebensjahren ist sie in einer digitalen Medienwelt aufgewachsen, in der ein Leben ohne Smartphone kaum vorstellbar ist.

»Na ja, leicht war es nicht«, gesteht Helene ihr mit einem sarkastischen Unterton. »Denk dir: Wir mussten doch tatsächlich richtig miteinander *sprechen*, statt uns gegenseitig SMS oder *WhatsApp* Nachrichten über den Tisch hinweg zu schicken, wenn wir ausgingen. Und jetzt lass uns essen, bevor alles kalt wird! Was ist denn da so immens wichtig, dass du dich nicht einmal für ein paar Minuten auf deine Mutter zu konzentrieren vermagst?«

»Entschuldige, Mama! Ich werde jetzt das Handy den ganzen Abend nicht mehr anfassen, heiliges Ehrenwort!« Als wolle es ihre Worte Lügen zu strafen, meldet ihr Telefon in diesem Augenblick den Eingang einer weiteren SMS, was von Franziska mit einem zerknirschten Gesichtsausdruck zur Kenntnis genommen wird. Sie rührt aber keinen Finger.

»Jetzt lies die Nachricht schon, Liebes!«, fordert Helene König ihre Tochter augenrollend auf, weil Franziska das Handy förmlich zu hypnotisieren scheint. Sie seufzt leise. So sind die jungen Leute eben heutzutage!

Franziska nimmt ihr Telefon wieder zur Hand. »Kannst du mich auf dem Heimweg beim *Irish Pub* absetzen, Mama?«, bittet sie nach dem Lesen der Kurznachricht. Sie setzt dazu ihren Dackelblick auf, mit dem sie immer schon das Herz ihrer Mutter erweichen konnte. »So in einer Stunde?«

Helene König runzelt die Stirn. »Lass mich raten. Du willst dich mit deiner Freundin Vanessa treffen, ich nehme mal an, die letzte SMS war von ihr?« Sie lässt erneut einen tiefen Seufzer hören. »Sicher fahre ich dich. Soll ich dich später auch wieder dort abholen?«

»Danke Mama, du bist ein Schatz! Aber das brauchst du nicht, es wird bestimmt spät. Ich kann mir ja ein Taxi nehmen, ich werde schon irgendwie nach Hause kommen.« Mit flinken Fingern und ohne hinzusehen, schreibt sie ihrer Freundin eine Antwort.

* * *

»Kannst du nicht aufpassen, Franzi?«, rügt Vanessa Funke ihre beste Freundin. »Du hättest mit dem dritten Pfeil die Tripple-19 werfen müssen, um im nächsten Durchgang ein Finish mit Double-20 zu haben! Jetzt hast du siebenunddreißig Rest. Kannst du mir mal sagen, wie das durch zwei teilbar sein soll?« Kopfschüttelnd zieht sie die von Franziska geworfenen Darts heraus und notiert das erzielte Ergebnis auf der Tafel neben der Scheibe.

Franziska gibt ihr keine Antwort. Stattdessen greift sie zu ihrem *Guinness* und nimmt einen tiefen Schluck aus dem Glas. In der anderen Hand hält sie ihr Smartphone, um eine soeben eingegangene Kurzmitteilung zu lesen. Als sie aber im Begriff ist, eine Antwort zu schreiben, poppt eine hektisch blinkende Meldung auf. Der Akku ihres Telefons hat nur noch wenige Sekunden Restlaufzeit, die vorherigen Warnungen hatte sie geflissentlich ignoriert. »Mist! Mein Handy ist leer! Gibst du mir deinen Akku, Vanessa? Ich müsste dringend eine SMS schreiben.«

»Das tust du doch schon den ganzen Abend!«, beschwert die Freundin sich. »Möchte wirklich mal gerne wissen, was da so superwichtig ist ... Ich dachte, wir zwei machen uns heute einen gemütlichen Mädelsabend!«

Sie legt ihre Darts aus der Hand und entfernt mit geübtem Griff den Energiespeicher von ihrem eigenen Handy, nachdem sie es aus der Hosentasche gezogen hat. Glücklicherweise haben sie beide das gleiche Modell. Und es ist noch eins von der Sorte, wo die Batterie sich austauschen lässt, was bei den Handys der neuesten Generation ja nicht mehr möglich ist. Als Studentin hat man eben nicht das Geld, sich immer das aktuellste Handy zu kaufen.

»Hier, du untreue Tomate! Wiedersehen macht Freude!« Sie reicht den Akku zusammen mit den Dartpfeilen an Franziska weiter. »Und jetzt wirf! Ich schlage vor, du beginnst mit der 17, setzt den zweiten Pfeil außen an die Double-10 als Markierung und machst mit dem Letzten die Kiste zu!«

Franziska schaut auf ihre Armbanduhr. »Schon nach zehn! Danach ist aber Schluss, oder was meinst du?«

»Erst gibst du mir noch eine Revanche!«, fordert Vanessa energisch.

»Dazu sollte ich *dieses* Spiel aber erst einmal nach Hause holen!«, lacht Franziska übermütig und bringt sich in Position für ihren ersten Wurf.

* * *

Zwei *Guinness* und drei Spiele später zieht Franziska König entschlossen den geliehenen Akku von ihrem Handy und hält ihn der Freundin hin. »Danke, Vanessa, du bist ein Schatz! Aber jetzt geht es ab in die Koje!« Müde zieht sie ihr Portemonnaie aus der Tasche und hält dem Wirt ihren letzten Zwanziger hin, worauf sie ein paar Münzen als Wechselgeld zurückbekommt. »Hatte echt gedacht, ich hätte mehr Geld bei mir«, nuschelt sie, vom Bier leicht angetrunken, und steckt die Geldbörse ein.

Vanessa schaut ihre beste Freundin besorgt an. »Soll ich dir was leihen? Wie kommst du überhaupt jetzt nach Hause? Für ein Taxi reicht das aber nicht!« Sie zieht eine Schnute. »Du bist mir doch nicht böse, wenn ich noch was hierbleibe?«, vergewissert sie sich vorsichtshalber bei ihr. »Aber ich habe da einen ganz süßen Jungen an der Theke gesehen, da geht vielleicht ja was ...«

»Du wieder mit deinen Eroberungen!«, lacht Franziska. »Aber lass nur, das sind doch nur ein paar Meter, nicht einmal zwei Kilometer. Das schaffe ich in einer halben Stunde bequem zu Fuß!«

Draußen vor der Tür versetzt die kalte Nachtluft ihr einen herben Schlag ins Gesicht. Um diese Uhrzeit ist es jetzt, nur drei Tage nach Frühlingsanfang, schon recht frisch und ihre Arme überziehen sich schlagartig mit einer Gänsehaut. *Ich Dussel hätte eine Jacke mitnehmen sollen!*, bedauert sie ihre Entscheidung, nur mit Jeans und ärmellosem Top unterwegs zu sein.

Sie wirft einen sehnsüchtigen Blick hinüber zum Taxistand vor dem Bahnhof. *Dafür hab ich ja leider kein Geld*, bedauert sie. *Wäre ich nicht so stur gewesen und hätte das Angebot meiner Freundin angenommen, wäre ich jetzt um ein paar Euro reicher und könnte mich kutschieren lassen!*

Die Straße liegt menschenleer vor der jungen Frau. *Da sieht man wieder, was das doch für ein elendes Kaff ist!*, denkt sie müde. *Es ist kurz nach*

23:00 Uhr und hier sind schon die Bürgersteige hochgeklappt. Und das an einem Samstag!

Beide Hände zum Schutz vor der Kälte in den Hosentaschen vergraben, macht Franziska König sich auf den Heimweg. Die kühle Nachtluft hilft ihr nicht rasch genug, ihre durch mehrere Gläser Bier hervorgerufene Benommenheit abzuschütteln. Mehr stolpernd als gehend und den Blick unverwandt auf die Füße gerichtet, setzt sie einen Fuß vor den anderen in Richtung Heimat, vorbei an dem fast fertiggestellten neuen Bahnhofsgebäude, das um diese Zeit ebenfalls verlassen aussieht.

In der durch kein anderes Geräusch als das ihrer Schuhsohlen auf den Steinplatten des Gehweges unterbrochenen Stille der Nacht lässt das sanfte Brummen eines Motors die junge Frau plötzlich aufmerken und zur Seite blicken. Neben ihr fährt - nein, rollt ein Auto, dem Tempo der eigenen Schritte angepasst. Nur schattenhaft sieht sie einen Mann am Steuer sitzen und sie schaut sich panisch um. Aber sie ist allein, es ist nicht eine Menschenseele weit und breit zu sehen.

So rasch, wie ihr umnebeltes Gehirn es zulässt, überdenkt sie ihre Möglichkeiten. Weglaufen ist in dieser Situation keine Option. Der Mann im Auto, sollte er Böses mit ihr im Sinn haben, wäre auf jeden Fall schneller. Eine Flucht in unbefahrbare Regionen abseits der Straße ist durch den Bahndamm auf der linken Seite unmöglich und rechts versperrt der Zaun einer großflächigen Baustelle ihr den Fluchtweg. Weit und breit ist kein Haus in Schlagdistanz, an dessen Tür sie klingeln und um

Hilfe bitten könnte. Und der Akku ihres Handys ist leer.

Franziska König bleibt instinktiv stehen und das Herz schlägt ihr bis zum Hals, als der Wagen neben ihr ebenfalls stoppt. Durch den Adrenalinstoß fällt die alkoholbedingte Benommenheit schlagartig von ihr ab und ihre Hand tastest nach dem Pfefferspray in der Hosentasche. Sie atmet erleichtert auf, als ihre Finger sich um den kleinen Sprühbehälter schließen.

Gegen ihren Willen wendet sie den Blick erneut nach links, wo sich jetzt ein helles konturloses Dreieck aus der Dunkelheit des Wageninneren schält, als der Fahrer sich zu ihr herüberbeugt und das Licht einer Straßenlaterne auf sein Gesicht fällt. Jetzt erst nimmt Franziska die offenbar schlafende Gestalt auf dem Rücksitz wahr. Sie atmet erleichtert auf. *Nur einer, der sich nach dem Weg erkundigen will. Alles gut!*

KAPITEL 1

Montag, 25. März, 9:32 Uhr

Kommissarin Christina Ohlsen lädt die Vorlage für Vermisstenanzeigen auf den Computerbildschirm und schaut ihre Besucherin anschließend auffordernd an, wobei sie die Frau automatisch einem Scan unterzieht: Mitte Vierzig, dunkelblonde Haare, zu einer modischen Frisur geschnitten. Maßgefertigte Kleidung. Vom Auftreten und der äußeren Erscheinung her also eher vom Typ ›Geschäftsfrau‹, wobei von ihrer ansonsten zweifellos vorhandenen Gelassenheit momentan aber wenig zu sehen ist. Im Gegenteil.

»Sie sagten, dass Sie ihre Tochter als vermisst melden möchten, Frau König«, wiederholt sie die Worte der fahrig und nervös wirkenden Frau vor ihrem Schreibtisch. »Nennen Sie mir zunächst bitte die Daten, also Name, Alter und so weiter.«

Helene König schnieft in ihr Taschentuch, das sie in der Hand hält und holt einmal tief Luft, bevor sie zu sprechen beginnt. »Franziska ist zwanzig Jahre alt und wohnt bei mir«, erklärt sie in einem langsamen, bedächtigen Tonfall, als müsse sie jedes Wort überdenken. »Sie studiert in Köln Medienwissenschaften im ersten Semester.« Sie wühlt in einer teuer aussehenden Handtasche und holt einen Gegenstand im Postkartenformat hervor. »Ich habe ein Bild von Franziska dabei«, erklärt sie und reicht das Foto über den Schreibtisch.

Christina Ohlsen nimmt das Porträt entgegen und tippt die Angaben zur Person in die entsprechenden Felder der Protokollvorlage. Die Daten zum Aussehen entnimmt sie dabei dem Foto, und ihr fällt sofort die verblüffende Ähnlichkeit von Mutter und Kind auf. »Seit wann wird Ihre Tochter denn ... äh ... vermisst?«, fragt sie anschließend so rücksichtsvoll, wie es die Situation zulässt.

»Seit Samstagnacht, Frau Kommissarin. Ich war am Samstagabend mit Franziska bis etwa 20:00 Uhr in einem Restaurant. Es war mein Geburtstag und ich hatte meine Tochter zum Essen eingeladen. Anschließend wollte sie sich mit einer Freundin im *Irish Pub* in Troisdorf treffen. Ich habe sie persönlich dorthin gefahren und vor der Tür des Lokals abgesetzt.« Frau König schnieft erneut in ihr Taschentuch. »Sie kam seither nicht nach Hause. Ich mache mir die größten Sorgen!«

»Das letzte Lebenszeichen von ihr war demnach kurz vor dem Treffen mit der Freundin?«, vergewissert Ohlsen sich vorsichtig. Sofort bedauert sie ihre unglückliche Wortwahl, die sie mit der nächsten Frage zu überspielen versucht: »Wann war das in etwa? Und dann benötige ich den Namen und die Adresse der Freundin, sofern sie Ihnen bekannt ist.«

»Nein, Frau Kommissarin, das ist ja das Merkwürdige! Franziska meldete sich spät in der Nacht noch einmal bei mir. Sie schrieb mir eine SMS, dass es später werden würde. Aber laut ihrer Freundin

Vanessa, die ich gleich am nächsten Morgen anrief, hatte Franziska sich gegen 23:00 Uhr auf den Heimweg begeben. Und für die anderthalb Kilometer braucht man nicht lange, selbst wenn man zu Fuß unterwegs ist. Ich habe übrigens seit gestern Morgen immer wieder versucht, Franziska auf ihrem Handy zu erreichen, aber da schaltet sich jedes Mal sofort die Mailbox ein. Meine Tochter gehört zu den Menschen, die niemals ihr Handy ausschalten. Da muss etwas passiert sein!«

»Eine SMS?«, horcht Ohlsen auf. »Wann kam die denn bei Ihnen an?«

Helene König holt ihr Smartphone hervor, scrollt einige Sekunden auf dem Display herum und hält es der Polizistin hin. »Hier, sehen Sie? ›habe mich was verplaudert komme später‹, hat sie geschrieben. Das war um 00:52 Uhr. Als sie dann aber doch nicht nach Hause kam, nahm ich zunächst an, sie habe bei Vanessa geschlafen.«

»Kommt das denn vor? Also, dass Ihre Tochter bei der Freundin übernachtet? Wo wohnt die überhaupt?«, wiederholt die Kommissarin ihre vorhin gestellte Frage nach der Adresse.

»In Troisdorf-Spich, das ist zwar weiter von diesem Pub entfernt als meine Wohnung, aber die zwei sind seit ihrer Schulzeit unzertrennlich und so habe ich mir zunächst nichts dabei gedacht. Und ja, es kommt schon hin und wieder vor, dass Franziska die Nacht dort verbringt. Zudem war ja Wochenende und das Semester beginnt erst nächste Woche.«

»Ich muss Sie das jetzt fragen«, unterbricht Ohlsen die Frau ernst. »Haben die beiden eine ... äh ... Liebesbeziehung?«

»Was? Nein, nein! Franziska interessiert sich eindeutig für Jungs, Frau Kommissarin. Es ist nur so, dass die beiden sich ein Leben lang kennen und wie die Kletten zusammenhängen, das ist alles. Das hängt sicher damit zusammen, dass beide Einzelkinder von alleinerziehenden Müttern sind.«

»Okay.« Christina Ohlsen trägt die erhaltenen Informationen sorgfältig in das Formular ein und ergänzt sie um die Adressdaten der Freundin, die Franziska Königs Mutter ihr jetzt endlich liefert. »Nennen Sie mir nun bitte die Mobilfunknummer Ihrer Tochter und, falls bekannt, den Provider. Erinnern Sie sich, was sie trug, als Sie sie das letzte Mal sahen?«, erkundigt sie sich abschließend.

»Eine Jeans in der Farbe Indigo, ein dunkelrotes, ärmelloses Oberteil und weiße Turnschuhe«, erinnert sich die Frau. »Ich weiß noch, wie der Ober sie musterte, als sie damit das Restaurant betrat«, lächelt sie. »Sie war eindeutig underdressed!« Anschließend nennt Frau König ihr die gewünschten Mobilfunkdaten, wofür sie in den Kontakten ihres eigenen Telefons nachschauen muss. »Ich glaube, mich zu erinnern, dass Franziska einmal sagte, sie sei bei der Telekom, aber sicher bin ich mir nicht«, fügt sie hinzu.

»Wir werden es herausfinden und umgehend mit der Suche beginnen, Frau König!«, verspricht Ohlsen der Frau, nachdem sie diese Angaben ebenfalls notierte. »Da ist aber noch etwas«, richtet sie so behutsam wie möglich eine letzte Bitte an die verzweifelte Mutter. »Wenn Sie einverstanden sind, würde ich gerne eine DNA-Probe Ihrer Tochter zu den Akten nehmen, für den Fall ...«

»... dass eine verstümmelte Leiche gefunden wird?«, ächzt Frau König erbleichend.

»Nein, nein ... Bitte beruhigen Sie sich! Es sind ein Dutzend anderer Szenarien denkbar, wo ein DNA-Vergleich für die weiteren Ermittlungen hilfreich sein kann«, beschwichtigt Ohlsen die Frau. »Es wäre ja auch nur eine vorbeugende Maßnahme. Für den Fall, dass es schnell gehen muss!«

»In Ordnung, in diesem Fall bin ich selbstverständlich damit einverstanden!« Erleichtert atmet Helene König auf. »Was muss ich dafür tun, Frau Kommissarin?«

»Ein Mitarbeiter unserer forensischen Abteilung wird sich heute im Laufe des Tages bei Ihnen melden und einige persönliche Gegenstände aus dem Besitz Ihrer Tochter abholen. Eine Haarbürste, eine Zahnbürste oder etwas in der Art. Wir lassen es Sie umgehend wissen, sobald sich etwas Neues ergibt!« Ohlsen reicht eine ihrer Visitenkarten über den Tisch. »Unter dieser Nummer bin ich jederzeit zu erreichen. Falls Ihnen weitere Einzelheiten einfallen!«

Während die Frau sich verabschiedet und gesenkten Hauptes das Büro verlässt, denkt Chrissie Ohlsen mit Besorgnis an die vorhin eingegangene Meldung über den Fund einer weiblichen Leiche im Troisdorfer Stadtwald. Die Hauptkommissare Denise Malowski und Tobias Heller sind in diesem Augenblick dorthin unterwegs.

* * *

»Findest du es nicht langsam reichlich merkwürdig, dass wir andauernd Leichenfunde in dieser Gegend mitten im Wald haben, Tobi?« Denise Malowski schreitet an der Seite ihres Partners Tobias Heller zügig aus. Die Ermittler sind zu einer Stelle im Wald unterwegs, wo ein Beamter des Umweltamtes der örtlichen Stadtverwaltung heute Vormittag im wahrsten Sinne des Wortes über eine Frauenleiche stolperte.

Die Bemerkung der Hauptkommissarin entbehrt nicht einer gewissen Grundlage. Nicht weniger als vier Leichenfunde hatten sie in den letzten zwei Jahren in der näheren Umgebung. Die heutige Fundstelle liegt kaum mehr als ein paar Dutzend Schritte abseits der Altenrather Straße, die eine beliebte Ausfallstraße in Gebiete nördlich Troisdorfs darstellt, und nur wenige Meter neben einem der zahllosen Fußwege, die von hier in den Wald und die Heidelandschaft führen. Der Leyenweiher, in dessen Nähe sie im vergangenen Jahr ermittelten, ist keine hundert Meter von hier entfernt. Es ist ein trüber, wolkenverhangener Tag und zwischen den dicht beieinanderstehenden Bäumen ist es nicht sonderlich hell.

Ihren Wagen stellten sie zuvor auf dem unbefestigten Seitenstreifen neben der Straße ab, gleich hinter dem Auto der Rechtsmedizin und einem Leichenwagen. Der VW-Bus der Spurensicherung war ihnen wenige Minuten zuvor auf den letzten hundert Metern ihres Weges auf der Straße entgegengekommen. Offenbar ist Jürgen Vogels Truppe schon fertig mit der Spurensuche, was in Anbetracht der fast sprichwörtlichen Gründlichkeit dieser Abteilung den Verdacht nährt, dass keine oder nur wenige Spuren am Fundort der Leiche vorhanden waren.

Den Beamten, der den Leichenfund meldete, werden sie ebenfalls hier nicht antreffen. Er musste den Anruf, da er sein Handy im Büro vergessen hatte, von seinem Festnetzanschluss in der nahen Stadtverwaltung tätigen. Zur Befragung bezüglich der Umstände des Fundes werden Denise und Tobias ihn später dort aufsuchen, sofern es sich als notwendig erweist.

»Nicht, wenn man bedenkt, dass alle Ortschaften im Umkreis von etlichen Kilometern mehr oder weniger von Wald oder Heidelandschaften umgeben sind«, relativiert Tobias Heller die Aussage der Kollegin. »Nicht umsonst hält die hiesige Stadtverwaltung seit Jahrzehnten an ihrem Slogan ›*Troisdorf, die Industriestadt im Grünen*‹ fest! Und außerdem ist diese Gegend wie geschaffen dafür, mal schnell eine Leiche im Gebüsch zu entsorgen, ohne dass dies jemand mitbekommt. Von Füchsen einmal abgesehen.«

»Und Hasen!«, grinst Malowski.

»Und Hasen.« Tobias ist stehengeblieben, dreht sich einmal um die eigene Achse und schaut sich aufmerksam um. »Hier müsste es eigentlich sein. Siehst du etwas, das wie eine Leiche aussieht?«

Denise Malowski ist seinem Beispiel gefolgt und weist mit der Hand auf eine Baumgruppe links von ihnen. »Da vorne sind sie, Tobi! Ich sehe zumindest die beiden Fahrer des Leichenwagens hinter dem Gebüsch dort stehen. Dann kann die Rechtsmedizin ja nicht weit sein!«

Jetzt erst werden die Ermittler auf den schmalen Trampelpfad aufmerksam, der an ihrem Standort beginnt und durch dichtes, dorniges Gestrüpp zu den Männern führt, die infolge ihrer dunklen Monturen nur schattenhaft erkennbar sind und daher mit den Bäumen beinahe verschmelzen. Vorsichtig und hintereinandergehend folgen sie dem offenbar erst vor kurzem entstandenen Weg.

Verwundert nehmen sie dabei die völlige Abwesenheit uniformierter Kollegen sowie das Fehlen von Flatterband zur Kenntnis. Des Rätsels Lösung ist indes einfach. Der Leichenfund ging nämlich nicht über den Polizeinotruf ein, stattdessen ließ sich der offenbar bestens informierte Anrufer direkt mit dem Kriminalkommissariat 1 verbinden. Und in der Hektik des Aufbruchs dachte irgendwie niemand daran, einen Streifenwagen hierher zu beordern. Das fraglos von den Forensikern zu Beginn ihrer Untersuchung angebrachte Flatterband haben Vogels Leute pflichtgemäß wieder mitgenommen, nachdem sie hier fertig waren.

Das kommt davon, wenn so etwas gemeldet wird, bevor ich die nötige Menge Kaffee intus habe!, gibt sich Denise selbst die Schuld für den Patzer, da sie es war, die den Anruf entgegennahm. *Aber Fakt ist doch, dass ich am Wochenende kaum mehr als ein paar Stunden Schlaf hatte!* Denises knapp zweieinhalb Jahre alte Tochter bekam vor einigen Tagen plötzlich heftiges Fieber, was bei Kindern in diesem Alter ja nichts Ungewöhnliches ist. Denise verbrachte nahezu das ganze Wochenende an Leonies Kinderbettchen, um ihr die Stirn zu kühlen und die Temperatur zu überwachen.

»Wie geht es Leonie?«, erkundigt sich Tobias unvermittelt, während sie sich ihrem Ziel nähern, einem großen stacheligen Strauch, hinter dem die Leiche liegt. Fast könnte man glauben, er habe ihre Gedanken gelesen, aber in Wirklichkeit zeigt die Frage nur, dass sich seine Überlegungen wie üblich in den gleichen Bahnen bewegen wie die der Partnerin.

»Das Fieber ist heute Nacht auf unter 38 Grad gefallen«, gibt Denise zurück. Erleichterung liegt in ihrer Stimme. »Es geht ihr auch schon wesentlich besser. Mein Mann kümmert sich jetzt um unseren Sonnenschein, was vornehmlich darauf hinausläuft, aufzupassen, dass der kleine Wirbelwind im Bett bleibt und nicht schon wieder übermütig herumtollt oder unseren Kater quer durch das Haus jagt.«

***

Der Grund dafür, dass Denise und Tobias um ein Haar an der Fundstelle vorbeigelaufen wären, offenbart sich, nachdem beide ihr Ziel erreicht haben. Während die Fahrer des Leichentransporters im ewigen Dämmerschein des Waldes aufgrund ihrer dunklen Kleidung kaum auszumachen sind, ist die in einen weißen Laborkittel gewandete

Gestalt von Rechtsmedizinerin Dr. Martina de Luca aus einem anderen, naheliegenderen Grund erst jetzt zu sehen: Sie kniet, die Hände auf dem Boden aufgestützt, vor einem leblosen, lang auf dem Waldboden liegenden Körper, um ihn einer eingehenden Untersuchung zu unterziehen.

Offenbar ist sie damit schon eine ganze Weile beschäftigt, jedenfalls macht die Pathologin in Zusammenhang mit ihrer konzentrierten und leicht unzufriedenen Miene den Eindruck, vor einem Rätsel zu stehen, was bei ihr nicht allzu oft vorkommt.

Da de Luca wenig Notiz von den Ankömmlingen nimmt und keine Anstalten macht, ihre Arbeit zu unterbrechen, nutzen Denise und Tobias die Gelegenheit, die Tote genauer zu betrachten. Es handelt sich um eine junge Frau Anfang Zwanzig, mittelgroß mit schulterlangen blonden Haaren, die vollständig bekleidet vor ihnen auf dem Rücken liegt.

Fast könnte man aufgrund ihres friedlich anmutenden, wenn nicht sogar erstaunten Gesichtsausdrucks glauben, sie schliefe nur, wäre da nicht ein unregelmäßiger, handflächengroßer roter Fleck in Höhe ihres Herzens. Denise Malowski zückt ihr Diensthandy und macht einige Aufnahmen von der Leiche. Für die im Anschluss stattfindende Fallbesprechung.

Mit einem leisen Seufzer richtet sich die Rechtsmedizinerin italienischer Abstammung zu ihrer vollen Größe von 1,78 Meter auf und wirft mit einer anmutigen Bewegung des Kopfes ihr wallendes schwarzes Haar zurück, das ihr über die Schultern nach vorn gefallen war. »Frau Malowski, Herr Heller!«, begrüßt sie die Kommissare in ihrer üblichen reservierten Art und schaut die Ermittler sinnend an. »Ich gestehe, ein wenig ratlos zu sein, was den Tod der Frau angeht«, erklärt sie ihnen ungefragt. »Ich tippe einmal ganz vorsichtig auf einen Stich ins Herz, aber wirklich nur unter Vorbehalt. Näheres erfahren Sie ...«

»Nach der Obduktion, ich weiß!«, unterbricht Tobias Heller sie ungehalten. »Sagen Sie uns wenigstens, weswegen Sie heute bezüglich der Todesart so zurückhaltend sind?«

»Das ist schnell gesagt. Ich finde nur eine punktförmige Einstichstelle direkt über dem Herzen«, zeigt die Medizinerin auf den Blutfleck, der Denise und Tobias schon aufgefallen war. »Könnte von einer Nadel stammen. Aber ohne den Leichnam zu öffnen, kann ich nicht sagen, ob der Stich tödlich war oder nicht. Es könnte sich durchaus um eine oberflächliche Wunde handeln. Andere Verletzungen sehe ich aber nicht, Sie werden sich daher gedulden müssen.«

»Und wie lange wäre das?«, wirft Denise Malowski ein.

»Ich gedenke, die Leichenschau übermorgen durchzuführen, Frau Malowski«, erhält sie zur Antwort. »Mein Büro wird sie rechtzeitig über den Termin in Kenntnis setzen!«

Denise kann ihrem Partner förmlich von der Stirn ablesen, was er von der Aussage der Medizinerin hält. Er verzieht sein Gesicht, als habe er in eine besonders saure Zitrone gebissen. Ist es doch meist so, dass de Luca sich gerne zu spontanen ›Blitzobduktionen‹ entschließt und die Kommissare eine Stunde vorher telefonisch zu sich zitiert. Frühestens. Fast könnte man glauben, es bereite ihr ein diabolisches Vergnügen, polizeiliche Ermittler herumzukommandieren.

»Und was ist mit dem Todeszeitpunkt?«, stellt sie schnell die nächste Frage, bevor Tobias den Mund zu einer entsprechenden Bemerkung öffnen kann. Wobei ihr aber selbstverständlich bewusst ist, von Pathologen vor der Obduktion in den seltensten Fällen eine konkrete Antwort darauf zu erhalten.

»Irgendwann gestern in den frühen Morgenstunden oder Samstagabend«, erhält sie die halbwegs erwartete, äußerst vage Antwort. »Ich werde mich jetzt nicht festlegen. Alles, was ich Ihnen mit auf den Weg geben kann, ist, dass die Frau mit hoher Wahrscheinlichkeit nicht an diesem Ort getötet wurde!«

»Und woran machen Sie das fest?«, will Tobias Heller sofort wissen.

»Es gibt nirgends Hinweise auf eine tätliche Auseinandersetzung, Herr Heller. Alle Anzeichen sprechen im Gegenteil dafür, dass die Frau bereits tot war, als sie hier abgelegt wurde. Bei einem hier stattgefundenen Kampf fänden wir an den Büschen ringsumher geknickte Äste oder Fasern von der Kleidung des Opfers oder des Täters an den dornigen Sträuchern. Und der Boden wäre entsprechend zertrampelt. Was aber, wie sie unschwer erkennen können, nicht der Fall ist.«

Sie winkt mit einer energischen Handbewegung die beiden Männer herbei, die daraufhin wortlos und mit unbewegten Gesichtern nähertreten. Zwischen sich tragen sie einen großen Leichensack.

»Passen Sie auf, wenn Sie die Leiche einpacken, meine Herren!«, weist die Rechtsmedizinerin sie an. »Es könnten sich forensische Spuren an der Kleidung befinden! Bringen Sie sie anschließend bitte in das rechtsmedizinische Institut nach Bonn, ich werde meine Assistentin telefonisch über Ihr Kommen informieren. Frau Nowak wird sich dann um alles Weitere kümmern, ich selbst habe jetzt noch einen anderen Termin.«

* * *

»Leider ist das schon alles, was wir bislang über die tote Frau wissen, Chef«, beendet Tobias Heller den gemeinsam mit Denise Malowski abgegebenen Bericht über den morgendlichen Einsatz im Troisdorfer Stadtwald. »Die Befragung des Beamten der Stadtverwaltung, der die Leiche fand, ergab ebenfalls nichts, was aber zu erwarten war. Immerhin lag die Frau dort seit mindestens vierundzwanzig Stunden, schätzt Frau Doktor de Luca. Es könnten aber durchaus zehn bis zwölf Stunden mehr sein, meinte sie. Was hätte dem Mann da schon großartig auffallen können?«

Die Runde wird durch die Oberkommissare Horst Weiland und Wolfgang Müller sowie Kommissarin Christina Ohlsen komplettiert. Von der

Forensik ist dieses Mal niemand anwesend, da keine verwertbaren Spuren am Fundort der Leiche vorhanden waren, wie Denise und Tobias vor der Dienstbesprechung bei einem kurzen Abstecher in die Räume der KTU von deren Leiter Jürgen Vogel erfuhren.

»Wir werden wohl oder übel die Leichenschau abwarten müssen, vor allem, was Todeszeitpunkt und Todesart angeht«, ergänzt seine Partnerin. »Sicher ist bisher nur, dass sie tot ist. Aber auf welche Weise ...« Denise hebt hilflos die Schultern. »Es gibt, wie gesagt, keine auffälligen Anzeichen von Gewalteinwirkung, nur diesen punktförmigen Einstich. Das kann alles Mögliche bedeuten, theoretisch muss nicht einmal zwangsläufig ein Verbrechen vorliegen!«

»Gegen diese Annahme spricht aber die Einschätzung der Rechtsmedizinerin, dass sie dort nicht starb«, erinnert Donner die Hauptkommissarin. »Wir gehen daher zunächst wie immer von einem Tötungsdelikt aus. Wann wollte Frau de Luca die Obduktion nochmal durchführen?« Der Erste Hauptkommissar sieht alles andere als zufrieden aus, was bei den spärlichen Informationen, die seine Ermittler mitbrachten, kein Wunder ist.

»*Gesagt* hat sie, dass sie es am Mittwoch machen wird. Aber wie ich die Dame einschätze, kommt spätestens morgen Vormittag ein Anruf, mit dem sie uns zu sich zitiert!«, erklärt Tobias sarkastisch. »Und wir haben dann zu springen!«

»Da siehst du mal, wie das ist, überall von Chaoten und Individualisten umgeben zu sein«, lacht

Donner über den Unmut seines Mitarbeiters. »Wir müssen aber so schnell wie möglich die Identität der Frau herausfinden. Die Tote lag euren Ausführungen gemäß seit maximal sechsunddreißig Stunden dort. Kümmert euch daher zunächst um die Vermisstenanzeigen der letzten Tage!«

»Sechsunddreißig Stunden, sagst du?«, wird Kommissarin Christina Ohlsen aufmerksam und schaut Tobias Heller fragend an. Sie schlägt einen Aktenhefter auf, den sie mit in die Dienstbesprechung brachte. »Und die Frau ist deiner Einschätzung nach Anfang Zwanzig, mittelgroß, blonde Haare? Ihr habt doch garantiert Fotos am Leichenfundort gemacht. Kann ich die mal sehen?«

Denise Malowski reicht ihr wortlos das Handy, worauf sie sich konzentriert durch die Bilder der Leiche scrollt, die aus unterschiedlichen Blickwinkeln aufgenommen wurden. »Das ist sie nicht!«, sagt sie dann. »Alter und Körpergröße stimmen zwar überein, soweit sich das anhand der Fotos ohne Vergleichsmaßstab beurteilen lässt, aber ... nein, das ist sie nicht!«, bekräftigt Chrissie Ohlsen ihre erste Aussage. Sie ist sichtlich erleichtert.

Statt einer Erklärung für ihre Worte entnimmt sie dem Aktenhefter ein Foto im Postkartenformat und reicht es ihrem Vorgesetzten, der die Fotografie mittels eines Magneten am Whiteboard befestigt und seiner jüngsten Ermittlerin anschließend mit einem auffordernden Kopfnicken zu verstehen gibt, dass alle im Raum auf eine Erläuterung warten.

»Das ist Franziska König«, hebt Ohlsen zu der längst fälligen Erklärung an. »Sie ist zwanzig Jahre alt. Sie kam am Samstagabend nicht nach Hause, nachdem sie mit ihrer Mutter anlässlich deren Geburtstages essen war und den Rest des Abends mit einer Freundin im *Irish Pub* in Troisdorf verbrachte. Ihre Mutter machte heute Vormittag eine Vermisstenanzeige bei mir. Ich dachte erst, bei der Toten im Wald handelt es sich um die Vermisste. Zeitlich käme das ja hin!«

Donner macht ein Gesicht, als habe er plötzlich heftige Zahnschmerzen bekommen. »Das bedeutet dann ja wohl, dass wir uns aufteilen müssen«, stellt er missmutig fest. »Wir werden daher zwei Ermittlungsteams bilden: Denise, Tobias und Horst kümmern sich um den Todesfall und Chrissie wird mit Wolfgang gemeinsam die Suche nach der Vermissten durchführen. Macht euch unverzüglich an die Arbeit, Leute!«

* * *

»Ich finde es großartig von unserem Chef, dass er uns beide in diesem Fall als Team zusammenarbeiten lässt!«, freut sich Chrissie Ohlsen über die höchst seltene Gelegenheit, mit ihrem Freund gemeinsam zu ermitteln. Genau genommen bezieht sich ihre Begeisterung vornehmlich auf die Tatsache, überhaupt einen Ermittlungspartner zu haben. Sie wäre ansonsten dazu verdonnert, Innendienst zu schieben, da Ermittlungen vor Ort und Vernehmungen meist zu zweit getätigt werden und Müller normalerweise mit Weiland ein Team bildet.

Die Kommissare sind gleich im Anschluss an die Dienstbesprechung zu der Freundin aufgebrochen, die von Helene König, der Mutter der vermissten Person, als letzter Kontakt ihrer Tochter vor deren Verschwinden genannt wurde.

»Das wird eher Zufall gewesen sein«, brummt ihr Freund mit deutlich geringerer Begeisterung, während er den Dienstwagen einparkt. »Denise und Tobias kommen als Leiter der Ermittlungen ja nicht für das hier in Frage. Und als logische Verstärkung für die beiden bleiben nur Horst und ich übrig, weil du, mein Schatz, nun einmal die Jüngste im Team bist. Und *ich* darf mich jetzt mit dir auf die Suche nach einer Person begeben, die sich womöglich nur mal eine Auszeit genommen hat und ohnehin in ein paar Tagen wieder auftaucht. Und währenddessen ermitteln die drei in einem Mordfall!«

»Ach, du langweilst dich also mit mir?«, gibt Chrissie mit gespielt schnippischem Tonfall zurück. »Wenn wir diese Angelegenheit nicht genauso ernst nehmen wie einen Mord, haben wir den falschen Beruf ergriffen«, belehrt sie ihn nachsichtig. »Es ist durchaus möglich, dass hinter dem Verschwinden von Franziska König mehr steckt und dass sie in großen Schwierigkeiten ist!«

»Du weißt genau, wie ich das meine!«, gibt Wolfgang Müller in seiner gewohnt bedächtigen Art nach. Der schwergewichtige Ermittler ist bei allen Kollegen für eine nahezu unerschütterliche Ruhe bekannt, was ihm aber im Umgang mit Verdächtigen oder Angehörigen von Opfern oft zum Vorteil gereicht. »Ist die Zeugin überhaupt daheim?«, rudert er dennoch vorsichtshalber schnell auf weniger ›gefährliches‹ Terrain zurück. Überflüssig ist die Frage auf jeden Fall, da sie mit dem Auto schon vor dem Haus stehen, in dem Vanessa Funke wohnt.

»Klar doch, sie erwartet uns«, informiert Chrissie ihn knapp. »Ich habe unser Kommen vorhin sicherheitshalber telefonisch angekündigt.«

***

Vanessa Funke wirkt verstört, und die dunklen Ringe unter den Augen deuten auf mindestens eine schlaflose Nacht hin. »Zum Glück habe ich heute keine Vorlesung, es sind ja noch Semesterferien«, informiert sie die Kommissare mit matter Stimme. »Ich wäre nämlich heute nicht in der Lage, mich zu konzentrieren. Haben Sie denn etwas über den Verbleib meiner Freundin herausgefunden? Ich begreife es immer noch nicht, dass Franzi so einfach verschwunden sein soll. Ich war doch am Samstag noch mit ihr zusammen. Hätte ich sie doch nur nicht alleine nach Hause gehen lassen!«

»Wie meinen Sie das, Frau Funke?«, hinterfragt Christina Ohlsen die letzte Bemerkung der Frau. »Ist an dem Abend etwas Ungewöhnliches vorgefallen? Wurde Ihre Freundin von jemandem belästigt? Bitte entschuldigen Sie, aber Ihrer augenblicklichen Verfassung gemäß gehe ich nicht davon aus, dass Sie vermuten, Franziska habe sich nur eine ›Auszeit‹ genommen!«

»Sie haben recht, Frau Kommissarin, daran glaube ich nicht! So ist Franzi nicht, so etwas würde eher zu mir passen. Und nein, vorgefallen ist nichts, worüber man sich Gedanken machen müsste. Alles war wie immer, wir haben gequatscht, ein paar Bier getrunken und Dart gespielt.«

»Sie sagten, dass sie es bereuen, sie alleine nach Hause gehen lassen zu haben«, ergreift Wolfgang Müller erstmals das Wort. »Warum? Da muss doch etwas dahinterstecken!«

»Ja... nein... ach, ich weiß auch nicht! Es war erst kurz nach 23:00 Uhr und ich hatte keine Lust, schon nach Hause zu gehen. Franziska schien es aber mit einem Mal ziemlich eilig zu haben. Als sie dann ihren Deckel bezahlte, sah ich, dass sie nur ein paar Münzen übrig hatte, auf keinen Fall mehr als vier oder fünf Euro. Ich bot ihr deshalb an, ihr was für ein Taxi zu leihen, aber sie hat es abgelehnt. Es könnte aber sein, dass sie sich noch mit jemanden treffen wollte«, fügt Vanessa Funke nach kurzem Nachdenken hinzu.

Chrissie Ohlsen wechselt einen schnellen Blick mit ihrem Partner. »Äußerte Franziska sich denn diesbezüglich?«, erkundigt sie sich. Ein nächtliches Treffen mit einem Mann würde ein völlig neues Licht auf die Angelegenheit werfen!

»Gesagt hat sie zwar nichts... Aber ich erinnere mich, dass sie den ganzen Abend auf ihrem Handy herumgetippt hat. SMS oder *WhatsApp*, vermute ich. Bis dann ihr Akku leer war und ich ihr meinen leihen musste. Es wäre doch möglich, dass sie sich mit jemandem verabredet hat oder so!«

»Und dann brach sie auf?«, vergewissert sich Ohlsen. »Gab Sie den Akku zurück, bevor sie das Lokal verließ?«

»Ja, Frau Kommissarin. Und es war definitiv meiner. Ich setzte ihn gleich wieder in mein eigenes Telefon ein und der Akku war voll.«

»Demnach hatte Franziska also ein funktionsuntüchtiges Handy bei sich, als sie den Heimweg antrat«, spricht die Kommissarin halblaut mehr zu sich selbst und holt eine Visitenkarte hervor. »Ich denke, das war es erst einmal. Wenn Ihnen noch etwas Wichtiges einfällt, rufen Sie mich bitte sofort an!«

* * *

»Was geht dir durch den Kopf?«, fragt Wolfgang Müller seine Freundin leise vor der Tür, weil sie einen ungewöhnlich nachdenklichen Eindruck auf ihn macht. Er kennt Chrissie gut genug, um zu wissen, wann sie etwas ausbrütet.

»Wenn Franziska König Samstagnacht mit einem Handy unterwegs war, welches aufgrund des leeren Akkus nicht funktionierte«, entgegnet sie langsam und jedes einzelne Wort betonend. »Wie hat sie dann weniger als zwei Stunden, nachdem sie das Lokal in Troisdorf verließ, eine SMS an ihre Mutter schreiben können? Zumal sie zu diesem Zeitpunkt längst zu Hause angekommen hätte sein müssen!«

»Hm, da ist was dran«, brummt Wolfgang Müller eine Zustimmung. »Wir sollten uns diesen Pub einmal anschauen. Wäre ja möglich, dass dem Wirt am Samstagabend etwas aufgefallen ist. Meinst du, die haben schon geöffnet?«

Chrissie schaut auf die Uhr. »Keine Chance, Wolfie! Es ist noch nicht mal 14:00 Uhr. Aber lass uns trotzdem dorthin fahren, es liegt ohnehin fast auf dem Weg. Wenn wir Glück haben, ist schon jemand in der Kneipe. Saubermachen, aufräumen und so weiter!«

»Du weißt, wo das ist?«

»Klar! Es gibt in Troisdorf nur einen irischen Pub, der in Frage kommt. Und zwar ist der in der Nähe des Bahnhofs.«

KAPITEL 2

Dienstag, 26. März, 8:42 Uhr

»Frau König!«, begrüßt Chrissie Ohlsen die eintretende Besucherin überrascht. »Was führt Sie zu mir? Haben Sie etwas von Ihrer Tochter gehört?«, gibt sie ihrer Hoffnung auf ein glückliches Ende der Suche Ausdruck. Ein einziger Blick in das bleiche Gesicht der Helene König belehrt sie aber schnell eines Besseren. Hier ist gar nichts in Ordnung! »Bitte nehmen Sie doch Platz«, weist sie einladend auf den Besucherstuhl vor ihrem Schreibtisch.

»Ich sehe mich leider nicht in der Lage, Ihnen diese Frage abschließend zu beantworten, Frau Kommissarin«, entgegnet Frau König nervös und kramt hektisch in ihrer Handtasche, nachdem sie sich hingesetzt hat. Endlich ist sie fündig geworden und hält der Polizistin ihr Handy mit aufgerufener Nachrichten-App entgegen. »Hier, sehen Sie selbst!«

Die Kommissarin nimmt das dargebotene Mobiltelefon mit hochgezogenen Augenbrauen entgegen. ›*komme bald wieder nach hause mach dir keine sorgen*‹ ist in der einzigen eingegangenen SMS zu lesen, alles in Kleinbuchstaben und ohne Satzzeichen, wie das mittlerweile allgemein üblich ist. Empfangsdatum und Uhrzeit: *25. März, 23:49 Uhr*. Sie gibt das Handy zurück. »Und diese Nachricht ist von Ihrer Tochter?«, vergewissert sie sich. »Kein Irrtum möglich? Drückt sie sich immer dermaßen kryptisch aus? Man sollte doch meinen, dass eine Erklärung für ihr Fernbleiben fällig wäre! Und warum ruft sie Sie nicht einfach an?«

»Das kommt mir auch reichlich merkwürdig vor, Frau Kommissarin. Sicher, Franziska ist schon sehr knapp mit ihren Textnachrichten. Völlig untypisch für eine Frau ihres Alters, und ich habe mir anfangs ja auch nichts dabei gedacht. Aber als ich dann auf ihrem Handy anrief, um zu fragen, was denn los sei, schaltete sich wie die Male zuvor sofort die Sprachbox ein. Und das, obwohl ich kaum eine Minute, nachdem die Nachricht bei mir einging, die Nummer gewählt habe. Die SMS kam jedoch eindeutig von der Telefonnummer meiner Tochter! Das kann man doch nicht fälschen, oder etwa doch?«

Christina Ohlsen könnte der Frau jetzt einen Vortrag darüber halten, was man in der Telekommunikation alles fälschen kann, aber das wäre wenig zielführend. Es gibt ihrer Ansicht nach bloß zwei Möglichkeiten. Die naheliegende Erklärung wäre, dass Franziska König tatsächlich die Absenderin dieser SMS und der von Samstagnacht ist. Sie müsste dann aber einen triftigen Grund für ihr irrationales Verhalten haben, oder sie wird dazu gezwungen. Oder aber jemand anderes täuscht ihre Absenderangaben vor. In diesem Fall stellt sich natürlich die Frage, wozu der oder die Unbekannte dies macht. Und die Antworten auf beide Möglichkeiten gefallen Christina Ohlsen überhaupt nicht.

»Wir hatten ohnehin vor, das Handy Ihrer Tochter orten zu lassen«, eröffnet die Kommissarin der mühsam beherrschten Frau, der die Sorge um ihr Kind natürlich anzusehen ist. »Wenn sie es allerdings, wie ich vermute, ausgeschaltet hat, wird es schwierig.«

»Haben Sie denn schon etwas über den Verbleib meiner Tochter herausgefunden?«, stellt Helene König die lange erwartete Frage mit bangem Ton.

»Nicht viel«, muss Chrissie Ohlsen gestehen. »Wir haben die Freundin befragt, mit der sie an dem Abend zusammen war. Anschließend waren wir in diesem Pub. Der Wirt hat sich gut an die beiden erinnern können und bestätigte die Aussage von Vanessa Funke umfänglich. Franziska verließ das Lokal kurz nach 23:00 Uhr allein, während ihre Freundin noch bis nach Mitternacht blieb. Was wir jetzt dringend benötigen, ist ein Zeuge, der Ihre Tochter sah, *nachdem* sie den Heimweg antrat. Wir werden daher einen Aufruf im Internet schalten. Sagen Sie mir aber bitte auf jeden Fall umgehend Bescheid, wenn Sie das nächste Mal eine SMS erhalten!«

***

Horst Weiland legt gefrustet die Maus beiseite, um eine Verschnaufpause an seinem Computer einzulegen. »Kommt ihr beide denn wenigstens mit eurer Suche nach der verschwundenen Tochter voran?«, fragt er den Kollegen. Weiland ist, einer Eingebung folgend, seit Dienstbeginn mit Recherchen zum aktuellen Mordfall im Internet beschäftigt. Bisher ohne Ergebnis, die Identität der Toten aus dem Stadtwald liegt nach wie vor im Dunkeln.

»Nee, du. Nicht so wirklich«, muss Müller zugeben. »Nachdem Franziska König den *Irish Pub* verlassen hat, verliert sich ihre Spur. Zeugen, die sie danach gesehen haben, sind uns, sofern es denn überhaupt welche gibt, nicht bekannt. Der Wirt hat uns aber zumindest die Uhrzeit bestätigt. Kurz nach 23:00 Uhr sei sie gegangen, sagte er. Er meinte auch, dass in den Minuten danach kein anderer Gast das Lokal verließ. Das wäre ja ein Ansatzpunkt gewesen.«

»Habt ihr denn schon eine Handyortung veranlasst?«

»Darum kümmert sich Chrissie. Ob es etwas bringt, ist allerdings mehr als fraglich. Vanessa Funke, die Freundin, mit der Franziska in diesem Pub war, sagte ja, dass der Akku ihres Telefons leer war. Das Handy wäre demnach ausgeschaltet gewesen, als sie verschwand.«

»Sagte die Mutter nicht, sie habe ein paar Stunden später eine SMS von ihrer Tochter bekommen?«, zeigt Weiland, dass er die Berichte der Kollegen gelesen hat. »Findest du das nicht reichlich seltsam? Wo sollte Franziska König ihr Handy denn mitten in der Nacht aufgeladen haben? Aber ganz gleich, wie sie es angestellt hat: Das Telefon war zu dieser Zeit in einem Sendemast eingebucht, anders geht es nicht!«

»Da hast du sicher recht, Horst. Es wird aber bestimmt ein paar Tage dauern, bis ein Ergebnis vorliegt. Wir werden daher unverzüglich einen Aufruf auf unserer Internetseite schalten, das führt ja doch hin und wieder zum Erfolg. Irgendwer hat unter Umständen doch etwas gesehen und sich nur nichts dabei gedacht. Und wie sieht es bei eurem Mordfall aus?«

»Ob es einer ist, wird ja erst die Obduktion ergeben«, relativiert Weiland. »Und die ist erst morgen, wenn sich unsere Pathologin nicht wieder umentscheidet. Denise und Tobias wühlen sich derzeit durch die Vermisstenmeldungen der umliegenden Bezirke der vergangenen Wochen. Die bei uns aufgegebenen Meldungen kennen wir ja, wir haben trotzdem alles durchgesehen. Leider auch hier totale Fehlanzeige, niemand scheint sie zu vermissen oder sie ist nicht von hier. Und solange wir nicht wissen, um wen es sich handelt, ist eine Ermittlung in ihrem sozialen Umfeld unmöglich. Aber das weißt du ja selbst. Es wäre natürlich möglich, dass sie eine Herumtreiberin ist, dagegen spräche aber meiner Ansicht nach der Zustand ihrer Kleidung. Verwahrlost sieht sie auf den Fotos, die Denise am Fundort angefertigt hat, nicht aus.«

»Ist dir eigentlich schon aufgefallen, dass *beide* Fälle äußerst kuriose Begleiterscheinungen zeigen?«

»Du denkst an einen Zusammenhang?«, horcht Weiland auf.

»So hab ich das nicht gemeint, Horst. Es sind ja auch total unterschiedliche Ungereimtheiten. Womit beschäftigst du dich da überhaupt?«, wechselt er schnell das Thema und weist auf die Computermaus, die der Kollege jetzt wieder zur Hand nimmt. »Nach Vermisstenmeldungen sieht mir das aber nicht aus!«

»Ich versuche, über die Bildersuche Übereinstimmungen im Netz mit den Aufnahmen der Toten zu finden«, erklärt Horst Weiland ihm. »Ist aber schwieriger, als ich dachte. Offenbar führen schon geringe Abweichungen dazu, dass eine Übereinstimmung nicht erkannt wird.«

»Was versprichst du dir überhaupt davon?«

»Ich hatte gehofft, auf Suchanfragen von Angehörigen zu stoßen«, erläutert Weiland seinen Gedanken. »Beispielsweise bei *Twitter* oder ähnlichen *Social Media* Einrichtungen. Das tun heutzutage erstaunlich viele Menschen, wenn sie nach verschollenen Angehörigen suchen.«

»Hast du auch schon bei *Facebook* nachgeschaut?«

»Nein. Seit diesem Skandal letztens schotten die sich total ab. Bilder aus *Facebook* werden durch *Google* nur dann gefunden, wenn der Profilinhaber es ausdrücklich gestattet. Und das macht eben nicht jeder! Außerdem habe ich keinen Account bei denen, und ohne den geht es nicht.«

Wolfgang Müller denkt einige Sekunden konzentriert nach. »Ich werde dir helfen, bis zur Fallbesprechung habe ich ohnehin nichts zu tun«, entscheidet er sich dann spontan. »Bezüglich *Facebook* habe ich zudem eine konkrete Idee und einen Account habe ich auch! Schick mir die Fotos doch schnell per Email rüber.«

»*Du* bist bei *Facebook*?«, macht Weiland große Augen. »Das hätte ich ja nie von dir gedacht!«

»Na ja, eigentlich ist es Chrissies Zugang«, gibt Müller zu. »Und streng genommen ist es sogar der ihrer Eltern. Sie pflegt die Seite aber für sie.«

* * *

»Bei der Suche nach Franziska König stecken wir momentan fest, Chef«, muss Chrissie Ohlsen zum Beginn der Besprechung zugeben. »Bis wir ein Ergebnis der Handyortung haben, kommen wir jedenfalls nicht weiter. Und das kann ein paar Tage dauern, meinte die Mitarbeiterin der Telekom.«

»Wobei die Sache mit der nächtlichen SMS an die Mutter schon reichlich mysteriös ist«, ergänzt Wolfgang Müller. »Wie hat Franziska die SMS in der Nacht ihres Verschwindens ohne funktionsfähiges Handy abschicken können? Und warum geht sie nicht ans Telefon, wenn man dort anruft? Ich habe es selbst einige Male versucht, da geht immer gleich die Sprachbox dran!«

»Was aber nur bei ausgeschaltetem Handy der Fall ist«, nickt Kommissariatsleiter Donner. »Das ist in der Tat mehr als verdächtig! Könnte es sich um eine Entführung handeln und der Täter will auf diese Weise Zeit schinden, damit niemand nach ihr sucht?«

»Die Mutter betreibt zwar eine Modeboutique, aber als reich kann man sie sicher nicht bezeichnen. Außerdem ist bislang keine Lösegeldforderung eingegangen«, beantwortet Ohlsen die Frage. »Helene König war übrigens vorhin noch einmal bei mir. Sie erhielt nämlich gestern kurz vor Mitternacht eine weitere SMS vom Handy der Tochter! Die

Nachricht lautete ›*komme bald wieder nach hause mach dir keine sorgen*‹«, liest sie den Text aus den mitgebrachten Unterlagen ab. »Eingegangen ist sie gestern Abend um 23:49 Uhr.«

»Versucht, die jeweiligen Standorte beim Versand der Nachrichten herauszufinden«, verfügt Donner das weitere Vorgehen. »Zu *diesem* Zeitpunkt war das Handy ja definitiv eingeschaltet! Das Suchgebiet lässt sich womöglich eingrenzen, wenn wir herausfinden, wo sich Franziska König zu diesen Zeiten aufgehalten hat.«

»Es wäre sicher ebenfalls von Interesse für uns, herauszubekommen, mit wem sie am Abend so intensiv Nachrichten austauschte«, regt Wolfgang Müller an. »Sowohl die Mutter als auch die Freundin sagten ja aus, Franziska habe dauernd mit ihrem Handy herumhantiert. Es ist nicht ausgeschlossen, dass sie sich noch mit jemandem treffen wollte, zumal sie es offenbar plötzlich ziemlich eilig hatte.«

»Einen ausführlichen Einzelverbindungsnachweis stellt der Provider für uns aus«, erklärt Chrissie Ohlsen. »Wir werden also auch diesbezüglich hoffentlich bald mehr wissen.«

»Okay, dann warten wir eben so lange«, schließt Donner das Thema ab. »Zumal diese Angelegenheit unter Umständen wesentlich weniger dringend ist, als es zunächst den Anschein hatte. Die ›Lebenszeichen‹ in Form mehrerer SMS und das ausgeschaltete Handy könnten ebenso bedeuten, dass Franziska König derzeit keinen persönlichen Kontakt zu ihrer Mutter anstrebt.«

»Mir ist da etwas aufgefallen, Chef!«, meldet sich Horst Weiland zu Wort. »Beide SMS kamen um Mitternacht herum bei Helene König an. Die Erste um ...« Er schaut auf einige Notizen, die er während der Besprechung angefertigt hat. »... um 00:52 Uhr in der Nacht, als Franziska verschwand und die Zweite um 23:49 Uhr am gestrigen Abend!«

»Das kann ein Zufall sein«, wiegelt der Kommissariatsleiter ab. »Aber wir ermitteln ja weiter. Sollte eine dritte Nachricht ebenfalls um diese Uhrzeit eingehen, schauen wir uns das genauer an.« Er wendet sich an Denise Malowski und Tobias Heller: »Gibt es wenigstens in eurem Mordfall neue Erkenntnisse?« Der Erste Hauptkommissar ist sichtlich genervt, was aber verständlich ist. Ein ganzer Tag ist vergangen und in keinem der beiden Fälle gibt es auch nur den kleinsten Hinweis, dem man nachgehen könnte.

»Frau Doktor de Luca scheint ihre Ankündigung bezüglich der Leichenschau dieses Mal tatsächlich einhalten zu wollen«, informiert Malowski den Vorgesetzten. »Ich erhielt vor einer Stunde den ersehnten Anruf aus der Pathologie, sie wird die Obduktion morgen früh um 10:00 Uhr vornehmen. Leider waren unsere Recherchen bezüglich etwaiger Vermisstenmeldungen für die unbekannte Tote bislang erfolglos«, berichtet die Hauptkommissarin weiter. »Aber dank unseres Genies haben wir vielleicht trotzdem schon eine heiße Spur!«

Donners Blicke wechseln ratlos von Tobias Heller zu Horst Weiland und wieder zurück, weil keiner der beiden Anstalten macht, Stellung dazu zu nehmen und stattdessen betont unbeteiligt tun.

»Die ›üblichen Verdächtigen‹ meinte ich dieses Mal nicht, Chef!«, lacht Denise daher und wendet sich an Müller. »Dein Part, Wolfgang!«

»Die Idee stammt ursprünglich von Horst«, wehrt der Oberkommissar bescheiden ab. »Er versuchte, durch Bildervergleiche im Internet Übereinstimmungen zu finden. Im Grunde kein schlechter Gedanke, aber Stand heute sind die zugrundeliegenden Algorithmen nicht genügend intelligent, um zwei Fotos, die nicht haargenau dasselbe Motiv zeigen, erfolgreich zu vergleichen. Besonders die Augen- und Mundpartie ist beim Abgleich von Gesichtern von großer Bedeutung für eine signifikante Aussage, und wir haben ja bisher bloß Bilder einer Toten. Ich bin daher einem anderen Denkansatz gefolgt.«

»Hinzu kommt, dass Angehörige von vermissten Personen in vielen Fällen gar keine aktuellen Fotos haben, wie ihr wisst. Die kommen oft mit den ältesten oder völlig unscharfen Aufnahmen hier an, wenn sie eine Anzeige aufgeben. Wenn sie denn überhaupt ein Bild mitbringen!«, ergänzt Horst Weiland die Ausführungen des Kollegen.

»Ich habe mich bei meiner Suche auf *Facebook* beschränkt«, fährt Wolfgang Müller fort. »Einerseits, weil es sich, allen Unkenrufen zum Trotz, immer noch um die weltweit größte *Social Media* Einrichtung handelt und daher von vielen Menschen genutzt wird. Aber nicht zuletzt, weil es dort eine neue Funktion gibt, mit deren Hilfe man Bilder nach Inhalten durchsuchen kann. Der Hauptgrund für meine Wahl waren aber die offenen Nutzergruppen. Es gibt da einige, die sich gezielt mit der Suche nach vermissten Personen beschäftigen.«

»Wir finden es alle supertoll, wie du dich dafür begeisterst«, spottet Donner über den ungewohnten Enthusiasmus Müllers, als dieser eine Atempause macht. Es kommt nicht oft vor, dass der ansonsten besonnene Mann sich derart überschwänglich gibt. »Was uns im Augenblick aber einzig und allein interessiert, ist, ob du ein Ergebnis vorzuweisen hast! Hast du jetzt eine Person gefunden, deren Beschreibung zu unserer unbekannten Leiche passt, oder nicht?«

»Äh ... ja. Sorry, da ist es wohl mit mir durchgegangen«, entschuldigt sich Müller verlegen. »Ich habe in der Tat zwei Kandidatinnen aussortieren können, die eine gewisse Ähnlichkeit mit ›*Jane Doe*‹ aufweisen«, wird er endlich konkret und erntet für die amerikanische Namensgebung einen strafenden Blick seitens des Vorgesetzten. »Allerdings werden beide Frauen von ihren Angehörigen schon seit geraumer Zeit gesucht«, fährt er dessen ungeachtet fort. »Heidrun Quadt ist zwanzig Jahre alt und offenbar seit dem 2. März spurlos untergetaucht. Karin Willmers wird ebenfalls seit etwa vier Wochen vermisst, genauer gesagt seit dem 28. Februar. Sie kam von einer Party nicht nach Hause. Sie ist Neunzehn. Beide waren bis dato wohnhaft im Rhein-Sieg-Kreis, Heidrun Quadt wohnte in Troisdorf und Karin Willmers in Alfter.«

»Am 28. Februar war doch der hier im Rheinland so beliebte ›Weiberfastnacht‹«, stellt Denise Malowski nachdenklich fest. »Bei diesem programmierten Massenwahnsinn kommen öfter mal welche ›unter die Räder‹. Die Wahrscheinlichkeit, dass Willmers auf der Party einen Kerl kennenlernte und sich seither bei ihm einquartiert hat, ist jedenfalls vorhanden, denke ich.«

»Wir werden dennoch die Angehörigen *beider* Frauen befragen!«, übergeht Donner den Einwand. »Hast du die Adressen?«, erkundigt er sich bei Wolfgang Müller, der dazu bestätigend mit dem Kopf nickt. »Okay, dann nehmen sich Denise und Tobias die Angehörigen der Frau aus Troisdorf vor und Wolfgang wird vorübergehend wieder mit Horst zusammenarbeiten und die andere Familie aufsuchen«, stellt er die Einsatzteams zusammen. »Alfter ist zwar nicht eben um die Ecke, gehört aber bekanntlich noch zum Rhein-Sieg-Kreis und fällt somit in unsere Zuständigkeit. Und jetzt an die Arbeit, Leute!«

* * *

»Ich finde es reichlich ungerecht, dass der Chef immer gleich an dich oder Horst denkt, wenn von einer genialen Idee im Team die Rede ist!«, kritisiert Denise die Reaktion Donners vorhin während der Besprechung. »Nie vermutet jemand bei sowas auf Anhieb Wolfgang als Urheber!«

»Das liegt daran, dass Horst und ich immer gleich alles hinausposaunen, was uns durch den Kopf geht«, schmunzelt Tobias. »Selbst, wenn es der allergrößte Unsinn ist. Wolfgang ist da eher der zurückhaltende Typ und hat keinerlei Interesse daran, immer in der ersten Reihe zu stehen. Und aufgrund seiner behäbigen Art wird er gerne von den Mitmenschen unterschätzt. Dabei vergisst man leicht, dass er ein Abiturzeugnis mit einem herausragenden Notendurchschnitt vorzuweisen hat.«

»Wie auch immer, es gibt jetzt endlich eine konkrete Spur, obwohl das Foto in dem *Facebook* Profil nicht aktuell zu sein scheint. Ähnlich ist es aber definitiv, Heidrun Quadt könnte demnach durchaus mit unserer unbekannten Toten identisch sein. In diesem Fall wäre ich ausnahmsweise sogar bereit, zuzugeben, dass solche Seiten zu etwas nützlich sind!«

»Zumal mittlerweile jede Behörde bei *Twitter* und ähnlichen Diensten ist«, stimmt Tobias seiner Partnerin zu. »Sogar die Kriminalpolizei, ohne das allgegenwärtige Internet geht es offenbar heutzutage nicht mehr.«

»Vergiss nicht den US-Präsidenten«, lacht Denise. »Es interessiert zwar niemanden, was er dort absondert, aber das hält ihn leider bekanntlich nicht davon ab, es zu tun.«

»Der Zeitpunkt für Wolfgangs Entdeckung ist aber auf jeden Fall äußerst günstig«, überlegt Tobias. »Sollten die Angehörigen von Heidrun Quadt sie auf dem Foto wiedererkennen, können wir vielleicht heute noch mit ihnen in die Rechtsmedizin zur Identifikation fahren, bevor de Luca an der Leiche herumgeschnippelt hat.«

»Aber nur, wenn die Frau nicht zwischenzeitlich wieder aufgetaucht ist, Tobi! Wir wissen ja nicht sicher, ob es sich dabei um unsere Tote handelt und es wird leider oft versäumt, die Aufrufe im Internet zu löschen, nachdem die gesuchte Person zurück in trauten Kreis der Familie ist!« Denise bugsiert den Wagen in eine Parklücke vor dem Haus und stellt den Motor aus. Sie sind an ihrem Ziel angekommen.

* * *

»Kriminalpolizei?« Das Gesicht der jungen Frau in der Wohnungstür ist ein einziges Fragezeichen. Anzeichen von Besorgnis oder gar Angst um eine nahe Angehörige sind aber für die beiden Ermittler nicht darin zu erkennen. Ulrike Willmers hebt die Augenbrauen. »Was kann denn die Polizei von mir wollen?«

»Wir sind im Rahmen einer ... äh ... Ermittlung auf Ihre Suchmeldung bei *Facebook* für Ihre Schwester Karin Willmers gestoßen«, übernimmt Horst Weiland es, die Frau über den Grund ihrer Anwesenheit grob in Kenntnis zu setzen. »Wir würden Ihnen diesbezüglich gerne einige Fragen stellen. Am besten gehen wir dazu aber hinein, oder was denken Sie?«

Ulrike Willmers tritt stumm zur Seite und weist einladend ins Innere der Wohnung. »Bitte treten Sie ein. Ich bin äußerst gespannt, was Ihre Ermittlungen mit mir oder meiner Schwester zu tun haben!«

Horst Weiland und Wolfgang Müller werfen sich einen ratlosen Blick zu und betreten die Wohnung. Die Wohnungsinhaberin scheint ja nicht gerade vor Sorge um eine seit Wochen vermisste nahe Verwandte zu zerfließen!

»Zunächst würden wir gerne von Ihnen wissen, weshalb Sie keine offizielle Vermisstenmeldung bei der Polizei gemacht haben, als Ihre Schwester spurlos verschwand, Frau Willmers«, beginnt Wolfgang Müller die Befragung, nachdem sie im Wohnzimmer Platz genommen haben. »Das erscheint mir schon recht ungewöhnlich!«

Ulrike Willmers wirft ihm einen verständnislosen Blick zu. »Das ist doch sonnenklar, Herr Kommissar! Wissen Sie, wie viele Klicks so ein Posting pro Tag erhält? Mehrere Tausend! So schnell, wie das innerhalb der Community geteilt wird und die Runde macht, können *Sie* überhaupt nicht ermitteln. Und irgendjemand hat immer mal was gehört oder gesehen!«

»Aber was wäre, wenn Ihre Schwester einem Verbrechen zum Opfer fiel?«, lässt Müller nicht locker. »Ist Ihnen diese Möglichkeit denn nie in den Sinn gekommen?«

»Karin war auf einer Party«, erinnert Frau Willmers die Besucher. »Es war Karneval, und ich kenne meine kleine Schwester! Ich dachte zunächst, sie wäre versackt oder so. Dann, als sie auch am übernächsten Tag nicht nach Hause kam und nicht ans Telefon ging, dachte ich, sie hätte womöglich einen Unfall gehabt. Ich rief daher bei den umliegenden Krankenhäusern an, aber eine Karin Willmers war in den vergangenen Tagen nirgends eingeliefert worden.«

»Sie und Ihre Schwester wohnen gemeinsam hier?«, vergewissert sich Horst Weiland. Die zuvor durchgeführte Abfrage des Melderegisters ergab für die Schwestern jedenfalls die gleiche Wohnanschrift.

»Das ist korrekt, Herr Kommissar. Wir sind immer gut miteinander ausgekommen und eine große Wohnung ist billiger als zwei kleine, so sparen wir eine Menge Geld. Wo war ich stehengeblieben? Ach ja, nachdem die Anfragen bei den Krankenhäusern ergebnislos geblieben war, kam ich auf die Idee mit dem Aufruf bei *Facebook*. Statistisch gesehen ist der Anteil der Gewaltverbrechen an vermissten Personen verschwindend gering, wie Sie sicher wissen! Ich ging daher davon aus, dass Karin einfach nur mal ›abgetaucht‹ war, zumal sie derzeit arbeitslos ist und niemandem Rechenschaft schuldet.«

Ulrike Willmers lehnt sich entspannt zurück. »Und nicht zuletzt hat sich meine Schwester ein paar Tage nach Schaltung der Suchanzeige im Internet per SMS bei mir gemeldet!«, informiert sie Müller und Weiland mit leuchtenden Augen. »Sie hatte meine Suchanfrage gelesen! Seitdem bekomme ich alle paar Tage eine Nachricht, dass es ihr gut geht und sie bald wieder nach Hause kommt.«

»Nur Textnachrichten?«, vergewissert sich Wolfgang Müller atemlos. Seine Gedanken überschlagen sich förmlich aufgrund der offenkundigen Parallelen zum eigenen Vermisstenfall, den er gemeinsam mit Chrissie Ohlsen bearbeitet. »Sonst nichts? Keine Telefonate?« Er schickt einen fragenden Blick zu Horst Weiland, den der Freund mit einem stummen Kopfnicken erwidert. Es ist an der Zeit, konkret zu werden.

Weiland holt sein Handy hervor, wählt in der Foto-App eine der von Denise Malowski am Fundort der Leiche gemachten Aufnahmen aus und hält das Display anschließend so, dass die Frau das Foto im Blick hat. »Ist das Ihre Schwester?«

»Wo haben Sie das her?« Ulrike Willmers reißt erschrocken die Augen auf und greift nach dem dargebotenen Mobiltelefon. »Ich darf doch?«, begleitet sie die Handlung mit einer eher rhetorischen Frage und unterzieht das Foto anschließend einer genauen Musterung. Nach einer Weile gibt sie es, etwas blass um die Nasenspitze geworden, an Horst Weiland zurück. »Ist sie ... tot?«, flüstert sie kaum hörbar.

* * *

Marlene und Otto Quadt sind beide in den Fünfzigern. Das Haus am Stadtrand in einer der teuersten Wohngegenden der Stadt spiegelt nicht nur von außen den Wohlstand seiner Bewohner wieder, auch die Inneneinrichtung zeugt, soweit die Besucher von der Kriminalpolizei dies beurteilen können, von einem erlesenen Geschmack. Und von Geld.

Otto Quadt ist nach eigenen Angaben selbstständiger Unternehmensberater und übt diese Tätigkeit unter Mithilfe seiner Ehefrau hier aus, wo er in einem abgetrennten Bereich einige Büroräume eingerichtet hat. Es ist daher kein Zufall, dass die polizeilichen Ermittler die Eheleute zu dieser Tageszeit beide zu Hause antreffen.

Das erinnert Denise an die eigenen Wohnverhältnisse, Ehemann Sven übt seine Tätigkeit als Steuerberater ja ebenfalls in einem separaten

Bereich ihres Wohnhauses aus und ist daher ständig dort anzutreffen. Angenehmer Nebeneffekt ist dabei, dass er tagsüber auf die gemeinsame Tochter Leonie aufpassen kann, während seine Frau Verbrecher jagt.

Denise lächelt verträumt in Erinnerung an ihre erste Begegnung in sich hinein. Sven Leuchner war vor etwa vier Jahren von ihr als Zeuge in einem Mordfall vernommen worden und es hatte sofort zwischen ihnen gefunkt. Nur ein knappes Jahr später waren sie verheiratet. Als sie Tobias' prüfenden Blick auf sich gerichtet sieht, wird ihr bewusst, dass sie mit ihren Gedanken in private Gefilde abgedriftet ist und ruft sich zur Ordnung.

Als Mutter einer lebhaften Zweijährigen ist sie selbstverständlich in der Lage, in Sekundenschnelle umzuschalten und sich auf das Wesentliche zu konzentrieren. Sie richtet ihre Aufmerksamkeit wieder auf die Eheleute, die ihnen am Tisch gegenüber sitzen. Otto Quadt mit unverhohlener Neugier und einer gewissen Härte im Blick, was durch eisgraue Augen und einen kantigen Schädel noch verstärkt wird. Seine Frau hingegen macht auf die Kommissare einen eher verunsicherten, wenn nicht sogar eingeschüchterten Eindruck.

»Wir sind im Rahmen einer Ermittlung auf die Suchanzeige bei *Facebook* gestoßen, die Sie vor zwei Wochen bezüglich Ihrer Tochter geschaltet haben«, eröffnet sie das Gespräch und schaut dabei bewusst die Frau an, die ihr aufgrund langjähriger Berufserfahrung intuitiv der geeignetere Ansprechpartner zu sein scheint, was klare und verwertbare Angaben angeht. »Sie sind aber nicht zur Polizei gegangen. Gab es dafür einen Grund?«

»Wir dachten...«, entschließt sich Marlene Quadt nach einigen Sekunden des Zögerns mit leiser, kraftloser Stimme zu einer Antwort, wird aber sofort durch ihren Mann unterbrochen, der ihr barsch ins Wort fällt.

»Ich denke, dass unsere Familienangelegenheiten die Behörden nichts angehen!«, informiert er die Beamten ruppig. »Heidrun verließ uns nach einem heftigen Streit und meldete sich tagelang nicht mehr. Das ist alles, mehr gibt es dazu nicht zu sagen! War es das jetzt? Unsere Zeit ist begrenzt!«

Was für ein Ekelpaket!, verurteilt Denise insgeheim das rüpelhafte Verhalten des Mannes und achtet dabei auf die Reaktion seiner Ehefrau. Die scheint aber, ihrem gequälten Gesichtsausdruck nach zu urteilen, die Meinung ihres Gatten nicht zu teilen. *Die sollten wir uns vielleicht einmal separat vornehmen!*, macht sie sich daher in Gedanken eine Notiz. *Sofern es hier überhaupt einen Zusammenhang mit unserem Fall gibt. Aber das lässt sich ja herausfinden.*

Vorsorglich holt sie ihr Diensthandy mit den Fotos der Leiche hervor und legt es unter den aufmerksamen Blicken des Hausherrn griffbereit vor sich auf dem Tisch ab. Der Zeitpunkt der Konfrontation mit den Fakten ist nahe, vorher gilt es aber, den Leuten möglichst viel an Informationen zu entlocken. Denn falls sie ihre Tochter auf den Fotos wiedererkennen, wird die Stimmung komplett umschlagen und nichts mehr aus ihnen herauszubekommen sein. Unvermeidbar ist dies aber auf jeden Fall.

Tobias Heller legt wie beiläufig die rechte Hand auf das Handy und schaut seiner Partnerin kurz in die Augen. Die Geste und der Blickkontakt genügen vollkommen für eine stumme Verständigung. ›*Damit warten wir noch etwas!*‹, heißt das. Denise Malowski nickt bestätigend mit dem Kopf dazu. ›*Übernimm du das!*‹, bedeutet es. Tobias hat natürlich ebenso wie sie selbst die unterschwellige Spannung zwischen den Eheleuten bemerkt und wie so oft bedarf es keiner gesprochen Worte, um sich über ihre weitere Vorgehensweise abzustimmen.

»Sie haben also nach diesem Streit von sich aus keinerlei Kontakt mehr zu ihrer Tochter gesucht?«, nimmt Tobias Heller den Faden wieder auf. »Das war vor mehr als drei Wochen, haben Sie sich denn keine Sorgen gemacht? Ihrer Tochter hätte etwas zugestoßen sein können!«

Marlene Quadt schaut ihren Mann prüfend an, der mit verkniffenem Gesicht neben ihr sitzt und keine Anstalten macht, die Frage des Kommissars zu beantworten. »Was Sturheit angeht, nehmen sich Heidrun und mein Mann nichts«, bemerkt sie dann mit Ironie in der Stimme. »Da müsste erst die Hölle zufrieren, bis einer von ihnen nachgibt. Auf die Idee mit dem Aufruf im Internet bin dann ich gekommen. Gegen den ausdrücklichen Willen meines Mannes übrigens!«

»Weil ich von diesem ganzen Quatsch nichts halte, wie du sehr wohl weißt«, knurrt Otto Quadt. »Alle Welt postet jeden nur erdenklichen Unsinn auf *Facebook*, und dieser reiche Schnösel verdient sich eine goldene Nase damit!«

»Immerhin hat der Aufruf aber bewirkt, dass Heidrun sich endlich wieder telefonisch bei *mir* meldete, nachdem vorher eine Woche absolute Funkstille herrschte und sie auch die Tür nicht öffnete, als ich bei ihr klingelte!«, rechtfertigt sich seine Frau lautstark. Sie scheint es endgültig leid zu sein, vor ihrem dominanten Ehemann zu kuschen. Sie atmet einmal tief durch. »Aber Sie haben uns immer noch nicht gesagt, was das jetzt mit ihren Ermittlungen zu tun hat!«, fällt ihr auf. »Worum genau, sagten Sie, ging es dabei noch?«

Denise und Tobias sind dem Wortgefecht der Eheleute aufmerksam gefolgt. Mehr an Informationen ist hier und jetzt wohl nicht zu bekommen, entscheidet Denise und greift entschlossen zu ihrem Handy. In der Foto-App wählt sie eine der am Fundort der Leiche gemachten Aufnahmen aus. Ein mulmiges Gefühl beschleicht die Polizistin dabei.

Tobias Heller wendet sich derweil an ihre Gastgeber: »Es hat möglicherweise gar nichts damit zu tun«, versucht er sich in einer unverfänglichen Einleitung. »Uns war nur die Ähnlichkeit mit Ihrer Tochter aufgefallen. Aber wenn diese sich in der Zwischenzeit wieder zurückgemeldet hat ...«

»Ich kann Ihnen das jetzt nicht ersparen«, fügt Denise Malowski erklärend hinzu. »Wir fanden gestern eine ... eine Leiche. Die junge Frau wurde vermutlich das Opfer eines Gewaltverbrechens und ich muss Sie bitten, sich ein Foto anzuschauen. Wir benötigen in dieser Sache absolute Gewissheit.«

Sie reicht das Handy über den Tisch, wo Marlene Quadt es mit zitternden Händen entgegennimmt, leichenblass im Gesicht. Mit weit aufgerissenen Augen starrt sie minutenlang auf das Display, ihre Lippen zittern. Dann gibt sie das Telefon ihrem Mann.

»Wie ... wie kann ... wie kann das sein?«, stammelt sie fassungslos. »Wir haben doch am Wochenende noch miteinander telefoniert!« Tränen schießen aus den Augen der verzweifelten Frau und rinnen über ihr Gesicht. Otto Quadt reicht mit versteinerten Gesichtszügen das Handy an Denise zurück.

»Wenn das auf dem Foto nicht unsere Tochter ist, sieht sie ihr jedenfalls verdammt ähnlich«, quetscht er zwischen den Zähnen hervor. Sein Atem geht stoßweise. »Ich verstehe es zwar nicht, aber ... Was ist ihr zugestoßen?«

»Wir wissen es noch nicht, Herr Quadt«, informiert Heller ihn. »Ich muss Sie beide aber bitten, uns in die Rechtsmedizin nach Bonn zu begleiten. Die Tote muss einwandfrei identifiziert werden, das ist leider unumgänglich!«

* * *

»Eine schreckliche Sekunde lang glaubte ich tatsächlich, es handele sich bei der Frau auf dem Foto um Karin!«, bekennt Ulrike Willmers, immer noch sichtlich betroffen. »Aber bei näherem Hinsehen ... sie sieht meiner Schwester zwar auf den ersten Blick ähnlich, Karin hat aber ein kleines Muttermal auf der linken Wange. Das ist sie nicht!«

»Die Frau auf dem Foto wurde gestern Morgen tot aufgefunden«, informiert Horst Weiland die sichtlich bewegte Frau. »Wir müssen leider derzeit von einem Tötungsdelikt ausgehen. Wann hatten Sie denn den letzten Kontakt zu Ihrer Schwester? Per SMS, meine ich.«

»Das ... das war am Samstag«, erinnert sich Willmers stockend. »Sie ... Sie glauben doch nicht, dass das Verschwinden meiner Schwester etwas mit Ihrem Mordfall zu tun hat? Ich habe doch diese Nachrichten von ihr bekommen!«

»Ich will Sie gewiss nicht über Gebühr beunruhigen, Frau Willmers, und ich bin mir sicher, Ihre Schwester ist wohlauf«, ergreift Wolfgang Müller diplomatisch das Wort. »Aber eine SMS kann jeder schreiben, wenn er im Besitz des Handys ist! Ich rate ihnen daher dringend, sich schleunigst zu vergewissern, ob die Nachrichten real von Ihrer Schwester verfasst wurden!« Er greift in seine Tasche und fördert eine Visitenkarte zutage. »Hier, nehmen Sie! Unter dieser Nummer bin ich jederzeit für Sie erreichbar. Informieren Sie mich bitte umgehend, sobald Sie mehr wissen.«

* * *

Krystina Nowak zieht mit dem für sie typischen unbewegten Gesicht die Lade hervor, in der das Mordopfer bis zur Obduktion aufbewahrt wird. »Sind Sie bereit?«, wendet sich die Assistentin de Lucas an die Eheleute Quadt, die den Vorgang mit steinernen Mienen verfolgen.

Nowak erwarb kürzlich den Master in forensischer Pathologie und schreibt derzeit an ihrer Dissertation. Man sieht die junge Frau selten lächeln, was wohl ihrem Naturell entspricht. Denise Malowski und Tobias Heller hatten beruflich aber schon oft mit der stets freundlichen Medizinerin polnischer Abstammung zu tun und schätzen ihre Behutsamkeit im Umgang mit den Menschen, die hier in der Pathologie der Universität Bonn zur Identifikation verstorbener Angehöriger erscheinen.

In wächserner Blässe liegt das Gesicht der Toten vor den Besuchern, nachdem Krystina Nowak stumm das Tuch bis zum Brustansatz zurückzog. Gerade so weit, dass die Stichverletzung nicht zu sehen ist, sie geht in solchen Dingen immer äußerst rücksichtsvoll und routiniert vor.

Der Vorgang wird von einem erstickten Schluchzen begleitet. Es kommt aus der Kehle von Marlene Quadt. Ihr Mann dagegen bleibt weiterhin stumm, nur das krampfhafte Zusammenbeißen der Zähne zeugt von seinen Gefühlen. Ein Blick in die Gesichter der Eheleute genügt den erfahrenen Polizisten eigentlich schon, aber hier ist eine hundertprozentige Bestätigung vonnöten.

»Ist das Ihre Tochter?«, bemüht Denise Malowski sich um einen möglichst neutralen Tonfall, als sie die unvermeidliche Frage an die Eheleute richtet. Angehörige der Opfer von Gewaltverbrechen mit der unausweichlichen Gewissheit des Todes zu konfrontieren, ist selbst mit mehr als zehnjähriger Berufserfahrung nicht mit einem Schulterzucken abgetan. Daran gewöhnt man sich nie!

Während die Frage bei Marlene Quadt für ein weiteres Aufschluchzen sorgt, verhärten sich die Gesichtszüge ihres Mannes noch mehr, als er bestätigend mit dem Kopf nickt. »Ja, das ist sie«, flüstert er tonlos. »Das dort ist unsere Tochter Heidrun!«

»Wie ... wie ist es passiert?« Marlene Quadt schnäuzt sich vernehmlich in ein Taschentuch, bevor sie diese Frage mit tränenerstickter Stimme stellt.

»Die Obduktion ist für morgen Vormittag angesetzt«, informiert Denise Malowski die aufgewühlte Frau vorsichtig. »Genaues wissen wir also noch nicht. Wir gehen aber derzeit von einem Stich ins Herz aus.«

Erschüttert wendet Otto Quadt sich von der Bahre ab und will seine Frau tröstend in den Arm nehmen, was diese jedoch brüsk zurückweist. Sie dreht ihrem Gatten demonstrativ den Rücken zu und lässt ihn einfach stehen. Seine finsteren Blicke folgen ihr auf dem Weg zum Ausgang.

KAPITEL 3

Mittwoch, 27. März, 10:00 Uhr

Pünktlich auf die Minute betritt Martina de Luca den Sektionssaal, wo auf Tisch eins die Leiche zur anstehenden Obduktion bereitliegt. Seit der etwas dramatischen Identifikation durch die Eltern am gestrigen Nachmittag hat die Tote immerhin einen Namen. Was indes von dem anschließenden Verhalten der Eheleute Quadt zu halten ist, ist den Ermittlern auch nach längerer Diskussion nicht so recht klar. Merkwürdig ist es aber auf jeden Fall.

Am anderen Ende des Saales, dort, wo im oberen Bereich die Wand mit einem Panoramafenster für Lehrvorführungen versehen ist, bereitet Professor Dr. Heinz Balensiefen soeben eine Leichenöffnung für seine Studenten vor, die bereits vollzählig hinter der großen Scheibe versammelt sind. Der Pathologe hatte zur Freude Malowskis und Hellers ein paar freundliche Worte zur Begrüßung übrig, als er ihrer ansichtig wurde. Balensiefens warmherzige Art stellte dabei einen wohltuenden Kontrast zu der seiner unterkühlt wirkenden Nachfolgerin Martina de Luca dar, die sich jetzt in gewohnter Sachlichkeit an Denise und Tobias wendet.

»Wie ich hörte, wurde die Leiche inzwischen identifiziert«, beginnt sie nach einem angedeuteten Kopfnicken, was bei ihr als Begrüßung zu werten ist. »Ich werde daher jetzt sofort mit der Leichenschau beginnen. Vorher möchte ich Sie aber darüber in Kenntnis setzen, dass ich die Bekleidung der Toten untersucht habe und nichts außer einem einzelnen Haar fand, welches aufgrund von Farbe und Länge aber durchaus von ihr selbst sein könnte. Ich habe es trotzdem sicherheitshalber in unser Labor zur DNA-Analyse gegeben. Das Ergebnis der Untersuchung und alles Weitere entnehmen Sie dann meinem Bericht, den Sie bis spätestens übermorgen auf dem Tisch haben. Die Kleidung nehmen Sie bitte im Anschluss an die Obduktion für Ihre forensische Abteilung mit. Herr Vogel hat schon danach gefragt.«

Ohne ein weiteres Wort streift die hochgewachsene Medizinerin Handschuhe über und wendet sich ihrer Assistentin Krystina Nowak zu, die ihr stumm ein Skalpell in die Hand drückt. Denise Malowski und Tobias Heller treten einige Schritte zurück und verfolgen in den nächsten zwei Stunden geduldig die Handlungen der beiden Medizinerinnen und lauschen den damit verbundenen halblauten Kommentaren für die mitlaufenden Aufnahmesysteme.

***

Wolfgang Müller steckt den Kopf zur Tür herein. »Hast du mal einen Moment, Liebes?«, erkundigt er sich bei seiner Freundin und Kollegin Christina Ohlsen, die ihn von ihrem Platz am Schreibtisch aus fragend anschaut.

Im Tagesbetrieb ist es eher selten, dass sich einer ihrer Kollegen in ihr winziges Büro verirrt, und Wolfgang, obwohl privat mit ihr liiert, bildet da im Allgemeinen keine Ausnahme, da er meist mit Horst zusammenarbeitet und im Team eben jeder seine eigenen Aufgaben hat.

Und die von Chrissie Ohlsen besteht im Augenblick darin, die wenigen Erkenntnisse im Vermisstenfall Franziska König in einem Bericht zusammenzufassen. Die ›Störung‹ durch ihren Lebensgefährten ist ihr daher nicht unwillkommen.

»Klar!«, winkt sie ihn zu sich. »Was hast du denn da Schönes für mich?« Die Frage ist nicht unberechtigt, da sie einen großen Umschlag in seiner Hand bemerkt, den er demonstrativ schwenkt. Ob er Neues zu berichten hat?

»Das hat mir der Chef vorhin im Flur in die Hand gedrückt«, erwidert Müller. »Ist soeben mit der Post gekommen. Wie es aussieht, handelt es sich um die Verbindungsdaten von Franziska Königs Mobiltelefon! Ich dachte, du willst sie dir vielleicht als Erste anschauen.«

»Was? Das ging ja schnell! Ich hatte diese Woche schon gar nicht mehr mit einem Ergebnis gerechnet.« Sie streckt fordernd eine Hand aus. »Her damit!«

* * *

Martina de Luca streift in einer beiläufigen Geste die Handschuhe ab, wirft sie in einen bereitstehenden Abfallbehälter und wendet sich den abseits wartenden Polizisten zu. Ihre Assistentin bedeckt derweil die Leiche mit einem Tuch und beginnt damit, ihren ›Arbeitsplatz‹ aufzuräumen. Die fast zweistündige Leichenschau ist zu Ende.

»Die Obduktion hat wenig Überraschendes an den Tag gebracht«, leitet die Pathologin ihre kurze Zusammenfassung für die Ermittler ein. »Über das Alter der Frau muss ich ja nichts sagen, da Sie wissen, um wen es sich handelt. Heidrun Quadt befand sich zum Zeitpunkt ihres Todes in einer ihrem Alter entsprechenden körperlichen Verfassung und war kerngesund. Als Todeszeitpunkt habe ich den späten Nachmittag oder frühen Abend des 23. März, also letzten Samstag, eingrenzen können. Irgendwann zwischen 18:00 Uhr und 20:00 Uhr. Die Todesursache war, wie ich Ihnen schon am Montag andeutete, ein Stich ins Herz, ausgeführt mit einem spitzen, sehr dünnen Gegenstand. Der Wundkanal hatte einen Durchmesser von nicht mehr als zwei oder drei Millimetern, schloss sich nach Entfernen der Mordwaffe durch Muskelkontraktion aber sofort wieder. Dadurch, und weil der Tod innerhalb von Sekunden eintrat, erklärt sich der geringe Blutverlust. Das Herz hörte nahezu sofort auf, zu schlagen. Am Körper gibt es keine erkennbaren Abwehrverletzungen oder sonstige Fremdspuren wie zum Beispiel DNA.«

»Haben Sie eine Vorstellung, um welche Art Gegenstand es sich bei der Mordwaffe gehandelt haben könnte?«, fragt Denise Malowski, als de Luca eine kurze Atempause einlegt. »Eine Nadel vielleicht?«

»Ich möchte mich diesbezüglich nicht festlegen, Frau Malowski«, erklärt die Rechtsmedizinerin ihr resolut. »Es wäre von einer Hutnadel bis zu einer Polsternadel oder Nähahle alles Mögliche denkbar. Das Herz wurde fast vollständig durchbohrt, es kommt demnach jeder Gegenstand in Frage, der eine Länge von mindestens zwölf, eher vierzehn Zentimetern und einen entsprechenden Durchmesser aufweist. Das Einzige, was ich mit Sicherheit sagen kann, ist, dass der Stich durch die Oberbekleidung erfolgte, ein entsprechendes Loch ist vorhanden.«

»Das ist nicht sonderlich viel an Informationen, Frau Doktor de Luca«, meldet sich Tobias Heller sichtlich enttäuscht zu Wort. »Ist das alles, was Sie uns mit auf den Weg geben?«

Die Rechtsmedizinerin sieht ihn lange an, bevor sie sich zu einer Antwort bequemt. Ein verhaltenes Leuchten in ihren Augen zeigt ihm aber, dass sie wohl noch etwas herausgefunden hat. Offenbar wollte sie sich einen brisanten Sachverhalt für den Schluss aufbewahren. Eine Vorliebe, die sie durchaus mit Balensiefen teilt.

»Nein, Herr Heller. Das war nicht alles!«, erhebt sie endlich ihre Stimme und Triumph schwingt darin mit. »Ich habe eine, zumindest bis zum Tode der Frau schnell wachsende Zellenansammlung im Uterus gefunden. Mit anderen Worten: Heidrun Quadt war schwanger. In der dritten oder vierten Woche!«

***

Chrissie öffnet mit fliegenden Fingern den DIN-A4 Umschlag, den Wolfgang ihr so großzügig zur ersten Einsichtnahme überließ. Sie argwöhnt zwar, dass dies nicht so ganz uneigennützig geschah - so muss ihr Freund sich nicht selbst mit dem Inhalt auseinandersetzen - ihr aber soll es recht sein. Sie lächelt still in sich hinein.

Die Kommissarin fördert einige dicht bedruckte Blätter zutage, die in der Tat von der Telekom sind und neben den Einzelverbindungsnachweisen der letzten Tage ebenfalls die geforderte Funkzellenauswertung enthalten, wie an den aufgelisteten Koordinaten unschwer zu erkennen ist. Der Stand der Liste ist, da großräumige Funkzellenabfragen relativ aufwändig sind, von Dienstagvormittag, also von gestern. Zur Not muss eben später eine weitere Auswertung angefordert werden, falls es sich als erforderlich erweist. Vorerst geht ein stilles Dankeschön an die Mitarbeiterin des Providers, die ihrem Wunsch schneller nachkam, als sie es erwartet hatte. Und wenn man den Postweg berücksichtigt, ist die Auskunft sogar hochaktuell.

Zunächst interessieren ohnehin nur die Verbindungen, die Franziska König am Samstagabend tätigte, als sie mit ihrer Mutter in diesem Restaurant war und später im *Irish Pub* mit der Freundin. Insgesamt waren dies acht SMS, alle an dieselbe Mobilfunknummer, die der Vorwahl gemäß offenbar zu einer Prepaid-Karte gehört. Da die Liste nur die abgehenden Mitteilungen enthält - und hier auch lediglich die Nummer des Empfängers - ist die Anzahl der etwaigen Antworten leider nicht bekannt. Die Kommissarin weiß aber, dass diese Informationen im Zweifel ebenfalls zu erhalten sind, allerdings wird dafür in aller Regel eine richterliche Anordnung verlangt.

Chrissie runzelt nachdenklich die Stirn. Es wäre für die weiteren Ermittlungen von allergrößtem Interesse, zu erfahren, wer sich konkret hinter dieser Nummer verbirgt, einen Gerichtsbeschluss zur Herausgabe des Namens ist indes illusorisch. Kein Richter wird ihr einen solchen Beschluss ausstellen, solange nicht eindeutig geklärt ist, ob ein Verbrechen vorliegt und ob derjenige etwas damit zu tun hat. Dies wird ebenfalls für die Texte der ausgetauschten Kurzmitteilungen gelten.

Damit wird sie sich später befassen. Sie macht sich in Gedanken eine diesbezügliche Notiz und wendet sich stattdessen schulterzuckend den Einträgen zu, die mit den beiden SMS korrespondieren, die von Franziska Königs Handy am Samstag *nach* verlassen des Pubs und Montagnacht an ihre Mutter verschickt wurden.

Mit einem Blick erkennt Ohlsen sofort, dass die Koordinaten der jeweiligen Funkzellen sich nicht nur voneinander unterscheiden, sondern offenbar einer gänzlich anderen Gegend zuzuordnen sind, als alle übrigen zuvor! Schnell öffnet sie daher *Google Maps*, um ihren Verdacht zu verifizieren. *Da schau mal einer an!*, durchfährt es sie, nachdem sie die Koordinaten eingegeben hat. *Das wird garantiert nachher bei der Fallbesprechung wie eine Bombe einschlagen!*

***

»Schwanger?«, wiederholt Denise Malowski und rechnet schnell im Kopf nach. Die vierte Schwangerschaftswoche würde bedeuten, dass der Beginn derselben zeitlich mit dem Verschwinden Heidrun Quadts Anfang des Monats zusammenfiele. Ein Blick in das Gesicht ihres Partners zeigt ihr, dass Tobias Heller offenbar denselben Gedanken hegt. »Reicht das Zellmaterial für eine DNA-Analyse aus?«, stellt sie die einzig logische Frage an die Medizinerin.

»Davon gehe ich aus, Frau Malowski«, erhält sie zur Antwort. »Ich werde umgehend alles Erforderliche veranlassen. Ein Ergebnis gibt es aber erst in drei bis vier Tagen, fassen Sie sich daher bitte in Geduld.«

Und wir benötigen natürlich unbedingt eine Vergleichsprobe für den Vaterschaftstest, vervollständigt Denise die Ausführungen der Pathologin in Gedanken. *Wenn wir Glück haben, gibt das gefundene Haar diesbezüglich etwas her!* »Haben Sie vielen Dank für Ihre Bemühungen«, bedankt sie sich bei de Luca. »Und wenn Sie uns jetzt bitte noch die Kleidung der Toten für unsere Forensik mitgeben würden?«

* * *

»Mit ein wenig Fantasie könnte man schon einen Zusammenhang zwischen den beiden Fällen sehen!«, resümiert Donner nachdenklich, nachdem Denise Malowski und Tobias Heller ihren Bericht über die Vernehmung der Eheleute Quadt mit anschließender positiver Identifikation in der Rechtsmedizin, sowie das Ergebnis der Leichenschau zum Besten gaben. »In beiden Fällen meldeten sich die vermissten Frauen per Kurzmitteilung bei ihren Angehörigen, blieben aber weiterhin verschwunden, was durchaus die eine oder andere Frage aufwirft.«

»So, wie ich Frau Quadt gestern verstanden habe, gab es zwischen ihr und der Tochter nach Einrichtung der Suchmeldung auf *Facebook* mehrere *telefonische* Kontakte«, widerspricht Tobias Heller dem Kommissariatsleiter. »SMS wurden nachweislich zum Einen von Franziska König an die Mutter, und von Karin Willmers an die Schwester verschickt. Beide Male handelte es sich aber um einseitige Kontakte!«

»Wobei Karin Willmers vom Tisch ist«, meldet sich Wolfgang Müller zu Wort. »Ihre Schwester rief vorhin bei mir an und gab ›Entwarnung‹, Karin sei gestern Abend überraschend leibhaftig aufgetaucht. Ich hatte Frau Willmers dringend darum gebeten, mich in diesem Fall umgehend zu informieren.«

»Gut zu wissen.« Donner ist eine gewisse Erleichterung anzusehen. »Dann müssen wir uns ja nur noch mit zwei Ermittlungen herumschlagen. Wir sollten aber eine Verquickung der Fälle nicht vollständig aus den Augen verlieren«, ermahnt der seine Mitarbeiter. »In diesem Zusammenhang wäre eine DNA-Probe von Otto Quadt vielleicht keine so schlechte Sache! Und ich denke, es ist sicher besser, wenn ihr von jetzt an alle wieder etwas enger zusammenarbeitet.«

»Vom Vater der Toten?«, wundert sich Denise Malowski. »Du denkst ...? Dazu erhalten wir definitiv keinen Gerichtsbeschluss, Chef! Wo wäre da der Zusammenhang mit dem Vermisstenfall Franziska König? Und das Haar, das de Luca an der Kleidung der Toten fand, stammt garantiert nicht von ihrem Vater. Ich denke eher, es wird sich herausstellen, dass es von ihr selbst ist.«

»Ich sagte: Wir behalten es im Auge, Denise und nicht, dass es zwangsläufig so sein muss! Auf jeden Fall werdet ihr euch über eure Ermittlungsergebnisse ab sofort noch intensiver austauschen. Du und Tobias solltet den Eltern dringend einen weiteren Besuch abstatten, ich will die Sache mit dem telefonischen Kontakt unbedingt geklärt haben. Nicht, dass es auch hier wieder nur einseitige SMS gegeben hat! Bei der Gelegenheit könnt ihr den Vater ja vielleicht zur Abgabe einer DNA-Probe ›überreden‹. Ihr macht das schon!«

»Ich hätte diesbezüglich eine Idee!«, ruft Chrissie dazwischen und alle Köpfe rucken zu der Kommissarin herum. Ohlsen ist für ihre mitunter unorthodoxen Vorschläge fast so berühmt wie Kollege Weiland. »Falls Vater Quadt sich weigert, eine Probe abzugeben, warten wir eben das Ergebnis der forensischen Untersuchung ab. Kinder stimmen normalerweise genetisch zu je fünfzig Prozent mit Mutter und Vater überein. Wenn Otto Quadt der Erzeuger ist, weist die DNA des Fötus aber einen wesentlich höheren Verwandtschaftskoeffizienten auf, als es unter normalen Umständen der Fall wäre!«

»Deine biologischen Kenntnisse in allen Ehren«, dämpft Donner ihren Eifer. »Aber das wäre dann nur ein Indiz und kein Beweis!«

»Aber in diesem Fall bekämen wir garantiert einen Gerichtsbeschluss!«, bleibt Ohlsen hartnäckig. »Aber egal, kommen wir jetzt endlich zu *meinem* Fall«, wechselt sie schnell das Thema und wedelt mit einem Aktenhefter. »Da gibt es Interessantes zu berichten!«

»Dann spannst du uns am besten nicht länger auf die Folter und sagst es uns, junge Dame!«, gibt der Kommissariatsleiter mit leichtem Tadel zurück.

»Aye, Chef!« Chrissie schlägt die Akte auf und entnimmt ihr einige Blätter. »Ich habe hier die Einzelverbindungsnachweise von Franziska Königs Handy«, kommentiert sie ihre Handlung. »Sowie die Funkzellenauswertung von ihrem Mobiltelefon in der Zeit *nach* ihrem Verschwinden!«, fügt sie bedeutungsvoll hinzu. »Wobei sich die Ortung ausschließlich auf die beiden Kurznachrichten bezieht, die sie oder jemand anderes mit diesem Telefon verschickt hat. Während der übrigen Zeit scheint das Gerät in keiner Funkzelle angemeldet gewesen zu sein!«

»Und?«, wölbt Donner die Augenbrauen. »Dann war es eben ausgeschaltet, das wussten wir aber doch schon durch die Aussagen der Mutter. Was genau ist daran jetzt so spektakulär?«

»Wir erinnern uns, dass der Akku des Handys keinen Saft mehr hatte«, leitet Chrissie ihre eigentliche Sensation ein. »Wie kann es denn dann sein, dass die SMS, die ihre Mutter nach Mitternacht erhielt - weniger als zwei Stunden, nachdem Franziska den Pub in Richtung Heimat verließ - dass diese SMS von einer Funkzelle gesendet wurde, die an die zwanzig Kilometer von hier entfernt ist. In einem Industriegebiet in der Nähe von Wesseling, auf der anderen Rheinseite! Wie kam Franziska König dorthin? Und wie hat sie die Nachricht absetzen können, ohne funktionierendes Mobiltelefon? Ihr Akku war ja bekanntlich leer!«

»Das ist in der Tat äußerst merkwürdig«, stimmt Tobias Heller ihr zu. »Und was ist mit der anderen, der zweiten Nachricht von Montag?«

»Die wurde ebenfalls außerhalb Troisdorfs gesendet. Aus der Gegend von Neunkirchen-Seelscheid.«

»Das ist Luftlinie über dreißig Kilometer vom ersten Standort entfernt!«, rechnet Horst Weiland schnell nach. Er kennt sich in der Gegend sehr gut aus. »Über die üblichen Fahrwege sind es locker noch einmal fünfzehn Kilometer mehr. Wenn das mal nicht verdächtig ist! Franziska hatte doch kein Fahrzeug dabei, als sie verschwand, oder?«

»Nein, Horst, hatte sie nicht! Und laut Aussage der Freundin auch nicht genügend Bargeld, um öffentliche Verkehrsmittel oder gar ein Taxi zu nehmen.«

»Dann wisst ihr ja, was als Nächstes zu tun ist!«, schließt Donner die Diskussion ab. »Chrissie und Wolfgang: Ihr schaut euch in der Gegend der beiden Funkzellen um, gegebenenfalls fällt euch dort ja etwas auf. Befragt die Anwohner! Denise und Tobias vernehmen gleich im Anschluss die Eheleute Quadt ein weiteres Mal und versuchen, den Vater zur Abgabe einer DNA-Probe zu bewegen. Spätestens morgen früh schauen wir uns gemeinsam mit den Kollegen der Forensik die Wohnung der Toten an, ihre Identität ist uns ja jetzt endlich zweifelsfrei bekannt!«, legt der Erste Hauptkommissar das weitere Vorgehen fest. »Die Wohnung kommt womöglich als Tatort in Betracht. Den notwendigen Gerichtsbeschluss besorge ich euch, bis ihr wieder zurück seid, habt ihr den auf eurem Tisch«, gibt er seinen Ermittlern mit auf den Weg. Er klatscht enthusiastisch in die Hände. »Es gibt eine Menge zu tun, macht euch an die Arbeit, Leute!«

***

Die Frau, die ihnen die Tür öffnet, hat auf den ersten Blick nichts mehr mit der letztendlich gefasst wirkenden Ehefrau und Mutter gemeinsam, der sie gestern erst die Nachricht vom gewaltsamen Tod der Tochter überbringen mussten. Dunkle Ringe zeichnen sich unter ihren Augen ab und einige Strähnen ihres Haares hängen ihr wirr ins Gesicht. Denise Malowski kennt diese untrüglichen Anzeichen aus unzähligen Befragungen Angehöriger von Mordopfern zur Genüge. Hier ist mindestens eine schlaflose Nacht und das eine oder andere Glas Hochprozentiges im Spiel!

»Sie sind doch die Herrschaften von der Polizei?«, kommt es etwas verwaschen aus dem Mund der Hausherrin. Denise sieht sich in ihrer ersten Einschätzung bestätigt. Und noch etwas kommt ihr in den Sinn: Hinsichtlich der unschönen

Szene, die sich gestern Nachmittag in der Pathologie zwischen den Eheleuten Quadt abspielte, dürfte ihrer Ansicht nach durchaus Klärungsbedarf bestehen. Wenn dabei mal nicht eine Menge negativer Emotionen eine Rolle spielten!

»Hauptkommissare Heller und Malowski«, bestätigt Tobias der Frau und zeigt ihr sicherheitshalber noch einmal seinen Dienstausweis. »Wir würden uns gerne mit Ihnen und Ihrem Gatten unterhalten. Es haben sich weitere Fragen ergeben.«

Marlene Quadt kneift die Augen zusammen und streicht sich fahrig eine Strähne aus dem Gesicht, die aber ihren Platz sofort wieder zurückerobert. »Mein Mann ist nicht hier«, nuschelt sie dann. »Otto ist bei einem wichtigen Klienten zu einem Beratungsgespräch, er wird erst in einigen Stunden zurück sein.«

Und du kippst dir währenddessen eins hinter die Binde, kommentiert Tobias Heller den desolaten Zustand der Frau nach einem wissenden Seitenblick zu seiner Partnerin in Gedanken. »Dann nehmen wir so lange mit Ihrer Gegenwart vorlieb, Frau Quadt«, nickt er ihr aber freundlich zu. »Natürlich nur, wenn es Ihnen recht ist.«

Grüblerische Falten entstehen auf ihrer Stirn, während sie sich auf die Worte des Kriminalbeamten zu konzentrieren versucht. »Warum nicht? Bitte, treten Sie ein!«, fordert sie die beiden Kommissare schließlich höflich auf und tritt beiseite, um den Besuchern von der Kriminalpolizei den Vortritt zu lassen.

* * *

»Hier sind wir mitten im Nirgendwo, Wolfie!«, stellt Chrissie Ohlsen nüchtern fest, nachdem sie den Wagen in einer Straße namens ›Langenackerstraße‹ abgestellt hat. »Von wegen ›*die Anwohner befragen*‹, wie der Chef uns auftrug!«

Spätestens nach dem Aussteigen wird den Ermittlern klar, dass wohl keine Straße auf der Welt einen treffenderen Namen tragen dürfte: Die Landschaft wird, so weit das Auge reicht, von Strommasten und Äckern beherrscht, nachdem sie die verkehrsreiche L150 verlassen haben und hier eingebogen sind. Menschen sind weit und breit keine zu sehen, nur ein einsamer Traktor zieht seine Bahnen und lockert mit angedockter Egge das Erdreich eines der Äcker für die spätere Aussaat auf. Am Rand ihres Gesichtsfeldes lugt aber eine Wohnbebauung zwischen vereinzelten Baumreihen hervor.

»Hier in Wesseling ist die Industrie äußerst konzentriert angesiedelt«, weiß Wolfgang Müller, der sich wie immer vor Antritt der Fahrt über ihr Zielgebiet ausführlich informierte. Kollege Weiland hatte recht, der Weg vom Kommissariat über Sankt Augustin nach Bonn auf die andere Rheinseite und von dort über die A555 nach Wesseling zog sich über gut und gerne dreißig Fahrkilometer hin und dauerte eine knappe halbe Stunde bei flüssigem Verkehr. Er schaut sich ebenfalls aufmerksam um. »Bist du sicher, dass es hier war?«

Ohlsen holt ihr Handy hervor und ruft eine App zur Bestimmung von GPS-Positionen auf, die sie seit dem Brunnenkeller-Fall im vergangenen Jahr installiert hat. Die Ermittlungen in diesem mysteriösen Todesfall führten die Kommissare damals in die Geocacher-Szene, wobei die App äußerst hilfreich war.

»Laut Funkpeilung wurde die SMS in einem Umkreis von fünfzig Metern um exakt diese Stelle hier verschickt«, weiß Chrissie nach einem Blick auf die angezeigten Koordinaten ihres aktuellen Standortes zu berichten. »Die Funkzelle, in der Franziska Königs Handy zu diesem Zeitpunkt angemeldet war, ist demnach hier in der Nähe«, vermutet sie und schaut sich suchend um. »Vermutlich dort bei den Wohnhäusern. Ich könnte mir vorstellen, dass derjenige, der die SMS schrieb, genau hier stand«, wagt die Kommissarin eine Prognose. »Hier ist man ja sowas von ungestört, vor allem, wenn es kurz nach Mitternacht ist!«

»Ja, und Strom ist ebenfalls in ausreichender Menge vorhanden«, witzelt ihr Freund und zeigt auf die Überlandleitungen. »Weil das Handy ja bekanntlich keinen hatte«, grinst er.

»Ja, das ist wirklich extrem witzig!« Chrissie verzieht das Gesicht zu einer Grimasse wegen seiner ihrer Meinung nach völlig unangebrachten Albernheit. »Aber genau *dieser* Umstand lässt mir keine Ruhe! Wo und wie wurde der nachweislich leere Akku in der Zwischenzeit aufgeladen? Und wie kam Franziska beziehungsweise deren Handy überhaupt hierher? Weißt du darauf auch eine Antwort, du Schlauberger?«

Wolfgang Müller wird einer Entgegnung auf die ohnehin eher rhetorisch gemeinte Frage seiner

Freundin enthoben, als sie beide etwa fünfzig Meter entfernt eines ungewöhnlichen Trios gewahr werden, das sich ihnen auf dem schmalen befestigten Feldweg rasch nähert: Eine zierliche Gestalt mit langen, bis weit in den Rücken fallenden, vollständig ergrauten Haaren, in eine alt aussehende graue Strickjacke und ein ebensolches bodenlanges Kleid gewandet, führt zwei hochbeinige Hunde undefinierbarer Rasse mit sich, einer hell, einer dunkel, die der kleinen und offenbar betagten Frau bis an die Hüfte reichen.

»Fragen wir doch die da!«, schlägt Wolfgang Müller vor. »Wenn diese Dame öfter mit den Hunden hier herumläuft, war das womöglich in der Nacht zum Sonntag ebenfalls der Fall und sie hat etwas gesehen.« Chrissie gibt ihm keine Antwort, sieht der Begegnung an der Seite ihres Partners aber mindestens ebenso erwartungsvoll entgegen wie dieser.

***

»Was uns zunächst interessiert, Frau Quadt«, eröffnet Tobias Heller ohne Umschweife die Befragung, »ist, ob die Kontakte, die Ihre Tochter zwischen ihrem Verschwinden und ihrem Tod ...« Heller hält kurz in seiner Rede inne, weil Marlene Quadt heftig zusammenzuckt. Die Wahl der Worte war zugegebenermaßen etwas unglücklich, was ihrem Gesichtsausdruck gemäß auch Denise findet, wie er mit einem kurzen Seitenblick feststellt.

»Was ich meine«, beginnt er daher noch einmal von vorn, »haben Sie richtig miteinander telefoniert, oder schrieb Ihre Tochter lediglich SMS beziehungsweise *WhatsApp* Nachrichten an Sie? Und falls ja: Würden Sie uns diese Mitteilungen zeigen? Es gibt einen triftigen Grund für die Frage«, fügt er schnell an, weil die Hausherrin ihn mit großen Augen entgeistert anschaut.

»Den Sie mir sicher verraten?«

»Es wäre uns recht, wenn Sie zunächst die Frage meines Kollegen beantworten, Frau Quadt!«, bescheidet Denise Malowski der Frau in ruhigem Ton. »Es ist wirklich äußerst wichtig!«

»Wie Sie wünschen. Aber Sie haben zumindest teilweise richtig vermutet, Heidrun schrieb zuerst eine SMS. Erst, als ich mehrfach versuchte, sie telefonisch zu erreichen, haben wir auch miteinander gesprochen.«

»Und warum haben Sie das nicht gleich gemacht?«, hinterfragt Heller die Aussage mit gefurchter Stirn. »Statt umständlich über das Internet zu suchen, hätte man doch gleich anrufen können, oder?«

Einige Sekunden ist es still im Raum. »So schlau waren wir auch schon, Herr Kommissar!«, antwortet Marlene Quadt endlich gereizt. »Unsere Tochter hatte aber offenbar ein paar Tage zuvor den Provider gewechselt und versäumt, uns die neue Nummer mitzuteilen. Die wusste ich daher erst nach Erhalt der erwähnten SMS!«

»Sie sagten gestern, dass Sie am Wochenende das letzte Mal miteinander telefoniert haben«, erinnert sich Denise Malowski. »Das muss dann ja am

Samstag gewesen sein. Kam Ihnen am Verhalten Ihrer Tochter etwas ungewöhnlich vor? Verhielt sie sich anders als sonst?«

»Was meine Kollegin damit meint«, präzisiert Tobias Heller, »hatten Sie den Eindruck, dass Ihre Tochter offen sprechen konnte, als Sie mit ihr telefonierten? Oder wäre es möglich, dass jemand sie zu dem Gespräch mit Ihnen gezwungen hat?«

»Worauf wollen Sie hinaus, Herr Kommissar? Aber nein, Heidrun klang ganz normal. Wenn eine gewisse Anspannung bei ihr vorhanden war, dann war die allerhöchstens den Umständen geschuldet. Es gab ja diesen Streit zuvor!«

»Worum ging es dabei überhaupt?«, lässt Heller die Frage unbeantwortet.

»Ich glaube nicht, dass Sie das etwas angeht!«

»Wir ermitteln in einem Tötungsdelikt«, wird sie sogleich von Malowski belehrt. »Da geht uns alles etwas an. Also?«

»Wie Sie wünschen«, gibt Marlene Quadt mit verkniffenem Gesicht widerwillig nach. »Ehrlich gesagt, Frau Kommissarin: Ich weiß es nicht! Die beiden waren im Arbeitszimmer meines Mannes und ich kam erst hinzu, als unsere Tochter wutentbrannt die Tür hinter sich zuschlug und ohne ein weiteres Wort aus dem Haus rannte. Und mein Mann weigerte sich bisher beharrlich, darüber zu sprechen.«

Tobias wirft Denise einen bezeichnenden Blick zu. ›*Das ist ja interessant!*‹, heißt das. Mit einem angedeuteten Kopfnicken signalisiert die Partnerin, mit ihm einer Meinung zu sein. »Hatte ihr Mann später ebenfalls Kontakt zu Ihrer Tochter?«, will Heller sofort wissen. »Oder nur Sie selbst?«

»Wenn, dann ist mir davon nichts bekannt. Mein Mann kann, wie ich schon erwähnte, reichlich stur sein. Aber was unterstellen Sie uns da überhaupt? Ich muss Sie bitten, jetzt zu gehen!«

»Haben Sie gewusst, dass Ihre Tochter schwanger war?«, konfrontiert Denise Malowski die Frau mit den neuesten Erkenntnissen und beobachtet aufmerksam deren Gesicht. Das ihrer Frage folgende heftige Zusammenzucken entgeht ihr daher nicht.

»Schwanger?«, haucht sie fassungslos. »Was sagen Sie denn da? Nein, das wusste ich nicht. Und mein Mann auch nicht, das hätte er mir gesagt!«

»Wo war Ihr Ehemann am Samstag, dem 23. März, in der Zeit zwischen 18:00 Uhr und 20:00 Uhr, Frau Quadt?«, bleibt Heller beharrlich und lässt mit dieser Frage zum Abschluss endlich die Katze aus dem Sack. Die Zeit der Schonung ist seiner Meinung nach endgültig vorbei.

Die Frau schaut ihn finster an. »Wir waren beide den ganzen Tag hier in unserer Wohnung!«, zischt sie aufgebracht zwischen den Zähnen hervor. »Und jetzt sage ich keinen Ton mehr. Sie finden die Tür sicher alleine!«

»Selbstverständlich!« Tobias Heller hebt in einer beschwichtigenden Geste beide Arme. »Es tut mir leid, wenn ich Sie verärgert habe, aber wir ermitteln in einem Tötungsdelikt, Frau Quadt. Wir müssen diese Fragen stellen. Und immerhin geht es dabei um Ihre Tochter! Bevor wir gehen, habe ich aber noch eine Bitte.« Er reicht der Frau einen Zettel aus seinem Notizblock und einen Stift. »Schreiben Sie mir die aktuelle Mobilfunknummer des Handys Ihrer Tochter auf. Und den Provider, falls er Ihnen bekannt ist.«

»Es wäre eventuell hilfreich, wenn Sie uns die alte Nummer ebenfalls geben«, wirft Denise Malowski ein. Sie ahnt, worauf ihr Partner hinauswill und hegt einen ähnlichen Gedanken. »Nur für alle Fälle!« Helene Quadt nickt nur stumm dazu und beginnt zu schreiben.

* * *

»Wofür jetzt die alte Nummer?«, wundert sich Heller auf dem Rückweg zu ihrem Auto.

Malowski lächelt still in sich hinein. »Na, wofür wohl? Du willst doch sicher die Einzelverbindungen mit denen von Franziska König vergleichen, oder? Ich denke, dass wir dann ebenfalls die Kontakte der vorherigen Telefonnummer hinzuziehen sollten. Es ist ja erst ein paar Wochen her, dass Heidrun Quadt die Nummer wechselte!«

»Du hast recht, Denise«, nickt Tobias Heller und setzt sich hinter das Steuer. »Wir dürfen eine mögliche Querverbindung der beiden Fälle nicht gänzlich außer Acht lassen!«

Denise Malowski schaut auf den Zettel, den ihr Partner ihr in die Hand gedrückt hat. »Ich werde mich gleich mit den beiden Providern wegen der Verbindungsnachweise in Verbindung setzen«, informiert sie ihn. »Sobald wir im Kommissariat sind!«

* * *

Im Näherkommen erkennen Müller und Ohlsen, dass die Frau, die Kommissare schätzen ihre Größe auf kaum mehr als 1,60 Meter, die Achtzig deutlich überschritten haben dürfte. Dennoch strahlt sie eine nahezu unbändige Energie aus, was vor allem an ihrer betont aufrechten Haltung und dem forschen Gang liegen mag. Altersmäßig gilt dasselbe in Hundejahren sicherlich für ihre vierbeinigen Begleiter, wobei dies insbesondere für den mit dem dunklen Fell gilt, das, wie jetzt aus der Nähe zu sehen ist, doch schon recht angegraut ist. Zudem haben die Hunde sichtlich Mühe, mit dem strammen Schritt der Frau mitzuhalten.

»Haben Sie einen Augenblick Zeit?«, hält Wolfgang Müller die Frau beherzt auf und erntet einen überraschten Blick aus erstaunlich klaren Augen dafür. Sie war aber ohnehin gezwungen, in ihrem Schritt innezuhalten, weil ihre Hunde die offenbar hochwillkommene Gelegenheit nutzten, um stehenzubleiben und die Kommissare und deren Fahrzeug voller Neugier ausgiebig zu beschnuppern. Gleichzeitig holt er seinen Dienstausweis hervor und hält ihn der Frau entgegen.

»Kriminaloberkommissar Wolfgang Müller und Kriminalkommissarin Christina Ohlsen, Kripo Siegburg«, stellt er sie beide pflichtgemäß vor, während Chrissie ihren Ausweis ebenfalls vorzeigt. Das geplante Einstecken der Dokumente wird indes wirksam verhindert, weil die Frau mit einer Geschwindigkeit, die ihr niemand zugetraut hätte, blitzschnell danach greift, um die Ausweise einer eingehenden Untersuchung zu unterziehen. Zu diesem Zweck hält sie sie dicht vor ihre Augen.

Sie ist extrem kurzsichtig, stellt Müller fest. *Die Gute scheint dringend eine Brille zu benötigen. Ob sie uns als Zeugin überhaupt nützlich sein wird, ist daher mehr als fraglich!*

Neben ihm greift Christina Ohlsen entschieden nach den Ausweisen in der Hand der Fremden und nimmt die Dokumente mit einem unwilligen Stirnrunzeln an sich. Wortlos reicht sie ihrem Freund den seinigen, von der Hundebesitzerin aufmerksam und mit nachdenklichem Blick gemustert.

»Ich hatte eine Tante, die Christine hieß«, kommt es völlig unvorbereitet und scheinbar ohne jeden Zusammenhang aus dem Mund der alten Dame. Ihre Stimme ist erstaunlich kräftig. »Sie starb, als ich ein Kind war. Wir nannten sie Christel.« Ein erneuter nachdenklicher Blick streift die Kommissarin und bleibt dann an Müller hängen. »Ich wusste nicht, dass man heutzutage noch junge Menschen findet, sie so heißen ...«

Hä?, wundert sich Chrissie. *Was soll das denn jetzt?* »Mein Name lautet aber Christin*a*«, berichtigt sie die ihr langsam reichlich schrullig erscheinende Frau kopfschüttelnd. »Und der ist überhaupt nicht ungebräuchlich!«

»Wir führen hier eine polizeiliche Ermittlung durch!«, wirft Wolfgang Müller schnell ein, bevor hier die Emotionen hochkochen. Das mitunter heißblütige Temperament seiner Freundin, wenn es um Kritik an ihrer Person geht, ist ihm nur allzu bekannt. Er holt einen Notizblock und einen Stift hervor. »Gehen Sie regelmäßig mit den Hunden hier lang, Frau ...?« Fragend schaut er die Frau an.

»Silvana Heidenreich«, antwortet sie bereitwillig und sieht den Ermittler aus graublauen Augen herausfordernd dabei an. Dazu muss sie allerdings den Kopf weit in den Nacken legen, da der Oberkommissar mehr als dreißig Zentimeter größer ist.

Na, der Name ist aber auch nicht gerade der Brüller!, denkt dieser und notiert die Information sorgfältig, während die Frau weiterspricht: »Ja, ich gehe mehrmals am Tag und auch in der Nacht mit meinen Lieblingen diesen Weg, da können sie frei herumlaufen, ohne dass es jemanden stört.«

»War das in der Nacht zum Sonntag, sagen wir ... so gegen 1:00 Uhr, auch der Fall?«, hakt er sogleich nach. Zu dem Zeitpunkt wurde ja eine SMS von Franziska Königs Handy von vermutlich sogar dieser Stelle aus abgeschickt.

Silvana Heidenreich denkt kurz nach. »Sonntag Nacht ... da war doch Vollmond ... ja, da war ich noch spät hier draußen, aber nicht hier, sondern da drüben«, zeigt sie auf einen parallel verlaufenden Weg einige Dutzend Meter näher an der Wohnbebauung. »Hier war es mir dann doch etwas zu einsam mitten in der Nacht, und die Hunde taugen als Beschützer nicht mehr allzu viel.«

»Ist Ihnen etwas Ungewöhnliches aufgefallen? Ein Auto vielleicht, das hier stand?«, wirft Christina Ohlsen ein.

»Ein Auto ...«, überlegt sie laut. »Ja, da war ein PKW, sogar genau hier, wo Sie jetzt stehen, glaube ich. Hat eine ganze Weile dort gestanden, ohne Licht. Kurz vor 1:00 Uhr war das, ich hatte kurz zuvor auf die Uhr geschaut. Hab mir aber nichts weiter dabei gedacht. Als ich mit den Hunden später auf dem Heimweg wieder dort vorbeikam, war das Auto nicht mehr da. Das war eine halbe Stunde später, schätze ich.«

»Und da sind Sie sich sicher? Konnten Sie das Fahrzeug denn in der Dunkelheit erkennen, so weit weg?«, fragt Müller sicherheitshalber nach.

»Eine Brille benötige ich nicht, wenn Sie das andeuten wollten, junger Mann!«, funkelt sie ihn böse an. »Wenn Sie aber die Automarke oder sogar ein Nummernschild von mir haben möchten, muss ich passen. Dafür war das zu weit weg! Und Farben kann man ja im Dunkeln nicht richtig sehen, wie Sie hoffentlich wissen. Ich glaube aber, dass es eine helle Lackierung hatte. Weiß vielleicht, oder hellblau. Und es war kein großes Auto, eher einer dieser Kleinwagen.«

***

»Eine große Hilfe war die Alte ja nicht gerade für uns«, beschwert sich Chrissie, als sie Minuten später wieder Richtung Landstraße unterwegs sind. »Und dann meinen schönen Vornamen als altmodisch zu bezeichnen ... also wirklich! Wieso hat sie eigentlich zu deinem Namen nichts gesagt?«

»Hätte sie garantiert, aber du hast sie ja gleich zusammengefaltet. Ich würde an deiner Stelle da nicht weiter drüber nachdenken«, beschwichtigt Müller seine immer noch aufgebrachte Partnerin milde lächelnd. »Die Dame glaubt eben, nur weil in ihrer Jugend Leute so hießen, dürfe es heute niemanden mehr mit solchen Namen geben! Aber immerhin wissen wir jetzt, dass da zur fraglichen Zeit ein Auto stand, und Franziska König war ja ohne eigenes Fahrzeug unterwegs. Das ist schon eine Spur ... Meinst du, wir schaffen die andere Stelle in Neunkirchen-Seelscheid auch heute noch?«

»Da, wo die zweite SMS abgeschickt wurde?« Ohlsen schaut auf die Uhr und verzieht das Gesicht. »Da sind wir doch mindestens eine Stunde unterwegs, Wolfie. Und zurück ins Kommissariat müssen wir dann ja auch noch. Es wäre mir wirklich lieber, wir verschieben das auf morgen!«

KAPITEL 4

Donnerstag, 28. März, 9:28 Uhr

»Hier waren wir doch schon einmal«, erinnert sich Denise Malowski, als sie den Wagen auf der Straße ›Zum alten Tor‹ vor einer Wohnanlage abstellt, gleich hinter dem VW-Bus der Spurensicherung. Deren Leiter Jürgen Vogel lehnt lässig an der Karosserie und pafft genüsslich einen seiner geliebten schwarzen Zigarillos, ohne die man ihn draußen selten antrifft. »Das ist gar nicht so lange her, glaube ich. Auf jeden Fall kommt mir der Gebäudekomplex dort vorn reichlich bekannt vor!«

»Du hast recht«, stimmt Tobias Heller seiner Partnerin zu. Auf sein Gedächtnis ist verlass. »Wir sind seinerzeit aber nur hier durchgefahren. Ein paar hundert Meter weiter die Straße runter wohnte unser Opfer vom Brunnenkeller, Oliver Fuhrmann. In seiner Wohnung fanden wir das Marihuana, das uns vergangenes Jahr der Lösung des Falles näherbrachte.«

»Ich erinnere mich. War seine Wohnung nicht unmittelbar am Waldrand? Dann sind wir hier dieses Mal ebenfalls nicht weit vom Fundort der Leiche entfernt«, überlegt Denise. »Schon wieder! Es würde mich echt nicht wundern, wenn Jürgens Leute feststellen, dass Heidrun Quadt hier in ihrer Wohnung getötet wurde! Hast du den Beschluss?«, vergewissert sie sich beim Aussteigen bei Heller, der das Dokument wortlos hochhält, bevor er der Kollegin nach draußen folgt.

»Kann's losgehen?«, ruft Vogel ihnen statt einer Begrüßung entgegen und drückt den erst halb aufgerauchten Glimmstängel sorgfältig am Hinterreifen des Einsatzfahrzeugs aus. Zur späteren Weiterverwendung. Mit einem rhythmischen Klopfen gegen die Karosserie gibt er anschließend seinen drinnen wartenden Mitarbeitern das ersehnte Zeichen zum Aufbruch.

»Lasst euch ruhig Zeit, Jürgen!«, bremst Denise Malowski seinen Eifer. »Wir müssen erst den Hausmeister ausfindig machen, damit er uns in die Wohnung lässt. Es handelt sich bei dieser Wohnanlage um Eigentumswohnungen, wovon eine unserem Mordopfer gehörte. War ein Geschenk der offenbar stinkreichen Eltern zum bestandenen Abitur. Die haben aber keinen Schlüssel. Jedenfalls behaupten sie das!«

Während Vogel sich ohne ein weiteres Wort zum Wagen umdreht, um seinen Leuten Anweisungen zum Ausladen der für die forensische Untersuchung notwendigen Gerätschaften zu geben, steuert Denise mit Tobias im Fahrwasser zügig das vor ihnen liegende Gebäude an. *Endlich geht es in diesem vertrackten Fall wenigstens einen kleinen Schritt voran!*, hegt sie die nicht unberechtigten Hoffnung, Hinweise zu Leben und Tod der Heidrun Quadt in der Wohnung zu erhalten. Nicht von ungefähr beginnen Mordermittlungen häufig im sozialen Umfeld der Opfer, denn dort finden die meisten Gewaltverbrechen statt!

* * *

»Hier waren wir doch kürzlich erst, Wolfie!«, stellt Chrissie Ohlsen überrascht fest und benutzt unwissentlich fast dieselben Worte wie Denise Malowski etliche Kilometer von hier entfernt. Spätestens seit der Wahnbachtalsperre, an deren westlichen Ufer ein gutes Stück ihrer Fahrt entlang führte, kommt ihr die Gegend links und rechts der B56 mehr als bekannt vor. Es ist schließlich erst wenige Monate her, dass ein irrer Serientäter die Ermittler des KK 1 in die Irre führte, indem er seine Opfer in entlegenen Waldstücken entlang dieser Bundesstraße zurückließ.

Soeben haben sie auf dem Weg zu ihrem Ziel die Ortschaft Busch passiert, die aus nur wenigen Häusern besteht und zu Neunkirchen-Seelscheid gehört. Die Funkzelle, über die Montagnacht eine SMS von Franziska Königs Handy an ihre Mutter verschickt wurde, ist hier irgendwo in der Nähe.

»Wenn man, von Siegburg, Troisdorf oder Sankt Augustin kommend, hier herauf will«, antwortet Wolfgang Müller nach einer Weile, »gibt es im Grunde nur diese Straße, Chrissie! Und die Blockhütten, in denen Veit seine Opfer tagelang gefangen hielt und misshandelte, lagen alle hier in der Gegend verstreut, wie du weißt.«

»Halt doch bitte mal an!«, gibt Ohlsen unvermittelt das Kommando, nachdem sie die letzten Minuten ständig ihre GPS-Position auf der entsprechenden App ihres Mobiltelefons kontrollierte. »Wir sind an den von der Telekom mitgeteilten Koordinaten für die SMS von Montag angekommen. Von hier irgendwo muss sie verschickt worden sein!«

Sie schaut sich aufmerksam um, nachdem Müller den Wagen am Straßenrand abgestellt hat. »Nichts als Bäume, Wolfie!«, stellt sie enttäuscht fest. »Wird schwer werden, hier jemanden zu finden, dem etwas aufgefallen sein könnte, zumal das ja mitten in der Nacht gewesen ist!«

»Genau *das* stört mich dabei am meisten«, brummt Müller und greift zum Türöffner. »Komm, lass uns ein wenig die Beine vertreten, beim Gehen kann ich am besten nachdenken.« Draußen unterzieht er seine massige Gestalt zunächst einigen Dehnübungen, um die Verspannungen loszuwerden. Das Auto, in dem ein Wolfgang Müller bequem sitzen kann, muss erst noch erfunden werden.

»Es will mir einfach nicht in den Kopf«, wendet er sich dann an seine Freundin, »warum jemand mitten in der Nacht in die Walachei fährt, nur um eine Textnachricht mit dem Handy zu verschicken. Das ergibt doch überhaupt keinen Sinn!«

»Vielleicht tut es das ja doch«, überlegt Chrissie Ohlsen laut. »Für den Fall nämlich, dass jemand damit etwas verschleiern oder eine falsche Spur legen will. Aber das würde in letzter Konsequenz bedeuten, dass Franziska König nicht freiwillig von der Bildfläche verschwunden ist!«

»Hm. Und dazu fährt derjenige zig Kilometer weit in komplett entgegengesetzte Richtungen?«, zweifelt Müller. »Aber wenn du richtig liegst mit deiner Vermutung, läge sein Domizil irgendwo in der Mitte davon ... Wir bräuchten eine dritte SMS, dann könnten wir das Gebiet eventuell eingrenzen.«

»Dann können wir nur hoffen, dass er oder sie uns diesen Gefallen auch tut«, stimmt Christina Ohlsen ihm stirnrunzelnd zu. »Komm, lass uns fahren, hier gibt es für uns nichts mehr zu ermitteln. Wenn das Auto hier mitten in der Wildnis stand, hat es um diese Uhrzeit garantiert niemand gesehen. Das in Wesseling war dann wohl eher ein Zufallstreffer!«

»Ja, und im Grunde haben wir erfahren, was wir wissen wollten!«

»Ach, ja?«

»Ja, Chrissie! Wir haben zwei abgeschiedene Orte inmitten der Wildnis, wie du vorhin absolut zutreffend sagtest. Und Uhrzeiten, zu denen sich so weit draußen praktisch niemand mehr aufhält, der einen beobachten könnte. Dahinter steckt doch ein System! Ich fürchte, wir müssen uns endgültig mit dem Gedanken anfreunden, dass Franziska König einem Verbrechen zum Opfer fiel!«

»Ich fürchte, du hast recht ... Irgendeine Idee, wie wir das Mädchen oder ihren Entführer aufspüren können? An eine Verbindung mit dem Mordfall, den Denise und Tobias bearbeiten, glaube ich nämlich, ehrlich gesagt, nicht mehr!« Christina Ohlsen lässt resigniert die Schultern hängen. Derart mutlos hat ihr Freund sie selten gesehen.

Dabei geht es ihm ganz ähnlich, wie er sich mittlerweile eingestehen muss. Aus einem fast alltäglichen Suchauftrag für eine vermisste Person ist mit einem Mal eine ziemlich große Sache geworden! »Okay, wer sind Sie und was haben Sie mit meiner vorlauten Freundin angestellt?«, fragt er in gespielt inquisitorischem Tonfall, was ein zaghaftes Lachen auf ihr Gesicht zaubert. Zärtlich nimmt er sie in die Arme. »Hey, wir finden sie, okay?«

Übergangslos geht ein Ruck durch die zierliche Gestalt. »Du hast recht!« Mit wiedergewonnenem Elan windet sich Chrissie aus der Umarmung und zieht ihr Handy aus der Tasche.

»Was hast du vor?«, wundert sich Müller über den spontanen Sinneswandel, wobei so etwas aber durchaus ihrem Naturell entspricht.

»Es ist an der Zeit für Plan B!«, gibt sie sich geheimnisvoll, während sie sorgfältig eine Nummer wählt, die sie von ihrem Notizblock abliest. Mit erhobener Hand gibt sie ihrem Partner ein Zeichen, still zu sein, während sie, ihrem konzentrierten Gesichtsausdruck nach zu urteilen, einer Stimme am anderen Ende der Verbindung lauscht. Nach etwa dreißig Sekunden steckt sie das Telefon ohne ein Wort wieder ein. »So, das war's, lass uns fahren!«, kommt es fröhlich aus ihrem Mund und sie setzt sich unverzüglich in Richtung Dienstwagen in Bewegung.

Kopfschüttelnd schaut Wolfgang Müller ihr hinterher. Manchmal kommt selbst er mit dem Eifer dieses kleinen Energiebündels nicht mit. Lächelnd folgt er ihr zum Wagen, allerdings ohne besondere Eile an den Tag zu legen. *Sie wird ohnehin auf mich warten müssen*, denkt er vergnügt und greift in die Hosentasche. *Denn ich habe den Autoschlüssel!*

Eine Minute später steckt besagter Schlüssel im Zündschloss und Wolfgang Müller schaut Chrissie Ohlsen fragend an, bevor er den Motor anlässt. Seine Freundin wartet insgeheim garantiert darauf, dass er etwas anderes von ihr wissen will, aber er lässt sie noch zappeln. »Wohin fahren wir jetzt?«, erkundigt er sich stattdessen betont gleichmütig bei ihr.

Chrissie ist offenbar vollauf mit dem Anlegen des Sicherheitsgurtes beschäftigt und antwortet, ohne aufzublicken: »Das sagte ich doch schon. Wir fahren zurück ins Kommissariat!«

***

Die großzügig geschnittene Drei-Zimmer-Wohnung liegt in dem in solchen Gebäuden heißumkämpften Erdgeschoss, wo demzufolge Behausungen dieser Art am meisten kosten. Der Hausmeister war trotz der Weitläufigkeit der Anlage erstaunlich schnell aufgespürt und so stehen Denise Malowski, Tobias Heller und die fünf Forensiker bereits nach wenigen Minuten erwartungsvoll vor Heidrun Quadts Wohnungstür, die Reiner Grunewald soeben für sie öffnete. Da sämtliche Wohnungen in diesem Komplex mit einer Schließanlage ausgestattet wurden, wie der Hausmeister ihnen erklärte, stellte dies kein Problem dar. Den dafür notwendigen Gerichtsbeschluss, den Heller dem Mann überreichte, studierte dieser allerdings äußerst gewissenhaft.

Alle Wohneinheiten, auch die auf der untersten Ebene, sind, wie die Ermittler beiläufig zur Kenntnis nahmen, mit einem schmalen Balkon versehen, der sich jeweils an Wohn- und Schlafraum anschließt.

Falls es sich hierbei um den Ort handelt, wo die Frau getötet wurde, dürfte die Entsorgung ihrer Leiche ein Kinderspiel gewesen sein, sinniert Denise. *Der Täter brauchte sein lebloses Opfer nur über den Balkon zu hieven und in ein davor abgestelltes Auto zu laden. Niemand hätte in der Nacht etwas bemerkt.*

Nachdenklich betritt sie hinter den anderen als Letzte die Räumlichkeiten. Hausmeister Grunewald wurde kurzerhand von Tobias Heller aufgefordert, als neutraler Beobachter zugegen zu sein, was er nur mit sichtlichem Widerwillen akzeptierte.

Drinnen verteilen sich Vogel und seine Leute zügig in gewohnter Routine auf die verfügbaren Räume. Infolge der Schutzkleidung mit Mundschutz, die Denise und Tobias ebenfalls anlegen mussten, sind sie jetzt kaum noch voneinander zu unterscheiden. Mit zwei Ausnahmen: Jürgen Vogel, der mit seinen 1,92 Metern und einer extrem hageren Gestalt kaum zu verwechseln ist, sowie die einzige Frau im Team, die kürzlich für den überraschend zum Jahresende ausgeschiedenen IT-Spezialisten Klaus Dreyer eingestellt wurde.

Auffällig ist Amara Jones allerdings weniger durch ihr Geschlecht, sondern durch eine wesentlich bemerkenswertere Eigenschaft: Die gebürtige Münchnerin nigerianischer Abstammung hat nämlich eine Hautfarbe wie poliertes Ebenholz! Heute wird sie sich vornehmlich um die korrekte Behandlung etwaiger technischer Gerätschaften kümmern.

Denise folgt ihrem Partner ins Wohnzimmer, wo Tobias schon die Tür zum Balkon geöffnet hat und sich draußen neugierig über das Geländer beugt, den Blick dabei konzentriert auf den Boden davor gerichtet. »Ist da unten etwas zu sehen?«, erkundigt sie sich. Tobias hatte offenbar den gleichen Gedanken wie sie. Immer vorausgesetzt natürlich, dass dies hier der Tatort ist.

»Um das ganze Haus herum wurden schmale Beete angelegt«, informiert er sie, ohne aufzublicken. Sie beugt sich ebenfalls vor. »Wenn jemand hier einen Körper hinuntergeworfen hat«, spinnt Heller seinen Gedanken weiter, »sollte in dem weichen Boden doch etwas davon zu sehen sein. Auch heute noch!«

»Müsste man dann nicht auch Blut am Geländer finden?«

»Das ist eher unwahrscheinlich, Denise. Erinnere dich daran, was de Luca sagte: Es trat nur sehr wenig Blut aus, da das Opfer sofort tot war und die Wunde sich gleich wieder schloss. Wenn überhaupt, finden wir Blut wohl nur an der Stelle, wo Heidrun Quadt starb!«

»Du hast recht. Ich werde sofort Jürgen informieren, damit er einen seiner Leute nach draußen schickt.«

»Kommt ihr mal?«, ertönt in diesem Augenblick wie auf Kommando die Stimme Vogels in ihrem Rücken aus einem Raum gegenüber der Diele. »Ich habe hier etwas, das solltet ihr euch unbedingt anschauen!«

Das Zimmer, das die Ermittler wenige Augenblicke später betreten, ist kaum größer als zehn Quadratmeter und infolge seines Mobiliars, welches aus Regalen und einem voluminösen Schreibtisch nebst dazugehörigem Stuhl besteht, unzweifelhaft als Arbeitszimmer zu erkennen.

Und vor besagtem Schreibtisch kniet Jürgen Vogel auf dem Fußboden und leuchtet mit einer batteriebetriebenen UV-Lampe akribisch jeden Quadratzentimeter Fußboden vor und unter dem Möbelstück aus. Mit sichtbarem Erfolg, denn den eintretenden Kommissaren schimmern im Licht der Lampe gleich mehrere zwar winzige, aber infolge des vorher aufgesprühten Kontrastmittels Luminol grell leuchtende Flecken entgegen: Blut!

***

»Wessen mobile Sprachbox hast du denn nun vorhin angerufen?«, durchbricht Wolfgang Müller das Schweigen, das sich in den vergangenen Minuten an Bord des Audi ausgebreitet hat. Seine Neugier hat letztendlich doch gesiegt. Wie immer.

»Wie kommst darauf, dass es eine Sprachbox war?« Christina Ohlsen zieht die Stirn kraus, was sich auf niedliche Weise ebenfalls auf ihre Nase auswirkt.

»Ich kann zwei und zwei zusammenzählen, Chrissie! Du wählst eine Nummer und sagst eine volle Minute keinen Ton, was nebenbei bemerkt bei dir schon ein Rekord ist. Das bedeutet entweder, es hat niemand abgehoben oder derjenige hat die Angewohnheit, seine Anrufer stundenlang zu belabern, bevor er wissen will, weswegen man überhaupt anruft, was aber unwahrscheinlich ist. Bleibt daher nur die Sprachbox!«

Falls Chrissie Ohlsen von seiner absolut zutreffenden Schlussfolgerung beeindruckt, oder vom unterschwelligen Vorwurf, zu viel zu reden, verärgert ist, lässt sie es sich nicht anmerken. »Mark Heubach«, wirft sie ihm nach einer ausgedehnten Kunstpause einen Informationsbrocken hin.

»Sollte ich den kennen?«, wundert sich Müller und lenkt gleichzeitig den Wagen von der B56 auf die Zeithstraße, die direkt ins Siegburger Stadtzentrum führt. »Also, so auf Anhieb sagt mir der Name nichts!«

»Ich kannte ihn bis vorhin auch nicht«, gesteht Ohlsen. »Aber offenbar ist er der Inhaber der Handynummer, mit der Franziska König laut den uns vorliegenden Einzelverbindungsnachweisen am Samstag so rege Textnachrichten austauschte. Mit diesem Namen stellte der Mensch sich jedenfalls in seiner Sprachboxansage vor!«

Neben ihr schnappt Wolfgang Müller hörbar nach Luft. »Du ... du hast *diese* Nummer angerufen? Ich fasse es ja nicht! Das ist ein Verdächtiger!« Dass der Ermittler mit der sprichwörtlichen Ruhe derart die Fassung verliert, ist eine absolute Seltenheit.

»Jetzt krieg dich schon wieder ein, ich hab ja nichts gesagt. Und außerdem: Würde einer, der soeben erst ein Verbrechen begangen hat, seinen Namen einfach so ausposaunen? Und wenn doch, kann er nicht besonders helle sein. Dann ist er vielleicht ebenfalls dumm genug, sich selbst ans Messer zu liefern. Du siehst, ihn anzurufen war die einzig logische Vorgehensweise, wenn wir hier weiterkommen wollen. Ich denke, es ist an der Zeit, dem Mann einen kleinen Besuch abzustatten!«

»Und wenn er nun selbst das Gespräch angenommen hätte?«, kritisiert Müller weiterhin das seiner Meinung nach leichtsinnige Verhalten Ohlsens. »Was dann?«

»Bist du noch nie von jemandem angerufen worden, der sich bloß verwählt hat?«, grinst sie ihn schelmisch an.

»Hm. Und wo dieser Mark Heubach wohnt, weißt du?«, gibt ihr Freund augenrollend nach. Das ist wieder typisch Chrissie!

»Nein, aber das lässt sich ja herausfinden!«

* * *

Der Forensiker richtet sich mühsam aus der knienden Haltung auf, als Denise Malowski und Tobias Heller den Raum betreten. »Mannomann!«, ächzt der achtundvierzigjährige Wissenschaftler. »Was für ein Glück, dass ich schon seit fünfundzwanzig Jahren glücklich verheiratet bin ... auf den Knien herumzurutschen wird nämlich langsam zur Qual!«

»Du hast deiner Frau den Heiratsantrag noch auf den Knien gemacht?«, lacht Denise. »Wie süß! Aber kommen wir doch zurück zum Zweck unserer Anwesenheit: Glaubst du, das hier ist der Tatort?«, zeigt sie mit der Hand grob in Richtung der Blutspritzer, die jetzt, da Vogel die Lampe ausgeschaltet hat, nicht mehr zu sehen sind.

»Es ist nur ein Indiz, Denise«, wiegelt Vogel ab. »Die paar Tropfen, die hier zu finden sind, können durchaus eine völlig harmlose Ursache haben, so sie denn überhaupt vom Opfer stammen. Das wird die DNA-Analyse zeigen. Andererseits hat sie laut Rechtsmedizin nicht sehr viel Blut verloren, als sie starb. Das würde zu der hier vorgefundenen Blutmenge passen.«

»Sonst hast du nichts vorzuweisen?«, gibt Tobias Heller sich enttäuscht. *Und dafür macht der Kerl so ein Theater!*, denkt er missmutig.

Jürgen Vogel hebt dozierend den Zeigefinger. »Vielleicht doch ... kommt mal hier herüber zum Schreibtisch, passt aber auf, dass ihr nicht dorthin tretet, wo das Blut auf dem Boden ist! Hier, seht ihr das?«, fragt er, nachdem sie seiner Aufforderung neugierig gefolgt sind. Auf der ansonsten makellosen Tischplatte des teuer aussehenden Möbelstücks fällt ihnen sofort eine etwa handflächengroße, unregelmäßig gezackte Macke auf, wo das wesentlich hellere blanke Holz zutage tritt. Und zwar unmittelbar am oberen Tischrand, also ihnen zugewandt.

Denise legt die Stirn in Falten. »Was ist das denn?«, wundert sie sich. »Da scheint jemand mit einem Messer oder so zugange gewesen zu sein. Das sieht frisch aus, wenn ihr mich fragt!«

»Würde ich ebenfalls sagen«, gibt Vogel ihr recht. »Wir werden das genauer untersuchen, um das Alter der Schnitzerei zu bestimmen. Meine Vermutung tendiert vorläufig dahin, dass es hier ebenfalls einen Blutfleck gab, den jemand auf diese Weise entfernt hat. Und in Anbetracht des sicher teuren Möbelstücks gehe ich nicht davon aus, dass dies die Eigentümerin war!«

Denise Malowski schaut sich die Stelle mit zusammengekniffenen Augen aus der Nähe an. »Gleich daneben ist ein von der Schnitzerei unterbrochener, ehemals kreisrunder Bereich, wo das Holz eine Winzigkeit heller ist«, stellt sie fest. »Da hat längere Zeit was gestanden, sodass der Lack drumherum mit der Zeit nachgedunkelt ist. Ein Trinkglas würde ich aber ausschließen, das lässt man ja nicht jahrelang an derselben Stelle stehen.«

»Das hilft uns jetzt aber nicht weiter, Denise«, meint ihr Partner dazu. »Das kann alles Mögliche gewesen sein. Eventuell gibt es aber draußen vor dem Balkon weitere Hinweise«, wechselt er schnell das Thema und berichtet Vogel von seiner und Denises Vermutung darüber, wie ein mutmaßlicher Täter die Leiche aus der Wohnung geschafft haben könnte. »Wenn es unter dem Balkon Abdrücke eines Körpers oder Schuhabdrücke gibt, haben wir unseren Beweis!«

»Das ist ein guter Gedanke, Tobias! Ich werde umgehend ›Au Wei‹ nach draußen beordern!« Damit ist August Weise gemeint. Die Abkürzung seines Namens auf die jeweils erste Silbe ist eine Anspielung auf die ständige Zerstreutheit des ansonsten genialen Spurenanalysten. So ist es zum Beispiel fast immer notwendig, seine Ausführungen zu hinterfragen, weil Weise weitaus schneller denkt, als er spricht und daher in der Regel wesentliche Details unausgesprochen lässt.

Ihm eilt aber der Ruf voraus, er könne ohne technische Hilfsmittel aus Schuhgröße, Bodenbeschaffenheit und Tiefe der Abdrücke das Gewicht des Verursachers errechnen. Das ist gewiss etwas übertrieben, dass ihm selbst kleinste Spuren nicht verborgen bleiben, ist dagegen eine oft bewiesene Tatsache. Falls es da draußen etwas gibt, wird Weise es finden, davon sind Denise und Tobias überzeugt.

Der Forensiker zieht mit unbewegtem Gesicht einen Spurensicherungsbeutel aus der Tasche. »Vorerst wird uns aber dies hier genügen!« Mit schalkhaft blitzenden Augen hält er ihnen einen eingetüteten Holzsplitter hin. »Der lag unter dem Tisch. Wenn wir Glück haben, haftet Blut daran!«

»Entschuldigung?«, ertönt hinter ihnen zaghaft eine Stimme. »Dauert das noch sehr lange? Ich müsste dringend wieder an die Arbeit!«

Der Hausmeister! An den hatten sie ja überhaupt nicht mehr gedacht! Denise und Tobias fahren synchron herum. In der Tür steht Grunewald im Blaumann und mit unübersehbar schmutzigen Arbeitsschuhen an den Füßen.

»Wer hat den denn ohne Schutzkleidung hereingelassen?«, brüllt Vogel sogleich los. »Rühren Sie sich ja nicht von der Stelle, Mann!« Selten haben die Ermittler den Leiter der KTU dermaßen aufgebracht erlebt.

»Kommen Sie bitte mit nach draußen«, nimmt sich Tobias Heller des verwirrten Mannes an und fasst ihm auffordernd an den Arm. »Sie können hier doch nicht einfach so herumlaufen, Sie vernichten wertvolle Spuren!«

Grunewald schüttelt Hellers Hand unwillig ab. »Räumen Sie anschließend alles wieder auf? Die Eigentümerin der Wohnung wird von mir wissen wollen, was hier in ihrer Abwesenheit los war ... Was suchen Sie überhaupt? Hat Frau Quadt etwas angestellt?«

»Nein, Herr Grunewald.« Denise Malowski ist hinzugetreten und schaut den Mann ernst an. »Frau Quadt hat nichts angestellt, sie ist tot«, informiert sie ihn und sieht sofort das Erschrecken, dass sich in seinem Gesicht widerspiegelt.

»Tot? Aber wie ... wann war das denn?«, stammelt Grunewald verwirrt. »Ich habe sie doch erst vor ein paar Tagen ... da sah sie doch völlig gesund aus!«

»Kommen Sie bitte mit vor die Tür!«, wiederholt Malowski Hellers Aufforderung von vorhin noch einmal nachdrücklich. »Und dann sagen Sie uns alles, was Ihnen zu Frau Quadt und dieser Wohnung in den vergangenen acht Tagen einfällt!« Um ihren Worten Nachdruck zu verleihen, bugsiert sie ihn mit sanftem Druck gegen die Schulter zur Tür hinaus, was er dieses Mal widerspruchslos geschehen lässt.

»Wann, sagten Sie, haben Sie Frau Quadt das letzte Mal gesehen?«, beginnt Tobias Heller auf dem Hausflur die Befragung des Hausmeisters.

»Ich sagte gar nichts«, brummt Grunewald, offenbar eingeschnappt. »Aber es war am Samstagnachmittag. Das wird so gegen 14:00 Uhr gewesen sein. Frau Quadt brachte den Müll raus und da haben wir ein paar Takte miteinander gesprochen. Sie meinte, in ihrer Toilette wäre der Spülkasten undicht und ich solle mal danach schauen.«

»Und? Haben Sie?«, will Heller wissen.

»Das habe ich sofort gemacht, Herr Kommissar. Hatte gerade was Zeit, und so ein leckender Spülkasten ist doch in ein paar Minuten erledigt. Aber warten Sie ... Als ich die Wohnung verließ, bin ich so einem komischen Typ in die Arme gelaufen, der sich auf dem Hausflur herumtrieb. Irgendwas an dem kam mir gleich nicht geheuer vor!«

»Wie spät war das?« Denise macht sich vorsorglich eine Notiz.

»Keine Ahnung ... 18:00 Uhr vielleicht?«

So viel also zu ›das habe ich sofort gemacht‹, denkt Denise belustigt. »Können Sie uns den Mann beschreiben?«, fragt sie ihn stattdessen.

»Hm. Ich glaube schon. Locker so um die fünfzig Jahre alt, ein paar Zentimeter kleiner als Ihr Kollege, also etwa einsachtzig. Bullige Figur, kantiger Schädel. Und die eisgrauen Augen schienen mich förmlich zu durchbohren, als er mich ansah.«

Denise schaut ihren Partner entgeistert an. Beide denken sie dasselbe: Otto Quadt! Der Kerl sollte zu dieser Zeit doch laut Aussage seiner beschwipsten Ehefrau mit ihr zusammen das traute Heim gehütet haben!

»Würden Sie den Mann bei einer Gegenüberstellung wiedererkennen, Herr Grunewald?«, erkundigt Tobias Heller sich. *Wir werden Otto Quadt umgehend aufs Revier ›bitten‹ müssen*, nimmt er sich als nächste Maßnahme vor.

»Bestimmt!«, nickt Grunewald selbstbewusst. »Brauchen Sie mich denn jetzt noch?«

»Nein, Sie können wieder an Ihre Arbeit«, entlässt Denise den Mann, der sich sofort erleichtert davonmacht. »Aber halten Sie sich zu unserer Verfügung!«, ruft sie dem davoneilenden Mann hinterher. »Wir bestellen dann am besten den Vater der Toten für gleich morgen früh ins Kommissariat zur Vernehmung«, wendet sie sich dann an Tobias. »Für eine Zwangsvorführung haben wir leider nicht genügend gegen ihn in der Hand.«

»Habe ich schon notiert«, grinst dieser und tippt sich an die Stirn. »Komm, lass uns fahren, Denise. Den Rest kann Jürgen mit seinen Leuten getrost alleine erledigen!«

»Ich bin ja mal gespannt, was der Herr morgen zu seiner Anwesenheit an einem Tatort zu sagen hat. Und dies außerdem im Zeitfenster für die Tat, wo doch sowohl seine Frau als auch er selbst betonten, seit Wochen keinerlei *persönlichen* Kontakt mehr zur Tochter gehabt zu haben! Das Alibi, welches seine Frau ihm gab, ist damit auf jeden Fall hinfällig!«

Tobias Heller fasst sich an die Stirn. »Uns ist ein großer Fehler unterlaufen, Denise!«, ächzt er. »Wenn Heidrun Quadt hier getötet wurde, und alles deutet darauf hin, dann ...«

»... ist sie erst Stunden später aus der Wohnung geschafft worden!«, fährt Denise Malowski an seiner Stelle fort, weil ihr soeben derselbe Gedanke gekommen ist. »Der Täter hat ja nicht nur die Dunkelheit abwarten müssen. Er konnte zudem erst aktiv werden, nachdem Ruhe im Haus eingekehrt war. Das bedeutet, wir benötigen nicht nur Alibis für die Todeszeit zwischen 18:00 Uhr und 20:00 Uhr, sondern zusätzlich ...«

»... für die Zeit ab etwa 23:00 Uhr bis nach Mitternacht!«, ergänzt Heller. »Mir fällt da gerade was ein ... Wenn Quadt morgen zu uns aufs Revier kommt, wäre es sicher nicht verkehrt, wenn Grunewald ebenfalls dort ist.«

»Um ihn zu identifizieren? Kein Problem, ich habe seine Handynummer. Sobald wir sicher sind, dass Quadt unserer Einladung Folge leistet, rufe ich ihn an!«

Kapitel 5

Freitag, 29. März, 9:05 Uhr

Chrissie Ohlsen betritt forsch das gemeinsame Büro von Wolfgang Müller und Horst Weiland. »Nanu, wo ist denn dein Partner?«, wundert sie sich, weil der Schreibtisch des Kollegen verwaist ist. Nur Müller sitzt an seinem Platz und klappert auf der Computertastatur herum. Die Kommissarin schaut auf die Uhr: »Ist Horst noch gar nicht im Dienst oder schon wieder weg? Von einem Einsatz weiß ich aber nichts.«

»Ist mit Tobias nach Troisdorf gefahren«, brummt Müller abwesend, weil er sich auf die Eingaben in irgendein Programm konzentriert. »Die holen den Quadt zur Vernehmung ab. Denise ist auch unterwegs. Ist denn was Besonderes?«

»Glaubst du, der war's?«, übergeht seine Freundin die Frage geschickt und nimmt kurzerhand den freien Stuhl hinter dem Schreibtisch Weilands in Beschlag. Die überraschenden Ergebnisse der Wohnungsdurchsuchung waren schon am gestrigen Abend nach Feierabend zentrales Gesprächsthema und Zündstoff für wilde Spekulationen bei den Beiden.

»Ich weiß nicht mehr als du, Liebes«, seufzt Müller und legt die Hände neben der Tastatur ab.

»Und schon gar nicht mehr als gestern Abend. Und ich habe zu tun, wie du siehst!« Ein weiterer Seufzer entringt sich seiner breiten Brust. »Ich habe vorhin das Ergebnis der Analyse der Haare aus Franziska Königs Haarbürste bekommen, und die Daten müssen jetzt in die DNA-Datei *INPOL* beim BKA, und du weißt ja, was das für eine Arbeit ist. Da darf man nichts falsch machen!«

»Soweit ich weiß, wird das DNA-Datenblatt normalerweise eingescannt und direkt zum BKA geschickt, Wolfie!«, erinnert Chrissie ihn mit mildem Spott.

»Meinst du, das weiß ich nicht? Siehst du hier etwa einen Scanner? Der in der Forensik spinnt irgendwie rum. Die neue IT-Spezialistin aus Vogels Truppe wollte sich drum kümmern, aber das kann dauern. Und das hier ist eilig!«

»Ach, du Ärmster! Wie sie wohl zu ihrem Nachnamen gekommen ist?«, wechselt Chrissie mit einem Mal sprunghaft das Thema. »Amara!«, wirft sie erklärend hinterher, weil ihr Freund sie verständnislos anschaut. »Ihre Eltern sind doch beide aus Nigeria, also afrikanisch klingt *Jones* ja nun nicht gerade!«

»Na, du hast ja Sorgen ... War Nigeria nicht mal britische Kronkolonie? Da wird sie sicher einen mit diesem Namen in der Liste ihrer Vorfahren haben, denke ich.« Müller schüttelt den Kopf und widmet sich wieder seinem Computer.

»So wird es wohl sein.« Seine Freundin wendet sich zur Tür. »Beeil dich aber. Wenn du damit durch bist, statten wir dem Heubach einen kleinen Besuch ab!«

»Mark Heubach? Dann hast du seine Adresse herausgefunden?«

»Ist der Papst katholisch?« Sie deutet einen Kussmund an. »Bis gleich!«

* * *

Denise Malowski öffnet die Tür zu ihrem Büro und bittet ihren Begleiter, einzutreten. »Wir sind etwas früh dran, es wird daher leider ein paar Minuten dauern«, vertröstet sie den Mann, nachdem er auf dem Stuhl vor ihrem Schreibtisch Platz genommen hat. »Möchten Sie einen Kaffee? Ist ganz frisch aufgebrüht!«

»Danke, das wäre nett. Mit Milch und Zucker bitte!«

Die Hauptkommissarin drückt ihm den gefüllten Kaffeebecher in die Hand und greift zum Telefon. »Wir sind dann hier soweit!«, meldet sie ihrem unsichtbaren Gesprächspartner und lauscht anschließend dessen Antwort. »Okay, bis gleich dann!« Ohne ein weiteres Wort legt sie auf.

»Haben Sie nochmals vielen Dank, dass Sie so kurzfristig mitgekommen sind, Herr Grunewald«, wendet sie sich wieder ihrem Besucher zu. »Ich habe Sie ja auf der Fahrt hierher über den Grund dafür in Kenntnis gesetzt. Es wird aber noch etwa eine halbe Stunde dauern. Sie haben doch so lange Zeit? Danach wird es schnell gehen, versprochen!«

***

»Du weißt aber schon, dass Porz zu Köln gehört und somit außerhalb unseres Zuständigkeitsgebietes liegt?«, bemerkt Wolfgang Müller, als sie auf der B8 den Ort Troisdorf und damit den Rhein-Sieg-Kreis in Richtung Köln-Porz verlassen.

»Das hat uns doch noch nie gestört!«, erinnert Chrissie Ohlsen ihn an diverse Befragungen und sogar eine Festnahme in diesem Ortsteil Kölns in der Vergangenheit. »Und außerdem führen wir ja nur eine Zeugenbefragung durch, das ist schließlich nicht verboten, oder?«

»Ja, ist klar!«, grinst Müller. »Wie hast du denn jetzt überhaupt so schnell die Adresse von dem Kerl herausbekommen? Du hast doch nicht etwa schon wieder angerufen?«

»Doch, aber nicht den Heubach, sondern die Freundin der König. Vanessa Funke.«

»Hä? Was hat denn die jetzt damit zu tun? Kennt die den etwa?«, wundert sich Müller. Dabei sollte er die mitunter abenteuerlichen Gedankengänge seiner Freundin mittlerweile eigentlich kennen. »Und wie bist du überhaupt auf den Gedanken gekommen?«

»Da war ein bisschen Glück im Spiel. Die Stimme in der Sprachboxansage von diesem Mark Heubach klang recht jung, da dachte ich, der könnte ja ebenfalls Student sein, wie Franziska König. Und wenn die den offenbar näher kannte, wenn man die ganzen SMS, die sie an den geschickt hat, berücksichtigt ... Ich hatte dann gehofft, dass die beiden sich an der Uni kennengelernt haben, und die Funke den als beste Freundin der König ebenfalls kennt. Und so war's dann ja auch!«

Von hinten durch die Brust ins Auge, denkt Müller und schüttelt den Kopf. *Typisch Chrissie! Und dass sie damit auch noch einen Treffer landet, setzt dem Ganzen die Krone auf.* »Und warum hat die Funke uns das nicht am Montag gesagt, als wir bei ihr waren? Sie hatte doch mitbekommen, dass ihre Freundin den ganzen Abend Nachrichten verschickte.«

»Die war doch total durch den Wind, sie wird einfach vergessen haben, es zu erwähnen!«

»Hm«, brummt Müller, offenbar nicht restlos überzeugt. »Ist unser Mann überhaupt jetzt zu Hause?«

»Am Montag fängt das Sommersemester an, Wolfie. So, wie ich das Studentenleben in Erinnerung habe, gehe ich davon aus, dass Heubach jetzt zu Hause ist und büffelt. Oder er liegt noch faul im Bett.«

***

Horst Weiland setzt den Dienstwagen auf dem dafür vorgesehenen Stellplatz des Polizeireviers ab. Er ist erleichtert. Entgegen seiner Befürchtung lief alles planmäßig und Otto Quadt folgte der ›Einladung‹ Hellers, sie ins Kommissariat zu begleiten, mit nur geringem Widerstand.

Tobias' ursprüngliche Absicht, den nunmehr als Tatverdächtigen einzustufenden Vater der getöteten Heidrun Quadt telefonisch zur Vernehmung zu bitten, verwarf dieser heute Morgen nach eingehender Beratung mit Denise kurzerhand, um persönlich mit Weiland nach Troisdorf zu fahren und den Mann zu Hause abzuholen. Man liest in Kriminalromanen zwar immer wieder davon, dass jemand eine Vorladung von der Polizei erhält, dort zwecks Vernehmung zu erscheinen, was aber nicht korrekt ist. Vorladungen werden ausschließlich von einem Gericht angeordnet.

Weiland schmunzelt immer noch in Erinnerung an die Argumente, die Tobias vorbrachte, um seinem Ansinnen Nachdruck zu verleihen. Mehr oder weniger durch die Blume ließ er Quadt gegenüber durchblicken, er könne ihn ebenso gut unter Mithilfe uniformierter Kollegen zwangsweise vorführen, falls er heute seiner Bitte, für ein informatives Gespräch aufs Revier mitzukommen, nicht nachkomme.

Eine Drohung, der sich der Geschäftsmann zähneknirschend beugte. Derart negative Publicity kann ein Mann sich in seiner Position natürlich nicht leisten, das würde sich im Ort in Windeseile herumsprechen. Seither sitzt er mit finsterer Miene auf dem Rücksitz und sprach während der gesamten Fahrt nicht ein einziges Wort.

Tobias Heller schnallt sich ab und greift zum Handy, während er auf der Beifahrerseite den Wagen verlässt. »Wir sind in zwei Minuten bei euch. Macht euch bereit!«, gibt er durch und steckt ohne weiteren Kommentar das Telefon wieder ein. »Los, bringen wir es hinter uns«, wendet er sich sodann an seine Begleiter und setzt sich zügig in Bewegung.

Weiland, der noch mit der Verriegelung des Fahrzeugs beschäftigt ist, hört ihn im Weggehen halblaut etwas murmeln, das wie ›ludi incipiant‹ klingt. *Die Spiele mögen beginnen?*, übersetzt er die lateinischen Worte automatisch in Gedanken. *Wusste ich es doch! Die beiden haben mal wieder etwas ausgeheckt!*

* * *

Mark Heubach macht nicht den Eindruck, aus dem Bett geklingelt worden zu sein, obwohl seine kunstvoll zerzauste Frisur dem unbedarften Betrachter das Gegenteil suggeriert. Die ungekünstelte Fröhlichkeit bei dem lauten »Hallo!«, mit dem er die Tür für die Kommissare öffnete, zeigt indes überdeutlich, dass er hellwach ist, und wirkt sofort ansteckend. Chrissies kritischem Blick entgehen zudem nicht die Spuren eines Haargels.

»Oberkommissar Müller und Kommissarin Ohlsen, Kripo Siegburg«, stellt ihr Partner sie derweil mit gezücktem Dienstausweis vor. »Herr Heubach?«

Kein Muskel regt sich in dessen Gesicht, im Gegenteil. Weiterhin breit lächelnd schaut er die frühmorgendlichen Besucher fröhlich an, wobei sein Blick einen Tick länger auf Chrissie ruht. »Ja, was kann ich für euch tun?«

»Wir haben einige Fragen bezüglich einer Mitstudentin von Ihnen«, bleibt Müller zunächst vage. »Franziska König. Sie kennen Sie?« Aufmerksam studiert er das Gesicht seines Gegenübers, das aber nach wie vor nichts außer Neugier zeigt.

»Klar kenne ich die. Aber treten Sie doch bitte ein!«, weist der sympathische junge Mann ins Innere der Wohnung. Anzeichen von Unsicherheit, die ihn eventuell verdächtig erscheinen ließen, zeigt er nicht.

»Kennen Sie Frau König näher?«, fragt Christina Ohlsen ihn auf dem Weg in die Wohnküche der kleinen Studentenwohnung. »Oder bloß vom Sehen oder von gemeinsamen Mittagessen in der Mensa?«

»Herr Heubach!«, übernimmt Wolfgang Müller, weil der Student sie beide jetzt verständnislos anstarrt. Jegliche Fröhlichkeit ist aus seinem Gesicht gewichen. »Wir wissen, dass Frau König am vergangenen Samstag, über den Tag verteilt, mehrere SMS an Sie verschickt hat. Das bedeutet dann wohl ›Ja‹!«

»Sagen Sie mir jetzt endlich, worum es überhaupt geht!« Heubach ist nunmehr eher verwirrt und reichlich blass um die Nase geworden. »Ist Franziska etwas zugestoßen?«

»Sie ist am Samstagabend nicht wieder nach Hause gekommen«, beantwortet Ohlsen die Frage. »Wir suchen nach ihr. Haben Sie die ausgetauschten SMS noch? Falls ja, würden wir sie gerne sehen!«

»Die sind privat«, zögert Heubach. »Das geht niemanden etwas an!«

»Wir werden die Informationen diskret behandeln«, verspricht Ohlsen, worauf Mark Heubach in die Tasche greift und sein Smartphone hervorholt.

»Okay. Aber ich weiß wirklich nicht, was das mit dem Verschwinden meiner ... von Franziska zu tun hat!«

»Sie sind mit ihr befreundet?«, hakt Müller sogleich nach, während Ohlsen sich die Kurznachrichten anschaut und Fotos mit ihrem eigenen Handy davon macht.

»Nicht so wirklich«, druckst Heubach herum. »Es bahnte sich aber etwas an, glaube ich. Wir haben halt was über die Handys geflirtet.«

»Das schaut für mich aber nach wesentlich mehr als einem harmlosen Flirt aus«, mischt sich die Kommissarin ein und gibt ihm das Mobiltelefon zurück. Im Verlauf fand sie insgesamt zwanzig Nachrichten. Sechzehn im Wechsel ausgetauschte SMS von Samstagabend und vier weitere unbeantwortete Nachrichten, die von diesem Gerät an den Tagen darauf verschickt wurden.

»Wo waren Sie am Samstag, dem 23. März, zwischen 23:00 Uhr und Mitternacht, Herr Heubach?«, wird sie endlich konkret. Der Student starrt sie mit weit aufgerissenen Augen erschrocken an.

* * *

Tobias Heller schiebt den Mann förmlich durch die Tür in sein Büro. »Nehmen Sie schon mal Platz, Herr Quadt. Ich bin gleich für sie da!«, instruiert er ihn und betritt hinter ihm den Raum. Das heißt, er hat zwar vor, das Zimmer zu betreten, die Tür ist aber durch den stocksteif stehengebliebenen Otto Quadt blockiert. Dieser stiert entgeistert zum Schreibtisch von Denise Malowski, vor dem Hausmeister Grunewald sitzt und mit einem ähnlichen Gesichtsausdruck zurück starrt.

»Hier ist es im Moment etwas ungünstig!«, ruft Malowski ihrem Partner zu. »Geh mit dem Herrn doch bitte ins Vernehmungszimmer, das hier wird noch eine Weile dauern!«

»Sie haben es gehört«, wendet sich Heller an Quadt. »Es tut mir aufrichtig leid, aber sie sehen ja ... Kommen Sie bitte mit, das Vernehmungszimmer ist am Ende des Flures.«

Drinnen wartet Malowski, bis sich die Tür hinter den beiden geschlossen hat. *Das hat doch perfekt funktioniert. Der zufällig anwesende Hausmeister identifiziert den Verdächtigen und wir haben uns eine formelle Gegenüberstellung erspart!*, freut sie sich und wendet sich ihrem eigenen Besucher zu. »Sie haben ihn zweifelsfrei erkannt?«, vergewissert sie sich bei Reiner Grunewald.

»Ja, Frau Kommissarin«, nickt er eifrig. »Das war definitiv der Mann, den ich am Samstag im Flur vor der Wohnung von Frau Quadt gesehen habe!«

»Dann sind wir hier so weit fertig. Ich nehme Ihre Aussage schnell zu Protokoll, und dann wird sie einer meiner Kollegen nach Hause fahren. Ich bedanke mich aber schon jetzt recht herzlich für Ihre Mitarbeit und Ihre Geduld!« *So, wie der beim Hereinkommen erschrocken ist, hat Quadt den Grunewald ebenfalls sofort erkannt!*, stellt Denise zufrieden fest. *Auf die Vernehmung nachher bin ich gespannt!*

* * *

Eine Viertelstunde später rutscht Otto Quadt, zunehmend unruhiger und nervöser werdend, auf seinem Stuhl im Vernehmungszimmer herum, während Tobias Heller sich den mitgebrachten Unterlagen widmet, das Gezappel geflissentlich ignorierend. *Weichkochen* nennt er diese Vorgehensweise.

»Wann fangen wir denn nun endlich an?«, beschwert Quadt sich lautstark. »Meine Zeit ist äußerst kostbar, oder ersetzen Sie mir etwa den Verdienstausfall?«

»Vernehmungen müssen mit zwei Beamten durchgeführt werden«, erklärt Heller ihm ruhig, ohne aufzublicken. »Meine Kollegin wird aber jeden Augenblick erscheinen. Sie haben doch vorhin selbst gesehen, dass sie Besuch hatte!«

Quadts Kopf läuft rot an. »Waaas? Wir warten auf …? Wollen Sie mich verarschen, Mann?«, brüllt er Heller an. »Das wird ein Nachspiel …« Das Erscheinen von Hauptkommissarin Malowski lässt ihn auf der Stelle verstummen.

Tobias schaut seine Partnerin fragend an. Sie nickt ihm unmerklich zu, bevor sie neben ihm Platz nimmt und ihm das Vernehmungsprotokoll Grunewalds reicht. Er wirft einen kurzen Blick darauf und reibt sich in Gedanken die Hände. *Perfekt!*

»Ihre Frau hat uns belogen, als sie sagte, Sie hätten am Samstag den ganzen Tag mit ihr zu Hause verbracht, Herr Quadt!«, konfrontiert er ihren derzeitigen Hauptverdächtigen mit den neuesten Erkenntnissen. »Sie wurden im Gegenteil am späten Nachmittag beziehungsweise am frühen Abend in der Wohnanlage gesichtet, in der Ihre Tochter wohnt. Was taten Sie dort? Heidrun starb in der Zeit zwischen 18:00 Uhr und 20:00 Uhr. Laut Aussage des Hausmeisters waren Sie während dieser Zeit in dem Gebäude!«

»In der Wohnung fanden unsere Kriminaltechniker eindeutige Hinweise auf einen Tatort«, ergänzt Denise ernst. »Meinen Sie nicht, dass uns das berechtigt, entsprechende Fragen zu stellen?«

Otto Quadt atmet einige Male tief durch. »Sie haben mich unter einem Vorwand hierher geschleift, und ohne mich auf meine Rechte als Beschuldigter hinzuweisen«, äußert er sich dann gefährlich leise. »Das wird Konsequenzen für Sie haben. Und jetzt lassen Sie mich gefälligst mit meinem Anwalt telefonieren!«

Tobias Heller hebt entschuldigend beide Hände. »Das bleibt Ihnen unbenommen, Herr Quadt«, beschwichtigt er den aufgebrachten Mann. »Hier und heute werden Sie aber keineswegs einer Straftat beschuldigt, daher benötigen Sie weder einen Rechtsbeistand, noch war von unserer Seite eine entsprechende Belehrung erforderlich. Wir wollen heute von Ihnen nur Eines wissen: Was war der Grund für Ihre Anwesenheit im Wohnhaus Ihrer Tochter?«

»Sie könnten zum Beispiel etwas gesehen haben«, fügt Denise Malowski hinzu. »Ist Ihnen jemand aufgefallen, der sich in verdächtiger Weise dort herumtrieb?«

»Nur diesen Nichtsnutz von Hausmeister, den ich vorhin in Ihrem Büro wiedergetroffen habe!«, stößt Quadt hervor. »Und ich habe mich auch gar nicht lange dort aufgehalten. Allerhöchstens ein paar Minuten!«

»Sie sind demnach gar nicht in der Wohnung gewesen?«

»Nein, Frau Kommissarin. Auf mein Klingeln hat niemand geöffnet, und dabei kam doch erst kurz vorher dieser Hausmeister aus ihrer Wohnung! Ich dachte, sie ist immer noch wütend auf mich und bin wieder gegangen. Und das ist die Wahrheit!«

»Dann wird Ihre Frau bezeugen, dass Sie nur kurz das Haus verlassen haben, vermute ich?«, hakt Denise Malowski nach. »Der Hausmeister führte übrigens nach eigenen Angaben Reparaturen in der Wohnung durch. Da er einen Schlüssel hat, muss Ihre Tochter zu diesem Zeitpunkt nicht zwangsläufig zu Hause gewesen sein!«

Otto Quadt lässt resigniert den Kopf hängen. »Nein, das wird meine Frau nicht bezeugen«, äußert er sich zu Malowskis Frage leise. »Ich bin noch eine Stunde herumgelaufen, weil ich so aufgewühlt war. Ich war erst zur Tagesschau wieder zu Hause.«

»Also gegen 20:00 Uhr. Und wieso sagte Ihre Frau, Sie wären den ganzen Tag mit ihr zusammen gewesen? Das war eine Falschaussage!«, erinnert Heller den Mann.

»Ach, was weiß denn ich, was der so im Kopf herumspukt!«, ereifert er sich. »Sie wird schon ihre Gründe gehabt haben!«

Tobias schaut Denise fragend an, die nur stumm mit dem Kopf nickt. »In Ordnung«, wendet er sich wieder Otto Quadt zu. »Ich denke, das war's für heute. Sie können gehen, meine Kollegin wird aber vorher eine DNA-Probe von Ihnen nehmen. Und Ihre Fingerabdrücke.«

»Eine DNA-Probe?«, wiederholt Quadt entgeistert. »Wofür denn das jetzt? Benötigen Sie dazu nicht einen richterlichen Beschluss oder sowas in der Art?«

»Im sozialen Umfeld einer Straftat können erkennungsdienstliche Maßnahmen auch ohne Gerichtsbeschluss durchgeführt werden«, zitiert Heller frei aus der Strafprozessordnung. »Dies dient in erster Linie dazu, Spuren von Angehörigen auszuschließen. Denise?«

Malowski nimmt das vorsorglich bereitgehaltene sterile Wattestäbchen zur Hand und beugt sich über den Tisch. »Bitte machen Sie den Mund auf, Herr Quadt.«

***

Horst Weiland schaut von seinem Computermonitor auf, als sein Partner zur Tür hereinkommt.

»Wieder zurück?«, bemerkt er unnötigerweise. »Hattet ihr wenigstens Erfolg?«

Müller lässt sich ächzend auf seinen Schreibtischstuhl fallen, der daraufhin ein protestierendes Geräusch von sich gibt. »Sieht so aus, als führte diese Spur ins Leere«, seufzt er. »Der Chatpartner von Franziska König hat für die Zeit, als sie verschwand, ein wasserdichtes Alibi. Und wie geht es bei euch voran?«

»Denise und Tobias nehmen sich gerade den Vater der Toten zur Brust«, berichtet Weiland dem Freund. »Wie es aussieht, war er zur Tatzeit in der Nähe des Tatortes. Außerdem habe ich vorhin endlich den Bericht der Pathologie bekommen.« Er schiebt Müller einen dünnen Hefter zu. »Kannst ja schon mal hineinschauen, wenn du magst. Ich bin jetzt dabei, die DNA des an der Leiche sichergestellten Haares über die Datenbank *INPOL* beim BKA abzugleichen.«

Wolfgang Müller überfliegt den Bericht der Rechtsmedizin in aller Kürze, kann aber nichts Ungewöhnliches daraus entnehmen. Während er liest, verdrängt er die halblaut gemurmelten Worte des Kollegen und das Klappern der Tasten weit in den Hintergrund. Eine Fähigkeit, um die ihn alle im Kommissariat beneiden. Erst ein lautes Ächzen Weilands lässt ihn alarmiert innehalten.

»Du glaubst es ja nicht!«, hört er ihn sagen, »wir haben einen Treffer in der Datenbank. Übereinstimmung 99,99 Prozent!«

»Das ist so gut wie hundert«, weiß Müller. Eine hundertprozentige Übereinstimmung gibt es schon bei Körperzellen ein und derselben Person nicht zwangsläufig, da bei Zellteilungen minimale Fehler in der Replikation von Erbinformationen vorkommen können. »Und? Wer ist es?«

Weiland schüttelt den Kopf. »Das musst du dir unbedingt selbst ansehen, Wolfgang!«, flüstert er verschwörerisch.

»Einen alten Mann herumscheuchen, das kannst du!«, brummt Müller und erhebt sich schwerfällig von seinem Platz. Wobei er gerade einmal fünf Monate älter ist als sein Schulfreund. »Ach, du dickes Ei!«, entfährt es ihm, als er die Daten auf Weilands Bildschirm sieht.

Sein Freund nickt mit sorgenvollem Gesicht dazu. »Das kannst du laut sagen, Wolfgang!«

***

»Ich darf doch sehr um Ruhe bitten, Leute!«, ruft Donner die versammelte Mannschaft zur Ordnung. Weilands Bericht über die Erkenntnisse der letzten Stunde schlug wahrhaft wie eine Bombe ein. Alle reden durcheinander. »Wir sind doch hier nicht im Kindergarten!«

Er wendet sich Wolfgang Müller und Christina Ohlsen zu: »Ist euch bei der Eingabe der DNA-Werte auch wirklich kein Fehler unterlaufen?«, vergewissert er sich vorsorglich, da er aus eigener Erfahrung weiß, wie kompliziert eine Eingabe in die Datenbank per Hand ist. Allein schon durch die endlosen Kolonnen, die zu erfassen sind.

»Nein, Chef«, rechtfertigt sich Müller. »Es gibt da Prüfsummen, die so etwas weitgehend verhindern. Außerdem: Wie wahrscheinlich ist es, dass eine Übereinstimmung mit der DNA des Haares, das an der Leiche gefunden wurde, durch eine zufällige Falscheingabe entsteht? Nein, wir müssen uns der schmerzlichen Wahrheit beugen. Das Haar an Heidrun Quadts Kleidung stammt eindeutig von Franziska König!«

»Die während des gesamten Zeitfensters, das die Rechtsmedizin für den Todeszeitpunkt festlegte, mit ihrer Mutter zusammen in einem Restaurant war«, erinnert Donner an die bekannten Tatsachen. »Anschließend war sie mit einer Freundin für weitere drei Stunden, und zwar bis 23:00 Uhr, in einem Pub. Für die Tat kommt sie demnach auf keinen Fall in Betracht!«

»Und wenn die Mutter bezüglich des Restaurantbesuches gelogen hat?«, überlegt Wolfgang Müller. »Dann könnte sie es doch gewesen sein!«

»Denk doch mal nach!«, kritisiert Chrissie Ohlsen ihn. »Die Leiche muss doch sehr viel später aus der Wohnung geschafft worden sein, und da war Franziska König nachweislich in dem Pub. Der Wirt hat sie ja dort gesehen, und wenn wir den Kellner in dem Restaurant befragen, wird der sich aufgrund ihres unangebrachten Outfits garantiert ebenfalls an sie erinnern.«

»Dann hat sie eben einen Komplizen«, bleibt Müller beharrlich. »Und die Kleidung war Absicht, um aufzufallen. Und denk an die ganzen SMS, die sie über den Abend verteilt verschickt hat!«

»Die waren aber nachweislich an ihren Mitstudenten Mark Heubach gerichtet, und der hat für den ganzen Abend ein Alibi. Er saß vor dem Computer und spielte mit einem Kumpel stundenlang ein Onlinespiel. Der Freund hat es uns bestätigt.«

»Und wie passen eurer Meinung nach die mysteriösen Textnachrichten in das Bild, die am Tatabend und ein paar Tage danach aus zwei entgegengesetzten Richtungen, etliche Kilometer von einander entfernt, verschickt wurden?«, meldet sich Tobias Heller zweifelnd zu Wort. »Das ergibt doch überhaupt keinen Sinn!«

»Es gibt keinerlei Verbindung zwischen Franziska König und Heidrun Quadt«, gibt Denise Malowski zu bedenken. »Außer, dass sie im gleichen Alter sind!«

»Wir haben nicht danach gesucht, Denise!«, erinnert der Kommissariatsleiter sie. »Das wird sich ab sofort ändern! Ich will, dass ihr die beiden Damen gründlich durchleuchtet! Gemeinsame Bekannte, telefonische Kontakte, einfach alles. Ihr werdet ab sofort *alle zusammen* an diesem Fall arbeiten, die Ermittlungen leiten wie immer Denise und Tobias. Vergleicht die Bewegungsdaten beider Handys miteinander. Ich selbst werde Franziska König unverzüglich zur Fahndung ausschreiben lassen!«

Donner holt tief Luft und wendet sich Heller und Malowski zu. »Und nun zu euch beiden! Könnt ihr mir mal erklären, was ihr da heute mit Otto König für einen Zirkus veranstaltet habt? Er hat sich über euch beschwert!«

»Ich weiß nicht, was du meinst, Chef«, tut Tobias Heller unschuldig. »Wir haben den Mann höflich gebeten, zwecks einer Befragung mit aufs Revier zu kommen. Dass er da zufällig dem Hausmeister über den Weg lief und der ihn wiedererkannte, dafür können wir ja nun wirklich nichts!«

»Aber dadurch hatten wir jetzt eine Handhabe für eine DNA-Probe!«, grinst Denise Malowski. »Ich habe sie schon ins rechtsmedizinische Institut geschickt, damit dort ein Abgleich mit dem Fötus durchgeführt wird.«

»*Zufällig*, sagst du … Eure Eskapaden werden euch irgendwann den Kopf kosten«, prophezeit der Erste Hauptkommissar und schüttelt den Kopf. »Immerhin hast du ihn nicht gleich eingebuchtet!«

»Nicht, dass ich da nicht drüber nachgedacht hätte«, grinst Tobias Heller. »Aber wir haben derzeit nichts gegen ihn in der Hand außer seiner Anwesenheit im Hausflur, und das ist nicht strafbar! Aber falls es eine Übereinstimmung seiner DNA mit der des Fötus gibt, haben wir ihn an den Eiern!«

»Ich will einen wasserdichten und vollständigen Bericht darüber, dass das klar ist!« Ein tiefer Seufzer entringt sich Donners Brust. »Kommen wir nun zur gestrigen Wohnungsdurchsuchung«, wechselt er das Thema. »Was hat die Forensik diesbezüglich für uns, Jürgen?«

Wie immer, wenn er einen längeren Vortrag beabsichtigt, erhebt sich der Forensiker umständlich, um seine Rede im Stehen zu halten. Diese

Marotte ist allen längst zur Gewohnheit geworden und niemand nimmt es noch bewusst wahr.

»Da wäre zunächst die allgemeine Spurenlage«, beginnt er den Bericht. »Wir fanden zusätzlich zu denen der Wohnungsinhaberin Fingerabdrücke von drei weiteren Personen, die wir bislang aber nicht zuordnen konnten. Die Abdrücke von Otto Quadt, die von euch heute genommenen wurden, haben wir allerdings aus Zeitgründen noch nicht abgeglichen.«

»Wir sollten die Mutter ebenfalls hierherbeordern«, überlegt Donner. »Sie könnte sich durchaus in der Wohnung aufgehalten haben, auch wenn sie es bestreitet. Kümmert euch darum!«, ergeht die Order an seine Ermittler.

»Im Arbeitszimmer fanden wir Blutspritzer auf dem Fußboden. Die Blutgruppe stimmt mit der des Opfers überein, ein DNA-Test ist in Arbeit«, fährt Vogel mit seinem Bericht fort. »Weitere Auffälligkeiten, wie zum Beispiel Kampfspuren, waren nicht erkennbar. Mit der Analyse des in der Wohnung vorgefundenen Computers ist Amara zurzeit noch beschäftigt.«

»Was ist mit dem Holzsplitter, den du auf dem Fußboden gefunden hast?«, wirft Denise Malowski ein.

»Wurde mit einem spitzen Gegenstand aus der Schreibtischplatte herausgeschlagen«, antwortet Vogel. »Blut war aber keines daran. Die entsprechende Stelle in der Tischplatte ist, wie ihr ja selbst gesehen habt, recht groß und auf keinen Fall älter als ein paar Tage. Und bevor du fragst: Was auf der exakt zehn Zentimeter durchmessenden, kreisrunden Stelle neben der Schnitzerei gestanden hat, entzieht sich ebenfalls unserer Kenntnis. Einen entsprechenden Gegenstand, also mit einem runden Fuß dieses Ausmaßes, gab es in der Wohnung jedenfalls nicht!«

»Gab es Anzeichen für eine zweite Person, die dort hin und wieder übernachtet hat?«, erkundigt sich Denise im Hinblick auf einen möglichen Freund der Getöteten.

Vogel hebt die Schultern. »Du meinst so Sachen wie eine Zahnbürste oder andere Toilettenartikel? Oder Männerbekleidung im Kleiderschrank? Da muss ich leider passen, Denise. Nichts dergleichen haben wir gefunden.«

»Und wie schätzt ihr die Wahrscheinlichkeit ein, dass es sich um den Tatort handelt?«, erkundigt Donner sich nach einem weiteren, für die Ermittlungen nicht unwesentlichen Faktor.

»Dazu übergebe ich gleich das Wort an meinen Fachmann für Fußspuren und andere menschliche Hinterlassenschaften«, lächelt Vogel. »Zunächst Folgendes: Wir sind einem Vorschlag deiner Ermittler gefolgt und haben das Geländer des Balkons einer genauen Überprüfung unterzogen. Es gab natürlich auch hier haufenweise Fingerabdrücke, aber kein Blut. Denise und Tobias äußerten nämlich eine Vermutung dahingehend, dass die Leiche womöglich über den Balkon aus der Wohnung geschafft wurde. Falls dies so war, dann aber Stunden nach dem Mord, als das Blut an der Leiche schon eingetrocknet war. Alles Weitere wird euch jetzt mein Mitarbeiter erläutern!«

August Weise ist allgemein dafür bekannt, keinerlei Unterlagen in Fallbesprechungen mitzubringen. Alle relevanten Einzelheiten sind in seinem phänomenalen Gedächtnis gespeichert, um das ihn selbst Tobias Heller beneidet.

»Die gesamte Wohnanlage ist mit einem bepflanzten, etwa zwei Meter breiten Gürtel umgeben, der sich unmittelbar an die Außenwand anschließt«, leitet Weise seine Ausführungen zum besseren Verständnis ein. Was nahezu eine Sensation ist, denn normalerweise ›vergisst‹ der geniale Wissenschaftler gerne - seiner Meinung nach unwichtige - Einzelheiten zu erwähnen.

»Falls ein menschlicher Körper über die Brüstung des Balkons nach draußen befördert wurde«, fährt er sogleich fort, »fiel dieser demnach exakt 1,65 Meter tief, was einem kinetischen Aufprallimpuls von ...«

»Das interessiert hier niemanden, August!«, bremst Vogel den Redefluss seines Mitarbeiters lachend. »Komm einfach zur Sache!«

»Vereinfacht ausgedrückt, hinterlässt ein Körper nach einem solchen Fall einen wesentlich tieferen Abdruck im weichen Boden, als wenn er dort abgelegt worden wäre«, nimmt Weise den Faden ungerührt wieder auf. »Zwar wurde versucht, die Stelle später zu glätten, eine Untersuchung der Bodenbeschaffenheit ergab aber eindeutig, dass dort ein größerer Körper lag. Zumal wir in der Erde etwas fanden, das dort nicht hingehört«, schließt er seinen Bericht ab und legt ein Handy auf den Tisch. »Und zwar das hier! Es muss dem Opfer bei der Aktion aus der Hosentasche gefallen sein! Leider sind aufgrund der Tatsache, dass es in der Erde lag, keine verwertbaren forensischen Spuren daran.«

»Gab es Schuh- oder Stiefelabdrücke an der Stelle?«, fragt Denise vorsichtshalber nach. Bei August Weise ist dies leider oftmals notwendig, so genial der Mann auch ansonsten ist.

»An dieser Stelle nicht. Sofern der Täter welche hinterließ, hat die Zeit sie uns in der Zwischenzeit genommen«, antwortet der Forensiker etwas poetisch angehaucht mit einem Lächeln. »Aber einen Meter weiter gab es einen gut erhaltenen Abdruck von einem Schuh der Größe 42.«

»Der nutzt uns wahrscheinlich nichts, den hätte in den vergangenen Tagen jeder dort hinterlassen können«, entgegnet Denise enttäuscht. »Führt ihn aber sicherheitshalber trotzdem in eurem Bericht auf.«

KAPITEL 6

Montag, 1. April, 8:35 Uhr

»In diesem vertrackten Fall stimmt aber auch überhaupt nichts!«, schimpft Denise Malowski frustriert. »Das passt doch alles nicht zusammen, was wir an Fakten haben! Oder ist dir etwa am Wochenende die große Erleuchtung zuteilgeworden?«, fragt sie ihren Partner, der soeben das gemeinsame Büro betritt, mit lauerndem Unterton. Bei Tobias weiß man ja nie.

»Nicht die Bohne«, brummt Heller unzufrieden und klatscht zwei DIN-A4 Umschläge auf den Tisch. »Die lagen in der Post«, informiert er sie. »Das sind sicher die Einzelverbindungsnachweise und Funkzellenauswertungen der beiden Handynummern, die du angefordert hattest. Hoffentlich finden wir darüber eine Querverbindung zu Franziska König. Ich fasse es immer noch nicht, dass die etwas mit dem Tod von Heidrun Quadt zu tun haben soll. Nichts hat bisher darauf hingewiesen. Und dann stellt sich auf einmal heraus, dass das Haar an der Kleidung der Toten von ihr ist!«

»Was aber unzweifelhaft belegt, dass sie eine der letzten Personen gewesen ist, die sich in der Nähe des Opfers aufhielt.« Denise greift zu ihrer Kaffeetasse, die sie entgegen ihrer sonstigen Gewohnheit seit Dienstbeginn nicht angerührt hat. Angewidert verzieht sie das Gesicht nach dem ersten Schluck des mittlerweile kalten Getränks.

»Aber woher kannten die sich?«, grübelt Tobias. »Sie sind zwar im gleichen Alter, gingen aber nicht auf dieselbe Schule. Sowohl Grundschule als auch Gymnasium sind verschieden. Franziska König studiert in Köln Medienwissenschaften und Heidrun Quadt machte eine Ausbildung zur Bankkauffrau. Habe ich was ausgelassen?«

»Was ist mit der Freundin von Franziska König? Diese Vanessa Funke. Wir sollten sie diesbezüglich befragen, eventuell ist sie ja das verbindende Element.«

»Hm. Schaden kann es nicht, obwohl ich mir da wenig von verspreche. Das können Chrissie und Wolfgang erledigen, die waren ja schon einmal dort.« Er greift zum Telefon, um die genannten Kollegen über den Auftrag in Kenntnis zu setzen.

Denise lässt einen tiefen Seufzer hören. »Reich mir doch bitte einen der beiden Umschläge, Tobi. Fangen wir erst einmal damit an, die telefonischen Kontakte mit denen von Franziska König zu vergleichen. Womit wir ohnehin ein paar Stunden zu tun haben. Aber vorher hole ich mir einen frischen Kaffee!«

Tobias nimmt derweil nachdenklich das Handy zur Hand, das von der KTU im Vorgarten der Wohnanlage gefunden wurde. Eine Überprüfung ergab schnell, dass es tatsächlich dem Mordopfer gehörte. »Warum der Täter das Teil wohl einfach mit untergegraben hat?«, überlegt er. »Es könnte doch ein Beweisstück sein! Warum hat er es nicht vernichtet?«

Die Frage war eher an sich selbst gerichtet, trotzdem erhält er von Denise, die an der Kaffeemaschine steht und sich soeben bedient, eine Antwort darauf: »Das ist meines Erachtens ein Beweis für mindestens zwei Dinge. Er hatte es eilig, die Spuren der nächtlichen Aktion zu tilgen, obwohl es dunkel war und er kaum etwas sah. Und er konnte damit nicht bis zum nächsten Morgen warten, weil dann die Gefahr bestand, von den Hausbewohnern gesehen zu werden!«

* * *

Christina Ohlsen legt stirnrunzelnd den Hörer auf. *Wie stellt der Herr Kriminalhauptkommissar sich das denn vor?*, grummelt sie in Gedanken. *Heute hat das Sommersemester angefangen, da ist die doch den ganzen Tag in der Uni, da ginge höchstens am späten Nachmittag was.*

Kopfschüttelnd überlegt sie, auf welche Weise sie dem Wunsch Hellers nachkommen könnte und entscheidet sich schließlich für einen Kompromiss. Vanessa Funkes Handynummer notierte sie sich ja bei ihrem Besuch und speicherte sie in den Kontakten ihres Diensttelefons. Sie greift entschlossen nach dem Gerät und öffnet *WhatsApp*. Perfekt! Die Frau ist, wie Millionen andere junge Menschen auch, dort vertreten.

Mit flinken Fingern schreibt sie eine Nachricht: *»Hallo, Frau Funke. Ich habe eine große Bitte: Kennen Sie eine Heidrun Quadt? Sie ist im gleichen Alter wie*

Sie beziehungsweise Ihre Freundin Franziska. Vielleicht erkennen Sie sie ja auf dem beigefügten Foto? Es währe lieb, wenn Sie mich umgehend zurückrufen würden. Christina Ohlsen, Kriminalkommissarin.«

Chrissie weiß natürlich, dass diese Vorgehensweise nicht völlig korrekt ist. *WhatsApp* ist zwar derzeit auf vielen Diensthandys installiert und auch erlaubt, soll aber Gerüchten zufolge demnächst aus Sicherheitsgründen verboten werden. Eine andere Möglichkeit fiel ihr aber auf die Schnelle nicht ein. Und mit Wolfgang gemeinsam dorthin fahren kann sie ja später immer noch.

Einigermaßen mit sich zufrieden, öffnet sie die Foto-App auf ihrem Handy und liest ein weiteres Mal konzentriert die Textnachrichten, die Franziska König am Tag ihres Verschwindens mit ihrem Chatpartner austauschte. Insgesamt waren auf Mark Heubachs Handy zwanzig davon gespeichert. Acht SMS von jedem der beiden und vier Anfragen, die von ihm in den Tagen danach versendet wurden, aber ohne Antwort blieben. Alle haben gemeinsam, dass der junge Mann offenbar verzweifelt versuchte, seine Freundin zu erreichen. Erfolglos, wie man weiß.

Die übrigen Nachrichten wurden teilweise im Abstand nur weniger Minuten ausgetauscht und sind überladen mit Smileys und anderen Emojis, wie es in solchen Texten die Regel ist. Und die Texte selbst? Sie enthalten nur das übliche Gesülze heftiger Flirts. Da war definitiv mehr im Gange als nur eine harmlose Flirterei! Es ist aber nichts dabei, das ihnen bei den Ermittlungen weiterhilft.

Armer Mark Heubach!, denkt Chrissie mitfühlend. *Du bist beileibe nicht der Einzige, der verzweifelt nach ihr sucht. Und momentan sieht alles danach aus, dass deine Freundin eine kaltblütige Mörderin ist!*

Sie legt das Handy zur Seite und widmet sich ihrem Computer. Es ist Zeit, die täglichen Meldungen zu den Aufrufen im Internet abzufragen. Neben den üblichen Wegen über Telefon und Email ist es seit einiger Zeit möglich, Hinweise anonym über ein Formular direkt im Internet einzugeben. Aber auch heute ist wieder nichts dabei, wie sie mit einem enttäuschten Blick feststellt. Was eigentlich ungewöhnlich ist, da bekanntermaßen immer ein paar Spaßvögel oder Profilneurotiker im Netz unterwegs sind, die sich mit nie stattgefundenen Sichtungen oder erfundenen Hinweisen brüsten. Dies ist der Hauptgrund dafür, dass niemals Einzelheiten veröffentlicht werden, die ausschließlich ein Tatbeteiligter wissen kann. So sind Falschmeldungen leichter zu entlarven.

Die Sache mit dem Akku lässt mir einfach keine Ruhe!, grübelt sie vor sich hin. *Wo hat Franziska ihren leeren Akku mitten in der Nacht aufgeladen? Und wie kam sie überhaupt nach Wesseling?*

Immer wieder kreisen die Überlegungen der Kommissarin um dieses zentrale Thema. Plötzlich schießt ihr ein Gedanke durch den Kopf, und sie fasst sich an die Stirn. *Der Akku! Das ist es!* Schnell wählt sie auf dem Diensttelefon eine Nummer. »Kommst du mal, Wolfie?«, zitiert sie ihren derzeitigen Ermittlungspartner aufgeregt in ihr Büro.

* * *

Wolfgang Müller stürzt kaum eine Minute nach Chrissies Anruf zur Tür herein. »Nanu!«, grinst er, als er die Freundin entspannt am Schreibtisch sitzen sieht. »Deinem aufgeregten Tonfall gemäß hatte ich mindestens mit einem bewaffneten Überfall gerechnet! Was war denn jetzt so dringend, dass ich alles stehen und liegenlassen musste?«

»Erinnerst du dich an die Aussage von Vanessa Funke bezüglich des leeren Akkus aus dem Handy ihrer Freundin?«, lässt Chrissie die kleine Stichelei unbeantwortet. »Sagte sie etwas darüber, dass sie genau *wusste*, dass dieser leer war, oder hatte Franziska König es ihr gegenüber lediglich *behauptet*?«

Müller lässt sich verblüfft auf den Besucherstuhl fallen, der ein verdächtiges Knirschen von sich gibt, von Chrissie Ohlsen mit hochgezogenen Augenbrauen quittiert. »Du meinst, Franziska hat das Ganze nur inszeniert?«, ächzt er. »Wozu sollte sie das getan haben? Aber um deine Frage zu beantworten: Soweit ich mich erinnere, sagte die Funke nichts darüber, dass sie sich über den Zustand des Akkus Gewissheit verschaffte. Wozu auch?«

»Na, weil es eine bewiesene Tatsache ist, dass Franziska König auf eine bisher unbekannte Weise mit dem Tod von Heidrun Quadt zu tun hat. Eine weitere Tatsache ist die SMS, die sie nur wenige Stunden, nachdem sie den Pub verließ, an die Mutter sendete. Wenn der Akku in Wahrheit gar nicht leer war, wäre dieses Rätsel gelöst. Ein anderes harrt weiterhin der Auflösung: Wie ist sie ohne

Fahrzeug und ohne Bargeld mitten in der Nacht nach Wesseling gelangt?«

»Mit dem Auto ihres Komplizen«, mutmaßt Müller. »Sie kann - immer vorausgesetzt, sie ist an dem Mord beteiligt - diesen ja nicht selbst verübt haben. Ihr Komplize tötet Heidrun Quadt, während sie mit der Mutter im Restaurant sitzt. Sie verabreden sich für 23:00 Uhr, entsorgen gemeinsam die Leiche, und ... Aber das ergibt doch überhaupt keinen Sinn, Chrissie! Warum sollte sie denn solch einen Zirkus wie mit den beiden SMS mitten aus der Walachei veranstalten? Das führt uns doch geradewegs zu ihr, statt von ihr fort!«

»Ich weiß es doch auch nicht!«, muss Chrissie zugeben. »Aber hast du eine andere Erklärung?«

»Vielleicht habe ich die tatsächlich«, gibt sich ihr Freund geheimnisvoll. »Um das zu verifizieren, habe ich vor wenigen Minuten eine weitere, dieses Mal vollständige Funkzellenauswertung von Franziska Königs Handy angefordert. Mit allem, was die so abspeichern, einschließlich der eindeutigen Gerätekennung des beteiligten Handys!«

»Dafür benötigen wir einen Gerichtsbeschluss!«

»Den der Chef uns besorgt hat! Durch das Haar an der Kleidung des Mordopfers ist laut Staatsanwaltschaft ein hinreichender Tatverdacht gegeben, da war der Beschluss dieses Mal kein Problem.«

»Und was erhofft sich der Herr von einer weiteren Auswertung?«, will Chrissie von ihm wissen. Eine gehörige Portion Skepsis schwingt in ihrer

Frage mit. Restlos überzeugt ist sie von dieser Maßnahme nicht.

»Warte es ab, ich habe da einen konkreten Verdacht. Die von der Telekom haben versprochen, uns die Daten bis morgen zur Verfügung zu stellen.« Er dreht sich an der Tür noch einmal um. »Ach, übrigens: Ich habe Frau Quadt und Frau König angerufen und mir von beiden eine Liste von Namen geben lassen, die als gute Bekannte oder Freunde von Heidrun Quadt und Franziska König durchgehen. Ich denke, dass wir drei, also Horst, du und ich, für heute genug damit zu tun haben, die alle zu befragen. Von den meisten habe ich die Telefonnummern.«

»Wir haben ja mit dem gefundenen Handy ebenfalls etliche gespeicherte Kontakte zur Verfügung«, erinnert sich Ohlsen. »Damit kann ich mich ja befassen, während du und Horst die Listen abtelefoniert.«

»Okay, so machen wir das. Denise und Tobias sind ja zur Stunde vollauf damit beschäftigt, die Bewegungsdaten und Anruflisten beider Handys abzugleichen.«

***

Denise Malowski ist mittlerweile bei ihrer vierten Tasse Kaffee angelangt und mit der Durchsicht ihrer Liste nach Stunden konzentrierter Arbeit endlich fertig. Sie reibt sich die überanstrengten Augen. »Also, zumindest mit der alten Telefonnummer wurde von Heidrun Quadt in den zwei Monaten vor dem Wechsel niemand angerufen, der ebenfalls auf den Verbindungsnachweisen von Franziska König aufgelistet wäre«, informiert sie Tobias Heller enttäuscht. »Von ihr selbst ganz zu schweigen. Und wie sieht es bei dir aus?«

»Fehlanzeige auf der ganzen Linie! Und die Bewegungsdaten ihres Handys geben auch nichts her, sie scheint sich fast ausschließlich im Stadtgebiet aufgehalten zu haben. Berührungspunkte mit unserer neuen Verdächtigen sehe ich aber keine! Das ist der Alptraum eines jeden Mordermittlers«, knurrt Tobias unzufrieden. »Wenn jemand wahllos irgendwelche Leute umbringt, mit denen er niemals vorher zu tun hatte. Wie soll man denn da etwas herausfinden?«

»Du hast sicher recht, und das hier war definitiv eine Sackgasse. Hoffentlich haben die anderen mehr Glück mit den Befragungen der Freunde und Bekannten.« Denise schaut auf die Uhr. »Schon fast Mittag. Hast du auch Hunger? Ich würde dann gerne jetzt einen Happen essen!«

»Daraus wird wohl nichts werden, fürchte ich!« Donner steht mit ernster Miene in der Tür und hat Denises letzte Worte noch mitbekommen. »Leichenfund in Troisdorf! Hier steht alles Wichtige drauf!« Mit einem Kopfnicken drückt er der verblüfften Hauptkommissarin einen Zettel in die Hand. »Ihr beide fahrt sofort dorthin, KTU und Rechtsmedizin habe ich schon informiert. Und vergesst dieses Mal nicht wieder, eine Funkstreife mitzunehmen!«

***

»Sie kennen diese Frau?«, wiederholt Chrissie Ohlsen die soeben gehörte Information gewissenhaft, um keinen Irrtum aufkommen zu lassen. Die offenbar schon etwas betagte Dame, deren Telefonnummer die vorletzte auf der aus Heidrun Quadts Smartphone extrahierten Kontaktliste ist, sprang auf den genannten Namen sofort an und gab vor, die fragliche Person zu kennen.

»Bitte, Frau Vogt. Es ist äußerst wichtig! Es geht um Franziska König, sie ist zwanzig Jahre alt und ... ... Was sagen Sie? Eine Lehrerin Ihrer Nichte hieß so? Dann ist es leider nicht die Gesuchte, haben Sie vielen Dank für Ihre Mühe, Frau Vogt!«

Mit einem Seufzer beendet Ohlsen das so hoffnungsvoll begonnene Gespräch und streicht den Namen Vogt auf der Liste durch. *Noch ein letzter Anruf, dann bin ich durch!*, freut sie sich über das baldige Ende ihrer Bemühungen.

Andererseits geht es hier nicht darum, möglichst schnell mit einer ungeliebten Arbeit fertig zu sein, sondern einen Beweis dafür zu erbringen, dass das Mordopfer und die mittlerweile zur Tatverdächtigen aufgestiegene und spurlos verschwundene Franziska König einen sozialen Bezug zueinander hatten. Und davon sind alle damit betrauten Ermittler derzeit meilenweit entfernt!

Zu allem Überfluss meldete sich vor wenigen Minuten Vanessa Funke telefonisch bei ihr und bedauerte ebenfalls, im Bekanntenkreis ihrer Freundin keine Heidrun Quadt zu kennen. Also auch hier Fehlanzeige auf der ganzen Linie! Chrissie wendet sich wieder der Kontaktliste zu, ihre weiteren Bemühungen werden jedoch zunächst durch einen eintretenden Wachmann torpediert.

»Hier ist ein Herr Jonas Fischer, Frau Ohlsen«, meldet Wachmann Rudolf Klein mit seinem markanten Bass. Er ist von einer solch gewaltigen Gestalt, dass sogar Wolfgang Müller sich hinter ihm verstecken könnte. Den jungen Mann in seinem Fahrwasser nimmt Chrissie daher erst wahr, als Klein zur Seite tritt. »Er hat einige Fragen zu einer Freundin«, verkündet er. »Sie heißt Heidrun Quadt! Sie bearbeiten diesen Fall doch, oder nicht?«

***

Begleitet von zwei uniformierten Polizisten, die ihnen auf dem schmalen Weg vorangehen, nähern sich Denise Malowski und Tobias Heller mit gemischten Gefühlen dem Fundort der vor etwa einer Stunde von Spaziergängern entdeckten Leiche. Dass sie dabei an der Stelle vorbeikommen, wo vor genau einer Woche die tote Heidrun Quadt, versteckt hinter einem Gebüsch, gefunden wurde, ist keine Überraschung. Denise stellte nämlich den Dienstwagen an fast genau derselben Stelle auf dem Seitenstreifen der Altenrather Straße ab wie vor einer Woche.

Spätestens jetzt haben sie und Tobias eine durchaus konkrete Vorstellung davon, was sie in wenigen Augenblicken zu sehen bekommen werden. Was sie dann aber tatsächlich nach weiteren fünfzig Metern zuerst erblicken, ist ein halbes Dutzend Forensiker sowie zwei Kollegen in Uniform, die ein Areal von etwa zwanzig Metern Durchmesser mit Flatterband versehen, welches sie an den umliegenden Bäumen befestigen. Sie waren es, die von den Findern der Leiche gerufen wurden und dann wiederum Donner informierten.

Und im Zentrum des auf diese Weise markierten Bereiches kniet die Rechtsmedizinerin Martina de Luca vor einem Leichnam. Außerhalb des Areals stehen zudem Hand in Hand zwei Zivilisten, eine Frau und ein Mann mittleren Alters. Bei Ihnen wird es sich um die unglücklichen Finder handeln, zu denen sich jetzt auf einen Wink Hellers die mitgebrachten Polizisten gesellen, um die Personalien aufzunehmen.

Vor der Absperrung kommt ihnen mit den für ihn typischen raumgreifenden Schritten Jürgen Vogel entgegen. »Ihr wartet besser hier draußen, wir sind noch mit der Spurenlage beschäftigt«, begrüßt er die Ermittler mit finsterem Gesicht. Seine miese Laune wird vor allem daher rühren, dass der Genussraucher hier im Wald auf die geliebten Zigarillos verzichten muss.

»Das heißt, es gibt dieses Mal welche?«, erkundigt sich Tobias Heller hoffnungsvoll.

»Ein paar. Ob die aber etwas wert sind, wird sich bei der späteren Auswertung im Labor zeigen. Ich denke, dass ich euch in einer Viertelstunde zur Leiche lassen kann.« Ohne ein weiteres Wort dreht der schlaksige Wissenschaftler sich um und stapft davon.

»Dann befragen wir eben in der Zwischenzeit die beiden da vorn, Tobi!«, schlägt Denise Malowski vor und steuert zielstrebig die Stelle hinter der Absperrung an, wo die Entdecker der Leiche schon auf die obligatorische Befragung warten. Und die ist die vornehmliche Aufgabe von Kriminalbeamten an einem solchen Ort, der ansonsten in erster Linie den Forensikern und Pathologen gehört.

***

Jonas Fischer ist ein sympathisch wirkender junger Mann Mitte Zwanzig, etwa 1,80 Meter groß und schlank. Eher der Anzugtyp, wie Chrissie Ohlsen mit kritischem Blick erkennt. Typ Bankangestellter. Sofort kommt ihr das Berufsbild der ermordeten Heidrun Quadt in den Sinn, die ja ebenfalls eine Ausbildung zur Bankkauffrau absolvierte.

»Sie haben Fragen bezüglich Heidrun Quadt?«, fragt sie den nervös auf seinem Stuhl rutschenden Mann vorsichtig. Erst einmal ausloten, was er überhaupt weiß! »In welchem Verhältnis stehen Sie zu ihr?«

»Sie ... sie ist meine Freundin«, erklärt Fischer verlegen. »Wir sind aber noch nicht lange zusammen. Als ich heute zu ihrer Wohnung kam, war da ein polizeiliches Siegel an der Tür ... ist etwas mit Heidrun? Bitte sagen Sie es mir!«, fleht er die Kommissarin förmlich an.

»Wie sind Sie darauf gekommen, hier im Kriminalkommissariat nachzufragen?«, weicht Ohlsen zunächst einer direkten Antwort aus. Ihn mit dem gewaltsamen Tod seiner Freundin zu konfrontieren, wird aber letztendlich unvermeidbar sein.

»Ich bin zur Polizeistation in Troisdorf gegangen. Die haben mir gesagt, ich müsse hierher. Die

Wohnung zu betreten, habe ich mich nicht getraut. Weiß doch jeder, dass man ein solches Siegel nicht brechen darf!«

»Sie haben einen Schlüssel? Unsere Leute haben keine Spuren einer weiteren Person gefunden, die dort wohnt«, wundert sich Ohlsen.

»Das kommt daher, dass ich alles in den Koffer gepackt habe. Ich war für zwei Wochen geschäftlich in den USA und bin erst heute in der Nacht gelandet. Und ich habe ja auch noch eine eigene Wohnung! Sagen Sie mir jetzt endlich, wo meine Freundin ist? Wurde bei ihr eingebrochen?«

Armer Kerl, denkt Chrissie. *Kommt nach Hause und findet sein bisheriges Leben in Scherben vor.* »Ich muss Ihnen leider eine traurige Mitteilung machen«, fügt sie sich ins Unvermeidliche. »Ihre Freundin lebt nicht mehr. Sie wurde ermordet!«

Fischer tut ihr zwar leid, aber hier geht es darum, ein Gewaltverbrechen aufzuklären. Mit professioneller Gründlichkeit achtet sie daher auf die Gesichtszüge des jungen Mannes, die in diesem Augenblick förmlich entgleisen.

***

Erschüttert blicken Denise und Tobias auf die sterblichen Überreste der Frau, die vor ihnen bäuchlings auf dem Waldboden liegt. Und zwar seit geraumer Zeit, wie die Ermittler vermuten, da die Tote unübersehbare Anzeichen von Verwesung zeigt.

Gefunden wurde sie aber nicht an dieser Stelle, sondern im dornigen Gebüsch nebenan, wo sie im dichten Blätterwerk tagelang niemandem auffiel, zumal die Stelle abseits der üblichen Fußwege liegt. Nur so ist zu erklären, dass eine derart zugerichtete Leiche dermaßen lange hier liegen konnte, ohne entdeckt zu werden.

Nur einem Zufall ist es zu verdanken, dass sie schließlich doch gefunden wurde: Theodor Kuhn wurde an exakt dieser Stelle von einem menschlichen Bedürfnis übermannt und wollte sich dazu in die Büsche schlagen. Gerade noch rechtzeitig sah er einen Fuß und das Stück eines Beines zwischen den Ästen durchschimmern. Seine Frau erinnerte sich an einen Aufruf zu einer vermissten Person und rief umgehend bei der Polizei an.

Tobias kniet sich neben die Leiche, um sie näher in Augenschein zu nehmen. Von ihren Gesichtszügen ist aufgrund der Verwesung und wohl auch Tierfraß nicht viel übriggeblieben, soweit dies aus dieser Position zu sehen ist. Unübersehbar ist dafür aber der deformierte Hinterkopf. Selbst für einen Laien weist dies auf die Todesursache hin: Die Frau wurde offenbar erschlagen.

Allerdings sind Rechtsmediziner diesbezüglich aus einem völlig anderen Holz geschnitzt, wie die nächsten Worte Martina de Lucas belegen: »Bevor Sie fragen«, wendet sie sich an Denise Malowski, »es deuten zwar alle Anzeichen auf eine tödliche Schädelfraktur hin, aber Sie werden verstehen, dass ich mich abschließend erst nach der Obduktion dazu äußere. Die gute Nachricht ist: Ich kann die Leichenschau ausnahmsweise dieses Mal schon morgen früh vornehmen!«

Heller richtet sich geschmeidig aus der knienden Haltung auf. »Wie lange liegt sie schon hier? Können Sie uns wenigstens dazu etwas sagen?«

»Mindestens sechs Tage, dem Zustand der Verwesung nach zu urteilen«, antwortet de Luca, ohne nachzudenken.

»Könnten es auch acht Tage sein?«, hinterfragt Denise Malowski die Angabe der Medizinerin.

»Durchaus, aber das lässt sich abschließend nur im Labor klären.« De Luca hebt fragend die Augenbrauen. »Sie haben einen konkreten Verdacht?«

Malowski zeigt auf die bekleidete Frauenleiche. Die Kleidung ist zwar verdreckt und teilweise zerrissen, aber noch gut zu erkennen. »Jeans in der Farbe Indigo, ein dunkelrotes, ärmelloses Oberteil und weiße Turnschuhe«, zählt sie die wesentlichen Merkmale auf. »Dazu die langen blonden Haare. Dies hier dürfte die Leiche der von uns seit Tagen schmerzlich gesuchten Franziska König sein! Vergleichen Sie ihre DNA mit dem Haar, das Sie an der anderen Leiche fanden«, schlägt sie der Pathologin vor. »Wenn ich mit meiner Vermutung richtig liege, werden Sie eine Übereinstimmung feststellen!«

***

Betretenes Schweigen herrscht im Besprechungsraum, nachdem Denise und Tobias ihren kurzen Bericht beendet haben. Allen sitzt der Schock über das Gehörte und die sich daraus ergebenden Konsequenzen in den Knochen. Sofern die von den erfahrenen Ermittlern geäußerte Vermutung überhaupt stimmt, wovon jedoch nach Stand der Dinge auszugehen ist. Alles andere wäre ein Riesenzufall!

»Ihr wisst, was das heißt?«, stellt Donner überflüssigerweise fest. »Es bedeutet, dass wir wieder ganz am Anfang angelangt sind! Oder habt ihr mittlerweile herausgefunden, was die beiden Frauen miteinander verbindet? Und dass es noch eine dritte Person gibt, dürfte jetzt ja endgültig bewiesen sein! Warum habt ihr eigentlich die zweite Leiche bei eurer Tatortuntersuchung letzte Woche nicht entdeckt?«, fragt er den ebenfalls anwesenden Leiter der Forensik. »Es sieht doch alles danach aus, dass sie zu diesem Zeitpunkt schon dort lag!«

»Zum Einen ist dies bis zur Leichenschau nur eine Vermutung«, rechtfertigt sich Jürgen Vogel. »Und selbst dann wissen wir allerhöchstens, wann die Frau starb und nicht, wann sie dort abgelegt wurde. Und dann liegen ja zwischen den Fundorten an die fünfzig Meter, so weit dehnen wir den Radius um einen Tatort nicht aus!«

»Habt ihr wenigstens dieses Mal Spuren sicherstellen können? Du hattest uns gegenüber vorhin etwas in der Art geäußert«, erinnert sich Tobias Heller.

»Nicht viel. Ein Stück Stoff, kaum mehr als ein paar Fasern, hatte sich an den dornigen Ästen des Gebüschs verfangen, in dem die Tote lag«, gibt Vogel zur Antwort. »Könnte von der Kleidung des

Täters stammen. Meine Leute sind derzeit mit der Analyse beschäftigt, das Ergebnis bekommt ihr spätestens übermorgen. Mit dem Rest kann man nichts anfangen, dazu ist einfach zu viel Zeit vergangen.«

»Wenn wir wenigstes im ersten Mordfall Kenntnis über die Mordwaffe hätten«, erinnert Denise Malowski an die allseits bekannte Tatsache, dass dies in vielen Fällen zum Mörder führt. »Aber da tappen wir ja ebenfalls im Dunkeln.«

»Könnte es sich um den Pfeil eines Sportbogens gehandelt haben?«, äußert Horst Weiland eine recht abenteuerliche Vermutung, wie an den skeptischen Gesichtern der Kollegen zu sehen ist.

»Heidrun Quadt wurde in ihrer Wohnung getötet!«, lacht Chrissie. »Wer sollte denn dort mit einem Bogen herumlaufen? Und außerdem sind diese Pfeile erheblich dicker!«

»Und bevor du fragst«, grinst Vogel, »eine Armbrust kann es ebenfalls nicht gewesen sein, weil der Bolzen dann noch im Körper der Leiche gesteckt hätte!«

»So kommen wir nicht weiter, Leute!«, rügt der Kommissariatsleiter die plötzlich aufkommende Albernheit der Kollegen. »Ich darf doch um ein wenig mehr Ernsthaftigkeit bitten!« Er blickt finster in die Runde. »Wenn niemand mehr etwas Produktives beizutragen hat, schlage ich vor, wir machen für Heute alle Feierabend und konzentrieren uns auf die morgige Leichenschau.«

»Ich hab noch was, Chef«, meldet sich Chrissie Ohlsen zu Wort. »Und zwar hatte ich vorhin Besuch von einem ganz interessanten jungen Mann!« Stichwortartig umreißt sie anschließend, was sie von Jonas Fischer erfuhr.

»Die beiden waren also ein Paar«, schließt sie ihre Ausführungen ab. »Die Wahrscheinlichkeit, dass Heidrun Quadt von ihrem Freund schwanger war, ist daher sehr hoch. Er gab zwar an, von einer Schwangerschaft nichts gewusst zu haben, war aber sofort bereit, eine Speichelprobe abzugeben. In zwei oder drei Tagen werden wir Gewissheit haben.«

»Ich könnte mir vorstellen, dass sie es selbst nicht wusste«, überlegt Donner. »Nach maximal vier Wochen sind ja meist noch gar keine der üblichen Begleiterscheinungen aufgetreten. Kommt Fischer denn als Täter in Betracht?«

»Nein, Chef. Für die Tatzeit hat er ein wasserdichtes Alibi, er war im Auftrag seiner Bank für zwei Wochen in den Staaten. Die Ein- und Ausreisestempel im Reisepass sind ein unwiderlegbarer Beweis dafür. Die Bank, für die er arbeitet, ist übrigens dieselbe, bei der seine Freundin ihre Ausbildung machte.«

»Ich denke, wir können jetzt den Herrn Otto Quadt als Tatverdächtigen ebenfalls aussortieren. Es wird immer unwahrscheinlicher, dass er etwas damit zu tun hat«, schlussfolgert Donner. »Wir warten aber auf jeden Fall den ausstehenden DNA-Vergleich ab. Wer von euch überbringt Helene König die Nachricht vom Tod ihrer Tochter?«

»Das werde ich übernehmen, Chef.« Christina Ohlsen lässt traurig den Kopf hängen. »Frau König kam mit der Vermisstenanzeige vertrauensvoll zu mir und ich habe kläglich versagt. Da ist es doch das Mindeste, dass ich ihr persönlich die Nachricht überbringe. Falls es sich bei der Toten tatsächlich um Franziska König handelt.«

»Du hattest keine Chance, Chrissie!«, erhält sie Trost von Denise Malowski. »Als Frau König am Montag zu dir kam, war Franziska aller Wahrscheinlichkeit nach schon lange tot. Wir sind ein Team! Wenn überhaupt, haben wir alle versagt.«

»Da ist aber noch etwas, das wir wenigstens überprüfen sollten«, erhebt Donner noch einmal seine Stimme, bevor das allgemeine Stühlerücken zum Aufbruch beginnt. »Gibt es eine Möglichkeit, an die Fingerabdrücke von Franziska König zu gelangen?«, fragt er den Forensiker.

»Von ihr selbst können wir keine Abdrücke mehr nehmen, dazu ist die Verwesung schon zu weit fortgeschritten. Wir könnten aber versuchen, in ihrem Zimmer zu Hause an Vergleichsmaterial zu gelangen«, überlegt Jürgen Vogel. »Und wozu brauchst du die?«

»Es schadet ja nicht, sie mit den bisher nicht zugeordneten Abdrücken aus der Wohnung des ersten Opfers zu vergleichen. Für alle Fälle!«

»In Ordnung, ich schicke umgehend ein Team dorthin. Was sollen wir der Mutter sagen, wofür wir das benötigen?«

Donners Blick heftet sich auf die gewaltige Gestalt Müllers. »Nehmt Wolfgang mit, er ist genau der richtige Mann dafür. Lass dir was Unverfängliches einfallen!«, rät er dem Oberkommissar, der daraufhin ein betretenes Gesicht aufsetzt.

KAPITEL 7

Dienstag, 2. April, 10:30 Uhr

Christina Ohlsen sitzt unlustig an ihrem Computer und tippt mehr gelangweilt als motiviert an einem längst fälligen Bericht herum. Da wäre sie dieses Mal lieber mit Denise und Tobias in die Rechtsmedizin gefahren. Selbst eine Leichenschau ist ihrer Meinung nach tausendmal interessanter als das hier.

Viel zu schreiben gibt es ohnehin nicht, aber natürlich muss alles akribisch genau dokumentiert werden. Für den hoffentlich nie eintretenden Fall, dass aus dieser Mordsache ein ›Cold Case‹ wird und andere Ermittler, in späteren Jahren auf den heutigen Erkenntnissen aufbauend, den Fall wieder aufrollen.

Neben ihrem Bildschirm liegt die Ausbeute der morgendlichen Post. Da wäre zum Einen das Laborergebnis über den Vergleich der von Otto Quadt abgegebenen DNA mit der des Fötus aus dem Uterus seiner Tochter. Negativ, wie fast schon erwartet. Es wäre auch allzu einfach gewesen!

Das zweite Dokument ist aus der Hexenküche der Forensik und befasst sich mit derselben Person. Der Abgleich seiner Fingerabdrücke mit den in der Wohnung der Tochter sichergestellten Spuren war ebenfalls negativ. Otto Quadt hielt sich, wie mehrfach ausgesagt, nicht in diesen Räumen auf. Oder jedenfalls nicht in letzter Zeit.

Der Chef hat recht, den können wir als Tatverdächtigen vergessen!, muss sie endlich zugeben und vermerkt diese Erkenntnis schweren Herzens ebenfalls in ihrem Bericht.

Die unter der Führung Wolfgangs gestern Nachmittag in den privaten Räumen Franziska Königs erbeuteten biometrischen Daten waren ebenfalls nicht zielführend, sie stimmten mit keiner der Spuren aus Heidrun Quadts Wohnung überein. Also ebenfalls Fehlanzeige!

Wobei die Gründe, die Donner für den Vergleich gehabt haben mag, für Chrissie durchaus nachvollziehbar sind: Sofern es gelingt, eine Verbindung zwischen den Opfern herzustellen, ist es nicht mehr weit bis zu ihrem Mörder. Wenigstens eine der Frauen hat ihn vermutlich gekannt!

Den dritten Umschlag, den Donner ihr heute Morgen auf den Tisch legte, gab sie gleich an Wolfgang weiter. Es handelt sich um die von ihm angeforderten, *ausführlichen* Funkzellenauswertungen aller in den letzten Wochen von ihrem Handy versendeten SMS und getätigten Telefonate der Franziska König.

Keine Ahnung, was er damit beweisen will, schüttelt sie erneut den Kopf über eine ihrer Meinung nach total überflüssige Maßnahme.

Sie nimmt nachdenklich ihr eigenes Diensthandy zur Hand. *Es wäre sicher keine schlechte Idee, die zwischen Franziska und ihrem Freund ausgetauschten Nachrichten ebenfalls in den Bericht zu integrieren,* überlegt sie und öffnet die Foto-App mit den abfotografierten Textnachrichten.

Soll ich die jetzt als Fotos einfügen, damit die vielen schönen Smileys dokumentiert werden, oder reicht ein Abschreiben der Texte? Und was die da für einen Blödsinn geschrieben haben ...

Plötzlich macht sie große Augen und fasst sich an den Kopf. *Dass mir das nicht gleich aufgefallen ist!,* scheltet sie sich für ihre Nachlässigkeit, als sie das Offensichtliche in den ansonsten auf den ersten Blick banalen Texten erkennt.

* * *

Zwei Zimmer weiter breitet Wolfgang Müller die eng bedruckten Blätter mit den Funkzellenauswertungen auf seinem Schreibtisch aus. Sorgfältig achtet er dabei auf die zeitlich korrekte Abfolge der gelisteten Einzelverbindungen und Ortungsergebnisse von Franziska Königs Handynummer.

Im Gegensatz zu den von Chrissie letzte Woche angeforderten Daten enthält *diese* Liste alle Angaben, die ein Provider von seinen Kunden speichert. Und das sind nicht eben wenige!

Der dazu notwendige Gerichtsbeschluss ist seit heute mit der Post unterwegs, die freundliche Mitarbeiterin der Telekom stellte ihm die gewünschten Angaben dankenswerterweise vorab zur Verfügung, da Eile geboten schien. Zugegebenermaßen hat sich diese Dringlichkeit durch den gestrigen Leichenfund etwas relativiert.

Das findet auch Kollege Weiland, der die Bemühungen seines Partners stirnrunzelnd verfolgt. »Was versprichst du dir eigentlich jetzt noch davon, Wolfgang?«, meldet er seine Zweifel an. »Spätestens, seit wir wissen, dass Franziska König ebenfalls ermordet wurde, höchstwahrscheinlich sogar zeitgleich mit Heidrun Quadt, ist die Spur der mysteriösen SMS aus Wesseling und Neunkirchen-Seelscheid doch kalt!«

»Streng genommen wissen wir das mit Sicherheit erst nach einem DNA-Vergleich, Horst!«, brummt Müller, ohne aufzublicken. »Und was ich hier suche ... sobald ich es gefunden habe, wirst du es als Erster erfahren. Irgendetwas an dieser ganzen Sache gefällt mir einfach nicht, ich kann nur nicht sagen, was das ist!«

»*Du* und Bauchgefühl?«, lacht sein Freund. »Das ist ja mal ganz was Neues. Oder hat da eine gewisse Kommissarin auf dich abgefärbt? Haarsträubende Theorien sind doch eher Chrissies Ding!«

»Na, *du* hast es gerade nötig ... Gehen wir doch methodisch vor, Horst!«, rät Müller ihm. »Was könnte sich dort im Wald abgespielt haben? Nehmen wir einfach mal an, Franziska fuhr mit ihrem Komplizen dorthin, um die Leiche zu entsorgen. So weit, so gut. Aber was geschah dann? Plagte sie das Gewissen und sie drohte, zur Polizei zu gehen? Gab es Streit und der Andere erschlug sie? Wir wissen es nicht. Ebenso wenig haben wir Kenntnis darüber, ob die beiden Leichen zeitgleich dort im Wald deponiert wurden. Doktor de Luca sprach bei Franziska - wenn sie es denn überhaupt ist - von mindestens sechs Tagen, die sie dort lag. Da kann der Mörder sie durchaus am Montag dort hingelegt haben, *nachdem* beide hinauf nach Seelscheid gefahren waren, um die zweite SMS abzusetzen. Das läge sogar auf dem Weg, und ein Handy fährt bekanntlich nicht alleine spazieren! Und wir haben immer noch das Problem, dass die SMS von Wesseling mit leerem Akku gesendet wurde.«

»Dafür gibt es eine simple Erklärung«, überlegt Horst Weiland. »Sie ist ja nicht zu Fuß dorthin. Und der Komplize hatte nicht nur ein Auto, sondern ebenfalls einen dieser Akku-Packs, die es für Handys gibt. Na, was sagst du nun?«

»Was ich sage? Ich sage, dass du mich jetzt endlich in Ruhe meine Arbeit machen lässt«, gibt Müller sich ungewohnt dünnhäutig. »Such dir gefälligst eine eigene Beschäftigung!«

Weiland zuckt mit den Schultern und Müller widmet sich wieder konzentriert den endlosen Kolonnen von Datumsangaben, Telefonnummern, abgehenden und ankommenden Textnachrichten und Telefongesprächen. Alles fein säuberlich versehen mit Koordinaten und Standort der jeweiligen Funkzelle, Signalpegel und der sogenannten *IMEI*, der weltweit eindeutigen Gerätekennung für Mobilfunksysteme.

Plötzlich stutzt er bei einem Eintrag. Es ist der mit den Angaben zur SMS aus Wesseling, die gleich hinter der letzten SMS aus dem Pub in Troisdorf gelistet ist. Ungläubig wechselt er zu diesem und wieder zurück zum Wesselinger Eintrag.

Müllers Atem beschleunigt sich und sein Herz macht förmlich einen Satz. »Ich hab was gefunden, Horst!«, stößt er hervor. »Das glaubst du nicht!«

* * *

»Sie hatten recht mit Ihrer Vermutung, Frau Malowski.« Martina de Luca führt die Kommissare einige Schritte weiter fort vom Sektionstisch mit der mutmaßlichen Leiche der Franziska König, während sie sich Mundschutz, Kopfhaube und Handschuhen entledigt. »Diese Frau dort lag seit der Nacht vom 23. März auf den 24. März dort, wo man sie gestern fand. Tot ist sie daher seit spätestens diesem Zeitpunkt. Leider kann ich dies nach so langer Zeit nur noch auf die Zeit zwischen 22:00 Uhr am Samstagabend und 4:00 Uhr am Sonntagmorgen eingrenzen.«

»Sie sagten ›spätestens‹«, hinterfragt Tobias Heller die ungewöhnliche Wortwahl der Pathologin in Zusammenhang mit dem Todeszeitpunkt. »Was genau kann ich mir darunter vorstellen?«

»Nach über einer Woche Liegezeit finden die üblichen Merkmale zur Bestimmung des Todeszeitpunktes keine Anwendung mehr«, doziert die Rechtsmedizinerin. »Leichenflecken, Leichenstarre und Körpertemperatur sagen uns schon nach einem Tag nichts mehr dazu. Aber diese kleinen Kollegen hier sprechen dann immer noch zu uns!«

Sie hält Denise und Tobias ein kleines Fläschchen mit einer klaren Flüssigkeit hin, in der etwas schwimmt. »*Calliphora vicina* oder Schmeißfliege. Ihre Larven erzählen uns eine Menge, die Anzahl ihrer Generationen gibt zum Beispiel Aufschluss darüber, wie lange und wie oft diese Tierchen sich an Ort und Stelle vermehrt haben. Aber sie sind nachweislich erst dort im Wald in den Körper der Toten gelangt!«

»Ich verstehe«, nickt Denise. »Sie kann anderswo getötet und erst später dort abgelegt worden sein, richtig?«

»Das stimmt. Sehr wahrscheinlich ist es aber nicht. Und damit komme ich zum Tatwerkzeug. Es handelt sich bei der Schädelfraktur um die Folge einer stumpfen, flächigen Gewalteinwirkung. Art, Größe und Form der Verletzung weisen alle Merkmale eines heftigen Schlages mit einem breiten und flachen Gegenstand auf. Ich tippe daher auf einen Spaten, eine Gartenschaufel oder etwas Ähnliches als Tatwaffe. Die Wahrscheinlichkeit, dass ich damit richtig liege, beträgt etwa neunzig Prozent.«

»Haben Sie vielen Dank, Frau de Luca. Wann können wir mit dem Ergebnis des DNA-Vergleichs rechnen?«

»Ich werde die Kollegen von der Humangenetik bitten, sich zu beeilen, Frau Malowski. Sie haben das Resultat spätestens übermorgen in Ihrer Post!«

***

»Eine Schaufel?« Donner reibt sich nachdenklich das Kinn. »Es wurde aber doch keine am Fundort der beiden Leichen gefunden, oder irre ich mich?« Die Frage ist an Amara Jones gerichtet, die als Vertreterin der Forensik dieses Mal anstelle ihres Vorgesetzten an der Besprechung teilnimmt.

»Nein, Herr Donner. Ein solch großes Teil wäre mir garantiert nicht verborgen geblieben und Herr Vogel hätte es außerdem in seinem Bericht erwähnt!«, beantwortet die schöne IT-Spezialistin beide Fragen mit einer dieser dunklen, rauchigen Stimmlagen, die bei einem Mann auf der Stelle eine Gänsehaut verursachen.

So ist es auch kein Wunder, dass die gesamte männliche Belegschaft wie gebannt an den Lippen der dunkelhäutigen Schönheit hängt, was Denise ein spöttisches Lächeln entlockt und Chrissie zu einem höchst kritischen Seitenblick zu ihrem Freund Wolfgang veranlasst, der die Forensikerin ebenfalls mit großen Augen bewundernd anschaut.

Die studierte Informatikerin kann, ebenso wie ihr Vorgänger Klaus Dreyer, sowohl einen Master in diesem Studienfach als auch in Mathematik vorweisen. Ob sie aber in dessen überaus große Schuhe passt, muss sie erst noch beweisen. Zumal sie nicht nur die einzige Frau in Vogels Team ist, sondern mit achtundzwanzig Jahren auch die Jüngste. An Selbstbewusstsein scheint es ihr aber, ihrem Auftreten gemäß, nicht zu mangeln.

»Ich bin aber heute hier, weil endlich die komplette Auswertung der Festplatte des bei der letzten Hausdurchsuchung sichergestellten Computers vorliegt«, bleibt Jones ungeachtet der auf sie gerichteten bewundernden Blicke sachlich. »Hierbei wurde durch Ihr Kommissariat, Herr Donner, besonderen Wert auf mögliche Verbindungen zu einer gewissen Franziska König gelegt. Ich will es kurz machen: Es gibt weder im Mailverkehr noch anderswo auf diesem Rechner den kleinsten Hinweis darauf. Andere Auffälligkeiten, insbesondere zum Surfverhalten im Internet, gibt es ebenfalls nicht. Sie besuchte weder *Chatrooms*, noch war sie erkennbar in *Social Media* Einrichtungen unterwegs.«

»Vielen Dank, Frau Jones«, nickt der Kommissariatsleiter ihr zu und wechselt sprunghaft zum ursprünglichen Thema zurück: »Was mir nicht in den Kopf will, ist, warum der Täter eine mitgebrachte Schaufel nicht benutzt hat. Außer zum Töten, meine ich. Weshalb vergrub er die Leichen nicht? Und das Zeitfenster für den zweiten Mord ist mit sechs Stunden auch nicht eben hilfreich!«, bemängelt er unzufrieden das dürftige Ergebnis der Leichenschau.

»Was das betrifft, lässt sich die Zeit auf eine Stunde reduzieren, Chef!«, meldet sich Wolfgang Müller mit einem vorangegangenen Räuspern zu Wort. Es klang fast wie rollende Steine.

»Ach ja?«, hebt Donner wenig überzeugt die Augenbrauen.

»Aber ja! Die Rechtsmedizin grenzte den Todeszeitpunkt bekanntlich auf die Zeit zwischen 22:00 Uhr und 4:00 Uhr in der Früh ein. Um 23:00 Uhr verließ Franziska König aber erst den Pub in Richtung Heimat, wie sie ihrer Freundin gegenüber vorgab. Da aber eins ihrer Haare an der Leiche von Heidrun Quadt gefunden wurde, muss dies die früheste Zeit ihres Todes sein, eher 23:30 Uhr oder später. Und wesentlich nach Mitternacht kann der Mord an ihr ebenfalls nicht verübt worden sein, weil die erste dieser mysteriösen SMS kurz vor 1:00 Uhr etliche Kilometer davon entfernt aus der Gegend von Wesseling abgeschickt wurde, und dorthin muss man ja erst einmal kommen. Chrissie und ich haben über eine halbe Stunde für die Fahrt gebraucht!«

»Und was sagt dir, dass sie die Nachricht nicht selbst verfasste? Falls es sich bei der Toten überhaupt um Franziska König handelt!«

»Dazu kann ich was sagen, Chef!«, wirft Chrissie Ohlsen ein. »Mir ist bezüglich der Kurznachrichten im Nachhinein etwas aufgefallen. Und zwar hat jeder Mensch gewisse Gewohnheiten, was solche Texte betrifft und davon wird selten abgewichen. Bei den SMS, die Franziska mit ihrem Freund austauschte, sind alle Worte lexikalisch korrekt geschrieben, einschließlich Interpunktion und Groß- und Kleinschreibung. Bei den beiden aus Wesseling und Neunkirchen-Seelscheid ist dies aber nicht der Fall, die hat demnach mit allergrößter Wahrscheinlichkeit jemand anderes verfasst!«

»Und damit kommen wir zum nächsten Teil«, erhebt Müller wieder seine Stimme. Triumph schwingt darin mit. »Diese Nachrichten wurden nicht nur vermutlich von einer unbekannten Person verfasst, sondern - und dies ist eine unumstößliche Tatsache - von einem anderen Handy aus!« Anschließend badet er förmlich in den verblüfften Mienen der Kollegen, die ihn stumm anstarren.

»Beweise?«, zerschneidet Donner die entstandene Stille.

»Klar doch. Ich habe - übrigens von euch allen belächelt - eine weitere Funkzellenauswertung von

Franziskas Handy angefordert, nur dieses Mal mit *allen* Angaben, die überhaupt möglich sind. Wie ihr sicher wisst«, sein Blick streift dabei wie zufällig Amara Jones, »hat jedes Handy eine eindeutige Gerätekennung, die ebenfalls in der zweiten Auswertung erfasst ist. Daraus ergibt sich zweifelsfrei, dass sich die SIM-Karte aus dem Mobiltelefon von Franziska König in einem anderen Gerät befunden haben muss, als diese beiden SMS verschickt wurden. Dadurch entstand der falsche Eindruck, die Nachricht sei von ihr selbst verfasst worden.«

»So ergibt alles einen Sinn«, äußert sich Tobias Heller nach einigen Sekunden nachdenklich dazu. »Ich stelle mir den Ablauf am Abend des 23. März wie folgt vor: Franziska König trifft sich nach Verlassen des Pubs mit dem Mörder von Heidrun Quadt und hilft ihm, sie im Wald zu vergraben. Dafür wurde der Spaten mitgenommen und so kam das Haar an die Leiche. Bevor es aber zu Grabarbeiten kam, gab es möglicherweise Streit zwischen den beiden, in dessen Verlauf Franziska König sich entfernte, vielleicht sogar flüchtete. Der Mörder setzte ihr nach und erschlug sie von hinten mit der Schaufel.«

»Anschließend geriet er in Panik«, spinnt Denise Malowski den Faden weiter. »Mag sein, dass Franziska um Hilfe schrie und er eine Entdeckung fürchtete. Er hob das aus ihrer Tasche gefallene Mobiltelefon auf, zerrte sie unter einen Strauch in der Nähe und machte die Biege. Die andere Leiche ließ er in seiner Hektik ebenfalls dort liegen, wo man sie später fand.«

»Er kam dann auf den völlig verrückten Gedanken, eine falsche Spur zu legen und fuhr wahllos in der Gegend herum, um mit dem gefundenen Handy eine SMS an Franziskas Mutter zu schicken. In Wesseling angekommen, stellte er fest, dass das Telefon keinen Strom hatte, und setzte die SIM-Karte der Einfachheit halber in sein eigenes Handy ein.«

Tobias Heller lehnt sich entspannt zurück. »Später ging ihm auf, was für ein Schwachsinn diese Aktion war und er fuhr am Montag in die entgegengesetzte Richtung, um im Wald bei Neunkirchen-Seelscheid für weitere Verwirrung zu sorgen. So in etwa könnte es sich zugetragen haben, denke ich!«

»Aber woher wusste er die PIN zum Entsperren der Karte?«, kritisiert Donner die ansonsten vollkommen logische Gedankenkette. »Sein Opfer konnte er doch nicht mehr danach fragen!«

»Die beiden kannten sich!«, versucht Horst Weiland sich an einer Erklärung.

»Das muss nicht zwangsläufig der Fall sein«, ertönt die rauchige Stimme Jones'. »Seit es Handys mit Fingerabdruckscanner gibt, glauben viele Handynutzer, auf die PIN verzichten zu können und deaktivieren sie. Da diese Einstellung in der SIM-Karte gespeichert wird, ist sie auf einem anderen Handy ebenfalls aktiv. Schon aus diesem Grund ist es angeraten, dies tunlichst zu unterlassen!«

»Dann hatte unser Täter einfach nur unverschämtes Glück?«

»Ja!«

»Mir ist da noch was aufgefallen!« Tobias setzt sich aus seiner bequemen Sitzposition ruckartig auf. »Wenn jemand im Einzugsgebiet einer Funkzelle die SIM-Karte wechselt, dann muss er doch vorher mit seiner eigenen Mobilfunknummer dort eingebucht gewesen sein!«

»Nicht, wenn sein Handy während der Fahrt ausgeschaltet war«, weist Amara Jones ihn auf einen kleinen Denkfehler hin.

»Warum sollte er das getan haben?«, bleibt Heller beharrlich. »Er hat vermutlich erst am Zielort herausgefunden, dass das gefundene Handy keinen Saft hatte. Und wer schaltet schon dauernd sein Telefon aus und ein?«

»Okay, nehmen wir der Einfachheit halber einmal an, es war so, wie Tobias vermutet«, beendet Donner die zu nichts führende Diskussion. »Können wir dann mit der Gerätekennung einen Bezug zu dem Eigentümer des Handys herstellen? Mit anderen Worten: Ist in der bewussten Funkzelle die verdammte *originale* Telefonnummer zu diesem Handy gespeichert?«

Jones lässt sich einige Augenblicke Zeit mit der Antwort. »Das ist sie in der Tat«, äußert sie sich dann mit einem für alle deutlich vernehmlichen ›aber‹ in der Stimme. »Leider ist aber niemand außer dem Provider des Eigentümers in der Lage, die Zuordnung zur Telefonnummer zu erkennen. Die ausschließliche Kenntnis der *IMEI* ist wertlos, so lange wir den Provider und die Telefonnummer nicht wissen!«

»Es ist immerhin eine Spur!«, stellt der Erste Hauptkommissar fest. »Und es ist die Einzige, die wir derzeit haben! Ihr wisst, was zu tun ist, Leute: Findet einen Weg, die Telefonnummer und den Namen des Eigentümers zu dieser *IMEI* herauszufinden!«

KAPITEL 8

Mittwoch, 3. April, 9:00 Uhr

»Der Chef hat gut reden«, schimpft Denise Malowski zwischen zwei Schlucken ihres geliebten Kaffees.

»*Findet einen Weg, diese Telefonnummer herauszufinden*«, äfft sie Donners Tonfall nach. »Als ob das so einfach wäre! Ich war vorhin noch einmal bei Amara Jones in der Forensik. So, wie sie es mir erklärte, ist es *unmöglich*, ausschließlich über die Gerätekennung Telefonnummer und Inhaber des Handys zu bestimmen!«

»Man benötigt ohnehin für alle forensischen Maßnahmen zur Lokalisierung eines Mobiltelefons nicht nur die Telefonnummer und den Namen des Providers, sondern ebenfalls einen Gerichtsbeschluss«, gibt Tobias Heller seiner Kollegin recht. »Und den stellt kein Richter in diesem Lande anonym aus! Jeglicher Beschluss zur Einschränkung von Grundrechten muss zwingend Fall- *und* Personenbezogen sein! Solange wir also nicht wissen, wessen Handy sich hinter der besagten Gerätekennung verbirgt, dürfen wir demnach beispielsweise auch keine sogenannte stille SMS verschicken, um an die Daten zu kommen.«

»Zumal wir dazu wieder Provider *und* Telefonnummer wissen müssten«, ergänzt Denise. »Die Katze beißt sich selbst in den Schwanz!«

»Wir haben immer noch nicht herausgefunden, von wem die Fingerabdrücke in der Wohnung alle sind«, erinnert Tobias an eine bekannte Tatsache. »Wir wissen bislang nur, dass kein einziger dem Vater zuzuordnen ist. Ich gehe jede Wette ein, dass einer davon von unserem Täter stammt. War eigentlich die Mutter schon beim Erkennungsdienst?«

»Die war gestern hier, ihre Abdrücke sind in der KTU zum Abgleich. Vergessen wir aber nicht den Freund der Toten. Jonas Fischer hielt sich ebenfalls häufig dort auf. Ich werde ihn bitten, noch einmal hierher zu kommen und sich erkennungsdienstlich behandeln zu lassen.« Sie greift zum Telefon.

»Dann sollten wir auch an den Hausmeister denken, Denise. Er war ja dort, um nach dem Toilettenspülkasten zu sehen, wie er sagte. Wenn wir ihn ebenfalls ausschließen, bleibt nach Adam Riese bestenfalls nur ein Abdruck übrig! Ich muss immer wieder an die fehlenden Abwehrverletzungen denken. So etwas deutet bekanntlich meist darauf hin, dass Opfer und Täter sich kannten. Zumal der Angriff ja von vorn erfolgte!«

Denise legt den Hörer zurück, ohne die Nummer gewählt zu haben. »Ich glaube, die Abdrücke des Hausmeisters haben wir sogar, Tobi!«, ruft sie aus und rennt aus dem Zimmer.

Tobias Heller schaut ihr entgeistert hinterher. Solch eine Impulsivität ist man eher von Chrissie gewohnt, nicht aber von einer beinahe vierzigjährigen, abgeklärten Polizistin wie Denise! Viel Zeit, sich darüber zu wundern, bleibt ihm indes nicht, es vergehen nämlich keine zwei Minuten, und die Kollegin steht wieder vor ihm, einen leeren Kaffeebecher verkehrt herum auf den Fingern balancierend.

»Daraus trank Grunewald am Freitag hier im Büro einen Kaffee, während wir auf Otto Quadt warteten«, informiert sie ihn atemlos. »Der Becher war noch in der Spülmaschine, mit ein wenig Glück sind seine Abdrücke darauf! Ich bringe ihn schnell in die Forensik.«

Sie dreht sich auf dem Fuße um und wäre beinahe mit Horst Weiland zusammengestoßen, der hinter ihr in der offenen Bürotür erschienen ist. »Wir haben einen anonymen Hinweis zu unserem Internetaufruf erhalten!«, hört sie ihn beim Hinausgehen sagen und hätte um ein Haar den Kaffeebecher fallen lassen.

***

»Sie ist hübsch, nicht wahr?«, bricht Chrissie Ohlsen nach längerem Schweigen die Stille im Inneren des auf der Landstraße dahinrollenden Dienstwagens.

»Hm?« Wolfgang Müller war tief in Gedanken versunken, die aber - im Gegensatz zu seiner Freundin - ausschließlich mit dem Fall zu tun haben. »Wer ist hübsch?«

»Amara! Sie ist eine schöne Frau, oder nicht?«

»Ja, finde ich auch«, tappt Müller ahnungslos in die Falle.

»Hübscher als ich?«, folgt die unvermeidliche nächste Frage. Schnapp! Müller hätte vor Überraschung beinahe das Lenkrad verrissen.

Frauen!, denkt er. *Was denen immer so einfällt ...* Er lässt einen tiefen Seufzer hören. »Denise ist ebenfalls eine äußerst attraktive Frau, Chrissie!«, antwortet er ihr dann. »Und die Tatsache, dass sie in zwei Jahren Vierzig wird, tut dem keinen Abbruch, im Gegenteil! Sie und Amara haben übrigens eines gemeinsam: Sie sind nicht du! Zufrieden?«

Chrissie gibt keine Antwort, Müller glaubt jedoch, aus dem Augenwinkel ein zufriedenes Lächeln auf ihrem Gesicht zu erkennen. »Und die Frau hat sich am Telefon nicht näher darüber ausgelassen, worum es geht?«, wechselt er schnell auf ein wesentlich unverfänglicheres Thema, nämlich den Grund ihrer Fahrt in diese entlegene Gegend.

»Nein, sie sagte nur, dass Sie uns etwas Wichtiges mitzuteilen habe«, wiederholt Ohlsen ein weiteres Mal den Wortlaut der Anruferin, die sich vor einer Stunde überraschend bei ihr meldete. »Sie gab sich äußerst geheimnisvoll, mehr war aus ihr nicht herauszubringen.«

»Ich frage ja auch nur, weil diese Frau reichlich verschroben zu sein scheint«, erinnert Müller an ihr erstes Zusammentreffen mit der Zeugin. »Ich habe nämlich keine Lust, den weiten Weg umsonst zu fahren!«

»Hey, wir haben doch momentan sowieso nichts anderes zu tun! Und hier herumzukutschieren ist allemal besser, als im Büro die Wände anzustarren! Oder hast *du* eine Idee, wie wir die Handynummer zu deser *IMEI* herausbekommen? Und du weißt selbst, dass oft etwas dabei herauskommt, wenn Zeugen ein zweites Mal vernommen werden. Aber da fällt mir ein ... Was hast du überhaupt vorgestern der Frau König gesagt, wozu du mit der KTU angerückt bist? Das wollte ich dich schon die ganze Zeit fragen!«

»Ich habe gesagt, es hätten sich neue Ermittlungsansätze ergeben, sie hat zum Glück nicht weiter nachgefragt. Ich denke aber, du wirst es dadurch nicht gerade leichter haben, wenn du ihr die Nachricht vom Tod Franziskas überbringst. Das Ergebnis des DNA-Vergleichs wird sicher heute oder morgen vorliegen.«

***

»Ah, die Herrschaften von der Kriminalpolizei!«, werden Chrissie Ohlsen und Wolfgang Müller gleich an der Wohnungstür von Frau Heidenreich begrüßt. Ihr Langzeitgedächtnis scheint also durchaus in Ordnung zu sein. Links und rechts ihrer Beine drängen sich zwei neugierige Hundeschnauzen vorbei.

»Kripo Siegburg«, bestätigt Wolfgang Müller und hält ihr zur Sicherheit den Ausweis hin, wie es die Vorschrift verlangt. Kriminalbeamte haben sich jederzeit als solche zu erkennen zu geben. »Sie haben uns angerufen, Frau Heidenreich. Darf ich erfahren, worum es geht?«

»Aber natürlich, kommen Sie nur herein! Ich hätte schon früher auf Ihrer Dienststelle angerufen, aber Sie gaben mir ja neulich Ihre Nummer nicht und so musste ich mich erst mühsam durchfragen!«, fügt sie mit mildem Vorwurf an.

»Ich habe Sie am Telefon so verstanden, dass Ihnen etwas Wichtiges eingefallen ist«, kommt Chrissie Ohlsen zum Grund ihrer Anwesenheit.

»Das nicht, Kindchen«, plaudert die alte Dame auf dem Weg ins Wohnzimmer. »Aber das Auto, nach dem Sie mich neulich fragten ... das war wieder da! Sonntag war das. Es stand an genau derselben Stelle, und dieses Mal war das am hellen Tag!«

»Woher wissen Sie, dass es sich nicht um ein anderes Auto handelte? Beim ersten Mal war es doch dunkel«, zweifelt Müller. »Und Sie sagten selbst, dass Sie die Marke nicht erkannt haben. Und die Farbe ebenfalls nicht!«

»Nun ja, beschwören könnte ich es natürlich nicht, Herr Kommissar. Aber dieses Mal war ich nur ein paar Meter davon entfernt. Es war ein hellblauer VW Up, das habe ich mir extra gemerkt. Und er hatte genau so ein gerades Heck wie der von vergangener Woche. Das Kennzeichen war aus Ihrer Gegend, ›SU - Suche Unfall‹ haben wir immer gesagt, wenn wir so eins gesehen haben«, kichert sie.

»Den Rest des Nummernschildes wissen Sie nicht?«, fragt Müller. Er glaubt zwar nicht, dass die alte Dame etwas von Belang sah, ignorieren dürfen sie es aber natürlich nicht!

»Ich habe ja nicht wissen können, dass es wichtig ist«, entschuldigt sich Frau Heidenreich. »Das habe ich mir daher nicht gemerkt. Und ich hatte auch nichts dabei, um es aufzuschreiben. Da saß übrigens keiner drin, falls Sie eine Personenbeschreibung von mir erwarten«, fügt sie noch hinzu.

Es ist doch immer wieder gut, wenn man einen Blick für das Wesentliche hat, denkt Christina Ohlsen sarkastisch. »Und der Wagen stand exakt an derselben Stelle, Frau Heidenreich? Sind Sie sich dessen vollkommen sicher?«, erkundigt sie sich stattdessen gewissenhaft bei der Zeugin.

»Das war gleich dort, wo an dem großen Strommast ein kleiner Feldweg von der Straße abgeht«, erinnert sich die Frau. »Etwa dort, wo wir uns letzte Woche getroffen haben. Die Stelle ist schon sehr markant, das sieht man selbst im Dunkeln!«

***

»Was hältst du von der Geschichte?«, will Müller einige Minuten später auf dem Rückweg von seiner Partnerin wissen. »Viel an Informationen war das ja nicht. Und das ist noch beschönigt!«

»Ich weiß es nicht, Wolfie. Warum hätte er ein zweites Mal hierher fahren sollen? Eine weitere SMS ist definitiv nicht von hier verschickt worden, das wäre ja auf deiner Liste enthalten, die du gestern von der Telekom bekommen hast. Wenn es aber derselbe Wagen war, wissen wir jetzt wenigstens die Automarke und die Farbe.«

»Ja, wenn...«, brummt Müller. »Aber falls es unser Mörder war, hat er am Sonntag womöglich etwas gesucht, das er bei seinem ersten Aufenthalt dort verloren hat«, entwickelt er nachdenklich eine Theorie. »Das würde erklären, weshalb da keiner drin saß: Der Fahrer ist in den Sträuchern herumgekrochen.« *Und davon gibt es dort reichlich*, fügt er in Gedanken hinzu.

»Wo wir schon mal hier sind, sollten wir uns die Stelle wenigstens mal anschauen«, überlegt Chrissie. »Seit dem Regen am Sonntag ist es doch in der ganzen Gegend hier recht trocken geblieben. Wenn wir Glück haben, hat der Kerl mit seinem Wagen eine Spur für uns in dem aufgeweichten Boden hinterlassen!«

***

»Ein anonymer Hinweis?« Tobias Heller hebt erstaunt die Augenbrauen. »Nach über einer Woche? Na, da hat sich aber einer eine Menge Zeit gelassen. Worum geht es denn dabei genau?«

Mit einem Wink fordert er den Kollegen Weiland auf, endlich hereinzukommen. Denise Malowski beschließt indessen, trotz ihrer Neugier ihren Weg in die Forensik fortzusetzen und verlässt mit dem Kaffeebecher endgültig den Raum. Die Räume der KTU sind ja nicht weit entfernt.

»Es handelt sich um eine offenbar heimlich angefertigte Aufnahme einer Szene spät abends im Wald, Tobias«, beantwortet Weiland die Frage

Hellers wenigstens teilweise. »Der anonyme Hinweis, der über Email in den zentralen Posteingang hereinkam, enthält außer der Videodatei nur die Anmerkung, dass die Aufnahme vermutlich mit einem Verbrechen in Zusammenhang steht. Das war alles und ich dachte zunächst, dass sich da bloß wieder einer wichtig machen will. Aber als ich mir dann das Filmchen vorhin angeschaut habe, war ich von den Socken!« Er reicht Heller einen USB-Stick.

»Na, dann schauen wir uns das doch mal an!« Tobias steckt den Datenträger in einen freien Slot seines Computers, worauf sich ein Fenster mit dem Inhalt öffnet. »Du kommst genau zur rechten Zeit, Denise«, ruft er über den Monitor hinweg seiner Partnerin zu, die soeben wieder den Raum betritt.

Kurz darauf sind alle drei um Hellers Computer versammelt und schauen sich eine verwackelte Szene an, die offenbar zu später Stunde an einer ihnen allen wohlbekannten Stelle an der Altenrather Straße im Troisdorfer Wald gedreht wurde.

»Heiliger Strohsack!«, entfährt es Denise und Tobias vollkommen lippensynchron, als sie schon nach wenigen Augenblicken realisieren, was sich dort im hellen Licht des Vollmondes abspielt.

»Chrissie und Wolfgang sind sicher schon auf dem Rückweg«, bemerkt Weiland mit einem Blick auf seine Uhr. »Dieses Video ist brandheiß und muss unverzüglich allen zugänglich gemacht werden. Ich bereite schon mal den Besprechungsraum vor, während ihr den Chef informiert!«

»Ja, mach das!«, entlässt Tobias ihn. »Und leite bitte die Originalnachricht an Jones weiter, sie soll versuchen, den Absender zu bestimmen. Ich will wissen, wer dieses Video gedreht hat!«

* * *

»Dort vorn ist die Stelle, von der die Heidenreich vorhin sprach«, verkündet Chrissie Ohlsen, als sie sich im Schritttempo dem Kreuzungspunkt der Langenackerstraße mit dem links abgehenden unbefestigten Feldweg nähern. »Am besten lassen wir das Auto hier stehen, damit wir keine Spuren zerstören.«

»Falls denn welche vorhanden sind«, bremst Wolfgang Müller ihren Optimismus und stellt den Wagen rechts an den Wegesrand. »Wer weiß, was die überhaupt gesehen hat, und dann sind ja immerhin drei Tage seither vergangen!« Die letzten Worte muss er ihr aber schon hinterherrufen, weil Chrissie sofort die Beifahrertür aufriss und nach draußen sprang. Gemessenen Schrittes folgt er ihr auf die andere Straßenseite.

»Jetzt wäre es nicht schlecht, ein paar Kollegen von der KTU hier zu haben«, empfängt sie ihn an der von der Zeugin Heidenreich angegebenen Stelle und zeigt auf eine deutlich erkennbare Reifenspur, die sich in der lehmigen Erde abzeichnet. »Hier hat das Auto gestanden, denke ich. Der Abdruck ist durch die tagelange Trockenheit steinhart geworden und daher bestens erhalten. Und mehrere Tage sind die mit Sicherheit auch alt. Komm, wir machen gleich ein paar Fotos davon!«

»Ja, und von denen hier ebenfalls«, zeigt Müller auf die Abdrücke einiger Schuhsohlen gleich daneben. »Aber ohne Vergleichsmaßstab wird das nichts, Chrissie. Wir benötigen ein Lineal oder ein Maßband!«

»Hast du denn eins? Ich nicht!« Seine Partnerin kratzt sich nachdenklich am Kopf und legt dann vorsichtig ihr Handy neben eine der Abdrücke. »Damit werden unsere Spezialisten etwas anfangen können«, stellt sie zufrieden fest. »Und mit der Reifenspur verfahren wir ebenso!«

»Das bedeutet dann ja wohl, dass ich jetzt für die Fotos zuständig bin«, stellt Müller fest und zückt seinerseits das Mobiltelefon. »Wobei ich deinen Enthusiasmus bezüglich dieser Spuren aber nicht zu teilen vermag, mein Schatz. Es wäre ein Riesenzufall, wenn sie von derselben Person verursacht wurden, die eine volle Woche zuvor eine SMS von dieser Stelle aus verschickte. Und so alt, um vom ersten Mal übriggeblieben zu sein, sind die Abdrücke nun auch wieder nicht!«

»Wir könnten beim hiesigen Verkehrsamt nachfragen«, überlegt Chrissie, während ihr Freund sorgfältig die Spuren abfotografiert und anschließend jede einzelne Aufnahme auf ihre Brauchbarkeit überprüft. »Ich habe mehrere automatische Radarmessstationen auf der Fahrt hierher gesehen.«

»Du hoffst auf ein mittleres Wunder von der Art, dass unser Mörder von einer Radarfalle erfasst wurde?«

»Warum nicht? Einen Versuch ist es wert!«

»Ein Blitzerfoto hier in Wesseling ist aber kein Beweis für die Beteiligung an einem Mord in Troisdorf, Chrissie!«, wendet Müller skeptisch ein.

»Das nicht, aber wenn wir das Handy des Fahrers dieses geblitzten Autos untersuchen, lässt sich über die uns bekannten Fakten ein unmittelbarer Zusammenhang herstellen. Bist du jetzt endlich fertig? Dann lass uns fahren.«

* * *

»Ihr kommt am besten gleich mit mir!«, werden sie eine halbe Stunde später von Amara Jones beim Verlassen des Aufzuges abgefangen. »Da ist eine ganz große Sache im Gange, glaube ich. Eure Kollegen sind alle im Besprechungszimmer.«

»Weißt du schon Genaueres?«, erkundigt sich Wolfgang Müller bei der IT-Spezialistin, die sich bereits wieder in Bewegung gesetzt hat.

»Nur, dass vor etwa einer Stunde überraschend ein Video aufgetaucht ist. Eine anonyme Email, die an euer Kommissariat geschickt wurde. Mehr weiß ich auch nicht.«

* * *

Auf der Leinwand ist ein PKW zu sehen, der auf einer unbeleuchteten, von dichtem Baumbestand gesäumten Straße auf dem unbefestigten Seitenrand abgestellt wurde. Beide Seitentüren auf der Beifahrerseite sind weit offen.

Das offenbar mit einer hochwertigen Handykamera angefertigte Video ist extrem verwackelt, sodass Einzelheiten nur mit Mühe auszumachen sind. Denise Malowski und Tobias Heller kennen die Stelle, an der das Fahrzeug steht, allerdings sehr genau, stellten sie selbst doch erst in den vergangenen Tagen zweimal ihr Fahrzeug dort an der Altenrather Straße ab.

Die eigentliche Sensation ist allerdings die Frau, die sich soeben damit abmüht, einen leblosen Körper vom Rücksitz zu hieven und nach draußen zu ziehen. Im Licht des Vollmondes ist dies ausreichend gut auszumachen. Eine weitere Person, deren Gesicht im Schatten liegt und nicht zu erkennen ist, scheint die Aktion zu beaufsichtigen. Nach etwa dreißig Sekunden endet die Aufnahme.

»Und? Was haltet ihr davon?«, stellt Donner das soeben Gesehene mit ernster Miene zur Diskussion.

»Was ich davon halte?«, meldet sich Chrissie Ohlsen vorlaut zu Wort. »Ich denke, dass Wolfgang und ich uns heute den Weg nach Wesseling hätten sparen können! Frau Heidenreich gab an, am Sonntag an genau der Stelle, von wo vermutlich die erste SMS aus Wesseling abgeschickt wurde, ein verdächtiges Fahrzeug gesehen zu haben, und sie war sich sicher, dass es dasselbe Auto war. Angeblich ein VW Up mit Siegburger Kennzeichen, und das da auf dem Video ist definitiv keiner! Der VW hat ein sehr charakteristisches Heckfenster, das dort im Wald wird eher ein Fiat sein. Ich tippe auf einen Punto, die beiden Modelle kann man schon miteinander verwechseln, wenn man nicht so genau hinschaut.«

»Leider wird weder Datum noch Uhrzeit angezeigt. Zudem ist die Aufnahme sehr verwackelt«, mokiert sich Tobias Heller über die seiner Meinung nach schlechte Qualität des Videos. »Lässt sich das nachträglich so weit korrigieren, dass man Einzelheiten erkennen kann?«, erkundigt er sich bei Amara Jones. »Vielleicht sogar das Kennzeichen? Oder gar das Gesicht der Person im Schatten?«

»Das Bild ist im Grunde nicht unscharf«, äußert sie sich. »Und es ist erstaunlich lichtstark, sodass man selbst bei diesen Lichtverhältnissen fast mehr sieht, als dies dem bloßen Auge möglich wäre. Ich tippe auf eine Sechzehn-Megapixel-Kamera mit Nachtsichtfunktion.«

Sie schaut Heller selbstbewusst an. »Ich bin mir sicher, dass sich die gröbsten Wackler eliminieren lassen, danach wird erheblich mehr zu erkennen sein. Für das Nummernschild wage ich eine Prognose von fünfzig Prozent, bei der Person im Schatten dagegen bin ich mir nicht sicher, ob nach einer Aufhellung wesentlich mehr zu sehen sein wird. Dazu ist diese Stelle zu kontrastarm. Datum und Uhrzeit werden bei solchen Dateien übrigens automatisch in den sogenannten Metadaten abgespeichert. Spätestens morgen habt ihr die bereinigte Aufnahme auf dem Tisch. Mit Datum und Uhrzeit!«

»Das hört sich doch gut an! Hast du schon etwas zum Absender der Email herausgefunden?«

»Fehlanzeige! Die IP-Adresse, von der aus sie abgeschickt wurde, gehört zu einem Internetcafé in Lohmar und die Absenderadresse existiert nicht, oder nicht mehr. Sie wurde vermutlich gleich nach dem Verschicken des Videos gelöscht.«

»Schade, ich hätte mir diese Person liebend gerne vorgeknöpft«, lässt sich Donner vernehmen. »Wer solch einen Aufwand treibt, hat doch mit Sicherheit Dreck am Stecken. Wir sollten uns doch eines fragen: Was hatte er oder sie um diese Uhrzeit dort überhaupt zu suchen? Spät in der Nacht war das ja auf jeden Fall!«

»Dort oben in der Heide treiben sich immer mal wieder welche herum, die ihre illegal beschafften Schusswaffen ausprobieren, Chef!«, stellt Tobias Heller eine Vermutung an. »Die unzähligen Einschusslöcher in Verkehrsschildern und Wegweisern sprechen diesbezüglich eine mehr als deutliche Sprache. Erwischt werden sie aber praktisch nie. Ich denke, das war so einer.«

»Mag sein, dass du recht hast. Kommen wir zurück zum Video: Sind wir uns alle einig darüber, was es zeigt?«

»Die Frau dürfte von der Gestalt her Franziska König sein«, gibt Denise Malowski ihre Meinung kund. »Sie müht sich mit etwas ab, bei dem es sich höchstwahrscheinlich um die Leiche von Heidrun Quadt handelt. Und die Person, die in der dunklen Kleidung fast mit der Umgebung verschmilzt, beaufsichtigt das Ganze. Ich gehe davon aus, dass dies unser Mörder ist!«

»Dem ist nichts hinzuzufügen!«, kommentiert der Erste Hauptkommissar die Einschätzung seiner Ermittlerin unter beifälligem Gemurmel der versammelten Mannschaft. »Hoffen wir also, dass es gelingt, genügend viel an Informationen aus diesem Video herauszuholen, dass es für eine Festnahme reicht! Für heute könnt ihr Feierabend machen, wenn ihr wollt. Aber natürlich erst, nachdem ihr eure Berichte geschrieben habt!«, fügt er lächelnd hinzu.

KAPITEL 9

Donnerstag, 4. April, 9:12 Uhr

Über Tobias Hellers Computerbildschirm flimmert erneut die anonym zugesandte Videodatei, von Amara Jones vor wenigen Minuten erst persönlich in Form einer bereinigten Version auf einem Datenstick überbracht. Der nunmehr sichtbare Zeitstempel der Aufnahme lautet: *2019-3-23 23:41:12.*

Die IT-Spezialistin informierte ihn darüber, dass sie zusätzlich zu den ihr übertragenen Aufgaben bezüglich des Bildmaterials aus eigenem Antrieb eine Echtheitsprüfung durchführte und keine Anzeichen einer Manipulation erkennen konnte. Tobias nickt anerkennend mit dem Kopf dazu, an eine mögliche Fälschung hatte er selbst überhaupt nicht gedacht!

Indes ist das Ergebnis der gefilterten Version mehr als enttäuschend. Zwar ist das Bild infolge Jones' Bemühungen erheblich ruhiger geworden, aber immer noch bleiben wesentliche Informationen dem Betrachter verborgen. Zumindest auf den ersten Blick.

»Das zittert immer noch beträchtlich, Tobi!«, bemerkt Denise Malowski neben ihm enttäuscht. »Man kann das Nummernschild bestenfalls erahnen, und diese Person im Schatten bleibt im wahrsten Sinne des Wortes im Dunkeln! Einzig die Frau, die sich dort mit einer Leiche abmüht, ist mit einiger Sicherheit zu erkennen.«

»Ja, es handelt sich in der Tat um Franziska König«, gibt Heller ihr recht. »Und das Auto ist ein Fiat Punto, wie Chrissie gestern bereits vermutete. Das war es aber auch schon an gesicherten Erkenntnissen, der Rest ist pure Spekulation!«

»Holen wir doch die anderen dazu«, schlägt Denise vor. »Zehn Augen sehen mehr als vier«, wandelt sie ein bekanntes Sprichwort ab. »Vielleicht sieht einer von den dreien etwas, das uns bislang verborgen geblieben ist!«

»Hm«, brummt ihr Partner eine Zustimmung. »Dazu gehen wir aber besser gleich in den Besprechungsraum und schauen uns den Film auf der Leinwand an. Dort gibt es genügend Platz für uns alle und das Bild ist über den Beamer erheblich größer und auch wesentlich besser in der Auflösung als auf diesem schon etwas betagten Bildschirm!«

***

»Nein, so wird das nichts!« Christina Ohlsen trommelt unzufrieden einen wilden Rhythmus mit den Fingern auf der Tischplatte. »Und wenn wir die Tabelle spaltenweise nach Räumen anordnen, statt nach Namen?«, schlägt sie dem an der Tafel stehenden Wolfgang Müller vor.

Auch der dritte Versuch, ein aussagekräftiges Schema mit den von der Forensik gelieferten Fingerabdrücken aus Heidrun Quadts Wohnung zu erstellen, brachte nicht die gewünschte Erleuchtung. Müller wischt die Tabelle, die damit das Schicksal ihrer beiden Vorgänger teilt, mit einem Schwamm fort. »Wie wäre es denn mit einem Grundriss der Wohnung, in den wir dann die Personen eintragen, die in den jeweiligen Räumen Spuren hinterließen?«, schlägt er vor. »Das erscheint mir noch am plausibelsten. Was meinst du?«

»So könnten wir die Wege der vier Personen innerhalb der Wohnung rekonstruieren«, überlegt Ohlsen. »Von uns beiden war aber bisher keiner vor Ort. Wir könnten höchstens Tobias fragen, ob er uns das aus der Erinnerung aufmalen kann. Für so etwas hat er doch ein untrügliches Gedächtnis, und er war ja erst letzte Woche dort.«

»Ach, hier treibt ihr euch rum!«, ertönt in diesem Augenblick die Stimme des Hauptkommissars vom Eingang her. »Wir haben euch schon überall gesucht. Und wo soll ich letzte Woche gewesen sein?« Hinter Tobias Heller, der sich unverzüglich an den mit dem Beamer gekoppelten Computer setzt, betreten außerdem Denise Malowski und Horst Weiland zügig den Besprechungsraum.

»In der Wohnung des ersten Mordopfers«, antwortet Christina Ohlsen ihm. Sie schaut auf die Uhr: »Ist denn schon Zeit für die Fallbesprechung?«, wundert sie sich. »Wolfgang und ich haben versucht, eine gewisse Ordnung in die Fingerabdrücke zu bringen. Bisher leider ohne jeden Erfolg. Ob du uns wohl nachher einen Grundriss auf die Tafel zeichnen würdest? Er muss auch nicht maßstabsgerecht sein!«

»Später, Chrissie! Das hat jetzt nicht oberste Priorität!«, vertröstet Heller die Kollegin. »Zuerst schauen wir uns gemeinsam die Videodatei einige weitere Male konzentriert an. Achtet auf jede Kleinigkeit! Vielleicht sieht ja einer von euch etwas, das meiner und Denises Aufmerksamkeit bislang entgangen ist.«

Während Müller und Ohlsen ihre angestammten Plätze einnehmen und Denise Malowski die Beleuchtung herunterdimmt, senkt sich surrend die Motorleinwand von der Zimmerdecke herab. Tobias Heller steckt den mitgebrachten USB-Stick in den Computer und startet das Video. »Achtung, es geht los!«, gibt er das Kommando.

* * *

Eine halbe Stunde später sind alle vom permanenten Starren auf die Leinwand erschöpft. Chrissie reibt sich die überanstrengten Augen, Denise massiert sich die Schläfen, und die Herren der Schöpfung schauen einander frustriert an.

Tobias begibt sich zur Tafel und malt mit einigen schnellen Strichen den von Chrissie Ohlsen geforderten Grundriss auf den linken Teil des Whiteboards. »Fangen wir schon mal mit dem einfachen Teil an!«, kommentiert er mit einem schiefen Lächeln den verständnislos dreinblickenden Kollegen gegenüber seine Aktion.

Anschließend teilt er die restliche zur Verfügung stehende Fläche in zwei Spalten, die er mit ›GESICHERT‹ und ›VERMUTUNG‹ betitelt. »Beginnen wir mit dem Auto. Wir sind uns so weit einig, dass es sich um einen Fiat Punto handelt, vermutlich weiß, cremefarben oder hellblau?«

Nach allgemeinem Kopfnicken und beifälligem Gemurmel kommt das Fahrzeugmodell in die linke Spalte, die mutmaßlichen Farben finden dagegen auf der rechten Seite ihren Platz, wobei Heller eine der drei Möglichkeiten unterstreicht. »Amara hat aufgrund der Kleidung, die Franziska König am Tag ihres Verschwindens trug, die Farbwerte in dem Video auf Tageslichtwerte umgerechnet und für das Auto eine Wahrscheinlichkeit von über achtzig Prozent für die Farbe ›hellblau‹ ermittelt«, erläutert er den Kollegen.

»Die Person im Schatten hält etwas in der Hand«, bringt Horst Weiland eine weitere Erkenntnis zur Sprache. »Es könnte sich um eine Waffe handeln. Es ist zwar nicht genau zu erkennen, aber ich glaube, dass er in einen Overall gekleidet ist. Wahrscheinlich schwarz oder in einer anderen dunklen Farbe.«

»Das könnte bedeuten, dass Franziska König, mit dieser Waffe bedroht wurde, also unter Zwang handelte«, ergänzt Wolfgang Müller. »Das fällt dann aber, ebenso wie der Overall, eher in die Kategorie ›Vermutung‹. Wogegen sich die Statur der dunkel gekleideten Person im Vergleich mit dem Auto relativ genau typisieren lässt: etwa 1,80 Meter groß, normale Figur.«

»Okay!« Tobias Heller trägt alle Informationen und Mutmaßungen in die Tabelle ein. »Und was ist zum Auto selbst zu sagen? Hat einer von euch das

Kennzeichen erkannt, oder wenigstens Teile davon?«

»Ich bin mir einigermaßen sicher, dass es mit ›SU‹ beginnt!«, äußert sich Denise Malowski dazu. »Dann kommt höchstwahrscheinlich ein ›H‹, diesen Buchstaben kann man im Grunde nicht verwechseln. Was aber für den danach leider nicht gilt. Es könnte ein ›O‹ sein, oder auch ein ›Q‹. Die Zahl hingegen ist nicht zu erkennen gewesen, jedenfalls nicht für mich. Außer, dass sie vierstellig ist, vermag ich dazu nichts zu sagen.«

»So in der Art habe ich das ebenfalls gesehen«, nickt Tobias und trägt die Einschätzung Denises auf der Seite mit den nicht gesicherten Informationen ein. »Chrissie?«, fordert er anschließend die Kollegin mit hochgezogenen Augenbrauen auf, zu sprechen, weil Ohlsen ein unübersehbares Fragezeichen auf der Stirn stehen hat.

»»*SU - HQ*‹«, ergreift sie in dieser Runde erstmals das Wort. »Fällt euch daran nichts auf? Oder anders herum gefragt: Haben wir uns in den vergangenen zehn Tagen auch nur ein einziges Mal die Frage gestellt, ob *Heidrun Quadt* ein Auto besaß, und falls ja: Was damit passiert ist?«

Ein Sammelsurium von Emotionen zeigt sich nach den Worten der Kommissarin auf den Gesichtern der Kollegen. Von Betroffenheit über Verlegenheit bis hin zu Bestürzung ist praktisch alles dabei. Lange Zeit sagt niemand etwas.

»Chrissie hat recht!«, schneidet Tobias' Stimme durch die entstandene Stille. »Wir waren dermaßen auf die Aufdeckung der Identität eines Mörders fixiert, dass uns das Naheliegende entgangen ist! Aber wir haben jetzt einen Vorteil: Sofern es sich hier um das Auto des Mordopfers handelt, benötigen wir nicht einmal einen richterlichen Beschluss, um es von der KTU untersuchen zu lassen!«

»Sofern wir es überhaupt finden!«, unkt Horst Weiland. »Ich werde aber zunächst umgehend beim Straßenverkehrsamt eine entsprechende Auskunft einholen«, besinnt er sich auf das Naheliegende und klappt sein mitgebrachtes Notebook auf.

Chrissie schaut auf die Uhr: »In etwa zehn Minuten ist es Zeit für die tägliche Fallbesprechung. Wir bleiben also am besten gleich hier sitzen und warten auf den Chef.« Sie hält ein Blatt Papier in die Höhe. »Das ist der Bericht der KTU über die Fingerabdrücke in Heidrun Quadts Wohnung. Es bleibt genügend Zeit, die Daten in den von Tobias an die Tafel gezeichneten Grundriss einzutragen.«

***

»Ich sage euch hiermit mit aller Deutlichkeit, dass ich an keiner Stelle einen Ermittlungsfehler erkennen kann, Leute!« Diese klaren Worte sind die Reaktion Donners auf eine Erklärung, die Tobias Heller zu Beginn der Teambesprechung im Namen aller Kollegen abgab, nachdem der Kommissariatsleiter nach einem Blick auf die Tafel und der neu hinzugekommenen Fakten um ein ›Update‹ bat.

»Wir hatten es von Beginn an mit gleich zwei schwierigen Fällen zu tun, die zudem vordergründig keinerlei Gemeinsamkeiten aufweisen«, fährt der Erste Hauptkommissar fort. »Das ist schon im günstigsten Fall mit fünf Ermittlern kaum zu stemmen. Die Wohnung des Mordopfers Quadt wurde durchsucht, weil sie als Tatort in Betracht kam. Aus welchem Grund hätten wir uns aber um ihr Fahrzeug kümmern sollen? Wenn ich mich recht entsinne, wurde kein Hinweis auf ein Auto in der Wohnung gefunden!«

»Weil wir nicht danach gesucht haben, Chef!«, wendet Heller ein. »Die persönlichen Unterlagen wurden nicht gesichtet, das machen wir nur bei Tatverdächtigen. Aber wir hätten die Eltern fragen können, schließlich hat heutzutage doch jeder ein Auto!«

»Na, du hast zum Beispiel schon mal keines«, berichtigt Donner ihn lächelnd. »Oder hab ich da was nicht mitbekommen?«, spielt er auf die allgemein bekannte Tatsache an, dass Tobias privat mit einer über dreißig Jahre alten BMW herumfährt. »Ich sehe, wie schon gesagt, in eurer Vorgehensweise kein Fehlverhalten! Ist es denn gesichert, dass es sich bei dem PKW auf dem Video um das Auto von Heidrun Quadt handelt?«

»Nicht hundertprozentig, Chef!«, übernimmt Horst Weiland die Antwort und klappt seinen Laptop zu. »Eine Anfrage beim Straßenverkehrsamt bestätigte aber zumindest unsere diesbezügliche Vermutung. Auf Heidrun Quadt ist in der Tat ein Fahrzeug der Marke Fiat Punto in der Farbe hellblau zugelassen!«

»Dann wird eure nächste Aufgabe sein, das Auto zu finden! Fangt in der zur Wohnanlage gehörenden Tiefgarage mit eurer Suche an! In diesem vertrackten Fall scheint ja nichts unmöglich zu sein, warum also sollte das Auto dann nicht ordnungsgemäß auf seinem Stellplatz stehen?«

Donner reicht einen Umschlag, den er die ganze Zeit in der Hand hielt, an Chrissie weiter, die ihm am nächsten sitzt. »Das ist der abschließende Bericht der Forensik über die letzte Woche stattgefundene Wohnungsdurchsuchung und das Ergebnis der Analyse der Fasern, die bei der zweiten Leiche sichergestellt wurden. Bis auf einen konnten alle Abdrücke verifiziert werden. Keiner davon ist der Mutter oder dem Vater zuzuordnen, es gibt aber Abdrücke von Jonas Fischer und dem Hausmeister, was zu erwarten war. Bleibt also nach Adam Riese exakt eine unbekannte Person übrig.« Er dreht sich zum Whiteboard um. »Und was hat es mit diesem Plan dort auf sich? Gehe ich recht in der Annahme, dass er ebenfalls damit zu tun hat?«

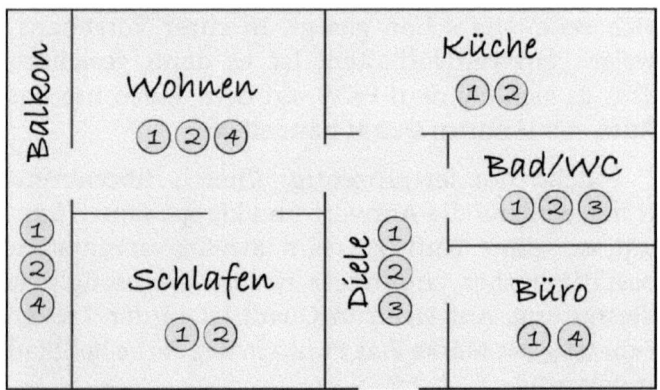

»Ich habe versucht, die Abdrücke den einzelnen Räumen zuzuordnen«, antwortet Christina Ohlsen ihrem Vorgesetzten. »Die dazugehörigen Namen hatte ich ja bisher nicht, daher die Ziffern. Man kann aber sehr gut erkennen, wo sich die einzelnen Personen in der Wohnung aufgehalten haben. Dabei werden die Ziffern 1 und 2 der Wohnungsinhaberin und ihrem Freund zuzuordnen sein. Die Nummer 3 gehört dann wohl dem Hausmeister, da diese Spuren nur an der Wohnungs- und Badezimmertür und im Bad selbst vorgefunden wurden und Grunewald nach eigenen Angaben dort tätig war.«

»Wurde der Hausmeister überprüft?«, will Donner wissen. »Er war doch innerhalb des Zeitfensters für die Tat in der Wohnung, oder irre ich mich?«

Denise Malowski blättert in ihren Unterlagen. »Ja, Chef. Aber das war ganz am vorderen Ende des Zeitrahmens. Gegen 18:00 Uhr reparierte Grunewald die Toilettenspülung, wofür er nach eigenen Angaben nur wenige Minuten benötigte.«

»Hattet ihr ihn danach gefragt?«

»Mal überlegen ... nein, das sagte er uns eher beiläufig, als wir uns mit ihm unterhielten«, erinnert sich Denise. »Warum fragst du?«

»Weil die Fasern, die man bei der zweiten Leiche fand, laut Analyseergebnis von einem Arbeitsanzug stammen könnten!«, wirft Ohlsen vorlaut ein, weil sie in der Zwischenzeit den Bericht der Forensik im Schnelldurchgang überflogen hat. »Grobe Baumwollfasern der Farbe dunkelblau, steht hier. Trug der Hausmeister einen ›Blaumann‹, als ihr mit ihm gesprochen habt?«

»Das schon, aber ...«

»Die Zeit, die Grunewald uns damals nannte, kann irgendwie nicht stimmen, Denise«, unterbricht Tobias Heller seine Kollegin, nachdem er in den eigenen Notizen nachgeschaut hat. »Ich habe hier die Aussage von Otto Quadt. Er sagte wörtlich: ›*Ich bin noch eine Stunde herumgelaufen, weil ich so aufgewühlt war. Ich war erst zur Tagesschau wieder zu Hause*‹. Das war, nachdem er im Hausflur dem Hausmeister über den Weg lief, der soeben aus der Wohnung seiner Tochter kam. Die aber auf sein eigenes Klingeln nicht öffnete, weil sie womöglich gar nicht mehr in der Lage dazu war! Da die Tagesschau bekanntlich um 20:00 Uhr läuft, muss diese Begegnung demnach gegen 19:00 Uhr gewesen sein, und nicht um 18:00 Uhr, wie Grunewald uns gegenüber angab! Dass mir das erst jetzt auffällt ...«

»Vielleicht werden wir langsam alt?«, zieht Denise ihn mit der unleugbaren Tatsache auf, dass Tobias in wenigen Wochen seinen vierzigsten Geburtstag feiert. »Wie gehen wir jetzt mit dieser Information um?«, wird sie aber sofort wieder ernst. »Und was hätte Grunewald überhaupt für ein Motiv für die Tat?«

»Es wäre ein sexueller Übergriff möglich«, überlegt Horst Weiland. »Heidrun Quadt drohte ihm mit einer Anzeige, worauf er sie tötete. Da er zu diesem Zeitpunkt Gummihandschuhe trug - er hatte ja eigentlich vor, die Toilettenspülung zu reparieren - gibt es am Tatort keine Abdrücke von ihm. Aber er muss ja später am Abend ein weiteres Mal in der Wohnung gewesen sein, um die Leiche fortzuschaffen. Bei dieser Gelegenheit sorgte er für die

Spuren im Bad. Und da er unglücklicherweise Otto Quadt über den Weg lief, als er die Wohnung nach der Tat verließ, brachte er das Denise und Tobias gegenüber vorsorglich zur Sprache.«

»Das ist eine interessante Theorie«, meint Donner dazu. »Die wir aber leider nicht beweisen können!«

»Warum nicht? Wir haben zwar kein stichhaltiges Motiv, aber eine Gelegenheit«, widerspricht Tobias Heller ihm. »Grunewald war inmitten des für die Tat ermittelten Zeitfensters am Tatort. Wenn wir den Mittelwert nehmen, ist es sogar exakt zur Tatzeit gewesen! Und der Mann, der in unserem Video im Schatten steht, passt von der Statur her durchaus zu Grunewald. In Verbindung mit den Fasern reicht mir das vollauf als Grund, ihn festzunehmen!«

»Wir wissen alle, dass du diesbezüglich nicht sonderlich anspruchsvoll bist, Tobias«, lächelt der Kommissariatsleiter in Anspielung auf diverse von Heller in der Vergangenheit durchgeführte Festnahmen ohne Haftbefehl. »Aber ihr habt natürlich recht, verdächtig ist das auf jeden Fall. Ich werde daher gleich anschließend bei Staatsanwalt Stein einen Durchsuchungsbeschluss für seine Wohnung beantragen. Und ihr seht zu, dass ihr das Auto findet. Wenn sich im Inneren des Fahrzeugs forensische Spuren der beiden getöteten Frauen *und* des Hausmeisters finden lassen, haben wir ihn!«

***

»Frühestens Montag?«, wiederholt Christina Ohlsen ungläubig die Worte der Rechtsmedizinerin. »Wieso dauert das denn so lange, Frau Doktor de Luca? Meinen Kollegen Malowski und Heller gegenüber versprachen Sie am Dienstag … … Überlastet, sagen Sie? Wir benötigen den DNA-Vergleich dringend! Ich kann die Mutter der Toten nicht länger über das Schicksal ihrer Tochter im Unklaren lassen, das werden Sie sicher nachvollziehen können! … … Ja, aber ohne den Vergleich habe ich keine Gewissheit! … … In Ordnung, ich warte dann bis Anfang der Woche. Haben Sie vielen Dank!«

Danke für nichts! Chrissie knallt wütend den Hörer auf die Gabel. *Montag! Dann ist es geschlagene zwei Wochen her, dass Helene König hier bei mir war. Was soll ich ihr nur sagen, wenn sie sich nach dem Fortgang der Ermittlungen erkundigt? Und wenn ich ihr unsere Vermutung, den Tod der Tochter betreffend, unter Vorbehalt …?* Nein, das geht schon gar nicht! Sie lässt einen tiefen Seufzer hören. *Warten wir also bis Montag.*

Kopfschüttelnd legt sie das DNA-Blatt des Kandidaten Jonas Fischer auf den Stapel mit den unerledigten Arbeiten. Es war der Grund für das unerquickliche Telefonat mit Frau de Luca vorhin und muss in den längst fälligen Ermittlungsbericht integriert werden. Im Gegensatz zur dringend benötigten DNA-Analyse bezüglich der mutmaßlichen Leiche von Franziska König war *dieses* Ergebnis nämlich heute in der Post!

Immerhin wissen wir jetzt, wer der Vater des ungeborenen Kindes ist!, versucht sie sich an einem positiven Gedanken. *Damit ist Otto Quadt endgültig vom Haken.*

Nachdenklich greift sie zum Bericht der Forensik zur Spurenlage in der Wohnung Heidrun Quadts. Ihre vorhin dem Chef gegenüber geäußerte Einschätzung bezüglich der Verteilung der Fingerabdrücke ließ sich damit eindeutig belegen. Was aber letztendlich ebenfalls bedeutet, dass Abdrücke, die *nicht* von Reiner Grunewald stammen, sowohl im Büro als auf dem Geländer des Balkons gefunden wurden. Lokalitäten, die unmittelbar der Tat zuzuordnen sind!

Unter diesem Aspekt sieht Christina Ohlsen der Festnahme Grunewalds, zu der Denise und Tobias vor einer Stunde aufgebrochen sind, mit gespannter Erwartung entgegen.

***

»Das gefällt mir ganz und gar nicht!«, knurrt Tobias Heller unzufrieden beim Betreten eines der Hauptgebäude der Wohnanlage ›Zum alten Tor‹. »Wenn der uns gesehen hat und abhaut, finden wir den hier drin so schnell nicht wieder, Denise. Wir können unmöglich alle Fluchtwege im Auge behalten und gleichzeitig die Wohnung in der obersten Etage aufsuchen!«

Seine Partnerin schaut sich nachdenklich um. »Du hast recht«, nickt sie anschließend. »Mit dem Aufzug kann er zum Beispiel nach unten in die Tiefgarage fahren und über die Zufahrt flüchten. Und um alle Ausgänge und das Treppenhaus zu sichern, haben wir nicht genügend Leute.«

»Wenn ich einen Vorschlag machen dürfte?« Einer der vier zur Unterstützung mitgekommenen uniformierten Kollegen tritt nach vorn. Der junge Polizeikommissar deutet auf die beiden Aufzüge direkt vor der Gruppe. »Warum blockieren wir die nicht einfach? Wir holen die Kabinen hier herunter ins Erdgeschoss und arretieren die Türen. Dann brauchen wir nur die Treppe im Auge zu behalten!«

»Das ist eine verdammt gute Idee!« Tobias grinst ihn offen an. »Und da es kein Grundrecht für funktionierende Aufzüge gibt, benötigen wir dafür keine richterliche Anordnung. Ihr beiden«, wendet er sich an zwei andere Polizisten, »übernehmt das und postiert euch anschließend im Treppenhaus. Der Rest kommt mit uns!« Da die Aufzüge jetzt für die Fahrt nach oben nicht mehr zur Verfügung stehen, steuert Tobias ohne weitere Verzögerung die Treppe an. Denise, zwei uniformierte Polizisten und zwei Forensiker folgen ihm auf dem Fuße.

* * *

»Das wäre genau genommen ein Treppenwitz, wenn das Auto auf seinem angestammten Platz steht!« Horst Weiland schreitet gemeinsam mit Wolfgang Müller langsam die Parkreihen der zur Wohnanlage gehörenden Tiefgarage ab, wobei er die links abgestellten Fahrzeuge im Auge behält und sein Partner die auf der rechten Seite.

Die unterirdische Garage ist allerdings nicht nur riesig, sondern auch sehr verwinkelt und daher für jemand, der sich hier nicht auskennt, total unübersichtlich. Kein Wunder bei der Ausdehnung der dazugehörenden Wohnanlage mit geschätzten fünfzig bis sechzig Wohneinheiten.

»Ein seit acht bis zehn Tagen herrenlos herumstehendes Fahrzeug wäre längst irgendwem aufgefallen, Horst«, hält Müller dagegen. »Der Chef hat sicher recht mit seiner Einschätzung: Falls Grunewald unser Mann ist, besteht eine gewisse Wahrscheinlichkeit dafür, dass er den Wagen anschließend ordnungsgemäß in der Garage abstellte. Schon allein, um keine Aufmerksamkeit zu erregen. Und er musste ja auch irgendwie wieder nach Hause kommen!«

»Ich glaube, ich habe soeben ein System in der Anordnung der Stellplätze entdeckt«, unterbricht Horst Weiland seinen Redefluss. »Sieh mal die Nummern an den Wänden. Fällt dir da nichts auf? Das sieht mir so aus, als wären das die Nummern der Wohneinheiten mit der jeweiligen Etagenzahl. Hier ist zum Beispiel der Stellplatz 504. Der würde dann zur Wohnung 04 im fünften Obergeschoss gehören.«

»Jetzt sehe ich es auch. Und schau mal dort: An den Pfeilern sind Hinweise angebracht, demnach wären die Stellplätze E01 bis E12 dort hinten!« Eine Minute später stehen die Ermittler vor Stellplatz E03 und begutachten den dort abgestellten, hellblauen Fiat Punto.

»Bingo!«, kommentiert Wolfgang Müller ihren Fund mit seinem tiefen Bass. »Und ich habe auch soeben den Autoschlüssel gefunden!«, informiert er seinen Partner nach einem Blick durch das Seitenfenster. »Er steckt im Zündschloss! Dann ist doch garantiert auch die Tür unverschlossen ...«, überlegt er und streift sich die für solche Zwecke stets mitgeführten Handschuhe über.

Weiland, der schon das Handy gezückt hat, um die Kollegen von der Kriminaltechnik über ihre Entdeckung zu informieren, mahnt: »Lass bloß die Finger davon, Wolfgang! Sowas sehen die Jungs von der KTU überhaupt nicht gerne!«

Müller hat aber schon die Beifahrertür mit spitzen Fingern vorsichtig geöffnet und greift ebenso behutsam zum Handschuhfach. Sekunden später lässt er einen leisen Pfiff hören und fasst in die Ablage. »Schau mal, was ich da drin gefunden habe, Horst!« Weiland hält ihm wortlos und mit ausdruckslosem Gesicht einen Spurensicherungsbeutel hin.

***

»Ich hasse solche Wohnsilos!«, brummt Tobias Heller missmutig auf dem Weg zur Hausmeisterwohnung am Ende des Hausflurs. »Man benötigt schon eine halbe Armee, um alles abzuriegeln. Grunewald braucht nur mit dem Generalschlüssel in eine leerstehende Wohnung im Erdgeschoss einzudringen - und Schwupps - ist er über den Balkon über alle Berge. Unser Aufgebot mit insgesamt vier Fahrzeugen, wovon allein zwei nicht gerade besonders unauffällige Streifenwagen sind, war ja kaum zu übersehen!«

»Von den endlosen Gängen auf insgesamt fünf Etagen ganz zu schweigen«, nickt Denise Malowski und betätigt die Türklingel. »Aber raus aus dem

Gebäude kommt er nur über das Erdgeschoss, und da passen die zwei Kollegen ja auf!« Sie hat den Finger noch auf dem Klingelknopf, als die Wohnungstür vor ihr förmlich aufgerissen wird.

»Hast du mal wieder deinen Schlüssel ver ...?«, poltert die Frau in der Tür gleich los, um sofort verblüfft zu verstummen. Ratlos mustert sie das Aufgebot von sechs Personen vor ihrer Tür. Zwei davon sind ja aufgrund ihrer Uniformen zweifelsfrei als Polizeibeamte zu erkennen. »Polizei? Was hat dieser Nichtsnutz denn jetzt schon wieder angestellt?«, fragt sie misstrauisch.

Denise schätzt sie auf etwa dreißig Jahre, somit dürfte es sich bei ihr um die Ehefrau des Hausmeisters handeln. Persönlich kennengelernt hatten sie diese bislang ja nicht. Sie schaut ob des etwas merkwürdigen Empfangs überrascht zu Tobias, der ihren Blick mit einem Schulterzucken erwidert. *Sieht so aus, als habe die holde Angetraute mit Ärger gerechnet!*, schießt es ihr durch den Kopf.

»Sind Sie Frau Grunewald?«, erkundigt sich Tobias und zeigt seinen Dienstausweis vor. »Hauptkommissare Heller und Malowski, Kripo Siegburg. Wir müssen dringend mit Ihrem Ehemann sprechen!«

Die Frau blickt von einem zum anderen. »Der ist gerade zur Tür heraus, das ist nicht einmal zwei Minuten her«, antwortet sie verwirrt. »Ich dachte, dass er mal wieder den Schlüssel vergessen hat. Der Schussel lässt dauernd Sachen irgendwo liegen!«

Tobias schaltet schnell. »Los, wir drei suchen die Etagen nach ihm ab!«, weist er die beiden Uniformierten an. »Auf der Treppe ist er uns nicht begegnet, er muss demnach vorher irgendwo abgebogen sein!« Den Durchsuchungsbeschluss in seiner Hand übergibt er an die Partnerin. »Kümmere dich bitte um die Wohnung!«, bittet er sie und stürmt davon.

Denise Malowski überreicht Frau Grunewald den Beschluss. »Wir benötigen von Ihrem Mann sämtliche Kleidungsstücke, Schuhe, Arbeitsanzüge und so weiter«, erklärt sie der kreidebleich gewordenen Frau mit fester Stimme. »Außerdem berechtigt uns dieser Beschluss dazu, Keller- und Geräteräume, auf die er Zugriff hat, zu durchsuchen. Machen Sie bitte keine Schwierigkeiten!« Mit einem Wink fordert sie anschließend die mitgebrachten Forensiker auf, mit ihr die Wohnung zu betreten.

***

Zwei Stunden später

Im Vernehmungsraum sitzt ihnen ein eingeschüchtert wirkender Reiner Grunewald in Handschellen gegenüber, dringend tatverdächtig des Mordes an zwei jungen Frauen. Die Anschuldigungen gegen den Zweiunddreißigjährigen wiegen schwer, die mittlerweile vorliegenden Beweismittel ebenfalls.

Was vorhin so aufregend begann, weil alle glaubten, Grunewald habe sich durch Flucht einer Festnahme entziehen wollen, fand letztlich ein harmloses Ende: Als Tobias und die ihn begleitenden Polizisten die Treppe nach unten stürmten, kam ihnen der Mann schon auf dem Weg nach oben entgegen. Er hatte tatsächlich etwas in der Wohnung vergessen. Nachdem Heller ihn mit dem Tatvorwurf konfrontierte, ließ er sich widerspruchslos in Gewahrsam nehmen.

Denise Malowski gibt dem uniformierten Kollegen an der Tür mit einem Kopfnicken zu verstehen, ein besonderes Augenmerk auf den Mann zu haben und schaltet die Aufnahmegeräte für die anstehende Vernehmung ein. »Sie sind sich sicher, dass Sie keinen Rechtsbeistand hinzuziehen möchten?«, fragt sie den Beschuldigten pflichtgemäß vor Beginn der Befragung. »Ihnen werden schwerste Straftaten zur Last gelegt!«

Grunewald schüttelt den Kopf. Ob aus Verwunderung, überhaupt heute hier zu sitzen oder als Verneinung auf die Frage der Hauptkommissarin, ist zunächst nicht ersichtlich. »Einen Rechtsverdreher kann ich mir nicht leisten«, antwortet er leise. »Und ich kenne auch keinen!«

»Wie Sie wünschen!« Tobias Heller greift in eine mitgebrachte Tasche und legt ein Handy auf den Tisch. »Erkennen Sie dieses Mobiltelefon?«, stellt er seine erste Frage. Sie dient nur dazu, die ungeteilte Aufmerksamkeit Grunewalds zu erlangen. Es handelt sich um das Gerät, das dieser bei der Festnahme bei sich trug.

Grunewald beugt sich kurz vor. »Ja, das ist mein iPhone. Ich erkenne es an den abgenutzten Kanten. Es ist mir bei der Arbeit einige Male aus der Tasche gefallen.«

»Besitzen Sie noch ein anderes Handy?«, fragt Denise Malowski ihn wie beiläufig.

»Das hier ist sozusagen mein Diensthandy«, gibt Grunewald zögernd zurück. »Es wurde mir von der Eigentümergemeinschaft, die mich ja auch bezahlt, zur Verfügung gestellt. Mein privates Telefon habe ich wahrscheinlich verloren, jedenfalls ist es seit zwei Wochen nicht mehr aufzufinden. Ich werde mir wohl ein Neues kaufen müssen, obwohl ich eigentlich momentan etwas knapp bei Kasse bin.« Er wirkt jetzt wieder ein wenig entspannter, durch das bisher eher locker geführte Gespräch in eine trügerische Sicherheit gewiegt. Was sich mit der nächsten Frage aber wieder drastisch ändern wird.

Tobias Heller greift erneut in die Tasche und fördert ein weiteres Mobiltelefon zutage. »Dann wird es Sie umso mehr freuen, dass wir es heute gefunden haben, Herr Grunewald«, lächelt er siegesgewiss. »Und wollen Sie wissen, wo? Ich sage es Ihnen: Es lag im Handschuhfach eines PKW, den wir in der Tiefgarage der Wohnanlage fanden, in der Sie arbeiten. Ein Fahrzeug, das auf Heidrun Quadt zugelassen ist! Haben Sie dafür eine Erklärung?«

Grunewald starrt minutenlang stumm auf das Beweisstück vor ihm auf dem Tisch. Hinter seiner Stirn arbeitet es sichtbar. »Ich ... ich kann mir das nur so erklären«, bringt er schließlich stockend hervor, »dass ich es bei ihr in der Wohnung liegen gelassen habe. Sie wissen schon: Als ich wegen der Toilettenspülung bei ihr war. Sie ... sie wird es gefunden und mitgenommen haben, als sie später ins Auto stieg.« Er nickt mehrmals heftig, wie um die eigenen Worte zu bekräftigen. »Ja, so muss es gewesen sein!«

Heller wiegt sinnend den Kopf. »Ja, so *könnte* es sich zugetragen haben«, gibt er vor, zu überlegen. »Aber so war's nicht! Heidrun Quadt starb längstens eine Stunde, nachdem Sie sie verließen. Ihr Vater sah Sie aus der Wohnung kommen!«

»Unsere Forensiker sind zur Stunde mit Hochdruck dabei, das Fahrzeug buchstäblich auf den Kopf zu stellen«, informiert Denise Malowski den Tatverdächtigen. »Sie werden anhand der Speicherdaten des eingebauten Navigationssystems unzweifelhaft feststellen, dass der Wagen zur fraglichen Zeit nicht bewegt wurde, sowie Belege für spätere Fahrten finden. Wir werden Beweise dafür erbringen, dass Sie, Herr Grunewald, dieses Auto gefahren haben und anhand von DNA-Spuren der beiden getöteten Frauen auf den Sitzen nachweisen, dass sie mit diesem Auto transportiert wurden.«

Grunewald ist mit jedem Wort der Hauptkommissarin zunehmend blasser geworden. »Ich verstehe nicht«, bemüht er sich um Selbstsicherheit, was aber gründlich misslingt. »Sie sprechen die ganze Zeit über von *zwei* toten Frauen ... Wer denn noch?«

»Die andere junge Frau ist Franziska König!«, gibt Denise Malowski ernst zurück. »Sie wurde nur zwanzig Jahre alt!«

»Morgen früh werden Sie dem Haftrichter vorgeführt, Herr Grunewald«, schließt Tobias Heller die Befragung für den Augenblick ab. »Er wird darüber entscheiden, ob Sie weiterhin in Haft bleiben. Für heute jedenfalls sind Sie unser Gast!«

Kapitel 10

Freitag, 5. April, 11:32 Uhr

Tobias Heller überreicht seiner Kollegin einen braunen DIN-A4 Umschlag. »Der ist vorhin mit der Post gekommen«, informiert er Christina Ohlsen mit ernstem Gesicht. »Nimm am besten Wolfgang mit, wenn du nachher zu Frau König fährst, er ist genau der richtige Mann für sowas. Bist du dir sicher, dass du das durchziehen willst?«, erkundigt er sich mitfühlend. »Es wäre für dich das erste Mal.«

»Lass nur, Tobias«, erklärt sie ihm und versucht, ihrer Stimme einen festen Klang zu geben, was aber gründlich misslingt. »Da muss ich eben durch. Die Mutter hat lange genug gelitten in der Unsicherheit über das Schicksal ihrer Tochter!« Sie hält demonstrativ den Umschlag hoch. »Frau König hat mich mit der Suche nach ihrem vermissten Kind beauftragt! Jetzt, wo ich endlich mit Sicherheit weiß, dass ihre Tochter nicht mehr lebt, werde ich es auch sein, der ihr die Nachricht überbringt! Wie kommt es überhaupt, dass das Ergebnis der DNA-Analyse heute schon vorliegt? Ich habe gestern mit unserer reizenden Pathologin gesprochen. Sie sagte mir, es würde mindestens bis Montag dauern.«

»Unser Chef kann eben überaus überzeugend sein«, lächelt Tobias und zeigt ihr einen weiteren

Umschlag.« »Er hat gestern nach der Inhaftierung Grunewalds alle Hebel in Bewegung gesetzt, es zu beschleunigen. Ich habe hier das Ergebnis eines Schnelltests mit DNA-Material vom Fahrersitz des Autos, das wir gestern sicherstellten. Es gibt eine Übereinstimmung von knapp achtzig Prozent mit der DNA von Grunewald! Mehr ist bei einem solchen Test nicht drin, wie du weißt. Das endgültige Ergebnis wird erst in einigen Tagen vorliegen, für den Haftprüfungstermin, zu dem ich mit Denise gleich fahren werde, reicht *dieses* hier in Verbindung mit den anderen Beweisen aber auf jeden Fall!«

***

»Hiermit eröffne ich den Haftprüfungstermin für Reiner Grunewald, beschuldigt des zweifachen Mordes!«, beginnt Richter Stephan Biber den für heute anberaumten Termin.

Zwar kann ein Verdächtiger ohne gerichtliche Anordnung bis zu achtundvierzig Stunden in Polizeigewahrsam behalten werden, diese Frist wäre aber morgen - an einem Samstag - abgelaufen und man wäre gezwungen, Grunewald auf freien Fuß zu setzen. Anwesend sind außer dem Beschuldigten, der auch heute ohne Rechtsbeistand ist, Staatsanwalt Dr. René Stein sowie die Hauptkommissare Denise Malowski und Tobias Heller.

»Sie sind ohne Anwalt erschienen«, stellt der Richter fest, indem er sich Grunewald zuwendet. »Ich rate Ihnen dringend, sich schnellstmöglich um einen Rechtsbeistand zu bemühen! Spätestens zur

Eröffnung der Hauptverhandlung *müssen* Sie sich laut Strafprozessordnung zwingend von einem zugelassenen Strafverteidiger vertreten lassen. Sofern Sie sich keinen leisten können, wird Ihnen vom Gericht ein Pflichtverteidiger zugeteilt. Haben Sie das soweit verstanden? In Ordnung, dann werden wir jetzt in die Tagesordnung einsteigen«, fügt er nach einem gemurmelten »Ja« seitens des Beschuldigten an.

Staatsanwalt Stein versteht dies als Aufforderung, dem Richter die mitgebrachten Unterlagen zu überreichen. »Ich habe hier die wichtigsten derzeit vorliegenden Beweise gegen Herrn Grunewald«, begleitet er die Übergabe eines Hefters an Richter Biber. »Es handelt sich im Wesentlichen um die technischen Daten eines Handys, das unzweifelhaft aus dem Besitz des Beschuldigten stammt. Außerdem gibt es eine ausführliche Auflistung der Einzelverbindungen mit dem Handy eines der beiden Opfer. Sie werden feststellen, dass exakt zwei Textnachrichten - vermutlich *nach* dem Tode der Frau - zwar mit ihrer Handynummer, aber nicht mit ihrem Telefon verschickt wurden, sondern mit dem des Beschuldigten. Die eindeutige Gerätenummer stimmt haargenau überein. Und nicht zuletzt fanden unsere Ermittler das Handy des Beschuldigten im Handschuhfach des Fahrzeugs der getöteten Heidrun Quadt, als sie es sicherstellten.«

Stein zeigt mit einer offenbar einstudierten theatralischen Geste auf Reiner Grunewald, der dem Vortrag des Staatsanwalts mit bleichem Gesicht und weit aufgerissenen Augen gefolgt ist. »Ein vorläufiger DNA-Test mit auf Fahrersitz und Lenkrad des besagten Fahrzeugs sichergestellten Hautpartikeln ergab zudem eine hinreichend genaue Übereinstimmung mit *seiner* DNA!«

»Vielen Dank, Herr Staatsanwalt. Möchten Sie sich selbst ebenfalls zu den Vorwürfen äußern?«, wendet der Richter sich an Grunewald.

»Ich kann mir das alles nicht erklären!«, schüttelt dieser verzweifelt den Kopf. »Ich habe niemanden getötet, bitte glauben Sie mir! Und das Handy hatte ich doch verloren, das wird so um diese Zeit herum gewesen sein!«

Richter Biber erhebt sich. »Ich werde mich nun zur Begutachtung der vorgelegten Beweise kurz zurückziehen. Warten Sie bitte hier so lange.«

* * *

»Dies hier ist genau das, was ich an unserem Beruf hasse, Wolfi!«, teilt Christina Ohlsen ihrem Freund auf dem Weg zum Haus leise mit. Ein Kiesweg knirscht verhalten unter ihren Schritten. »Jemandem die Nachricht vom Tod eines Angehörigen zu überbringen, meine ich. Gewöhnt man sich daran irgendwann?«

Wolfgang Müller schüttelt bedächtig den Kopf. »Nein, Chrissie. Daran gewöhnt man sich nicht. Wir versuchen zwar immer, es uns nicht anmerken zu lassen, aber es läuft einem tagelang nach. Bist du dir sicher, dass du das selbst übernehmen willst?«

»Von ›wollen‹ kann keine Rede sein. Aber ja, ich fühle mich dieses Mal dazu verpflichtet. Ich habe es zu nahe an mich herankommen lassen, fürchte ich.

Es ist einfach nicht richtig, wenn eine Mutter ihr Kind zu Grabe tragen muss!«

»Aber durch unsere Ermittlungen kann sie es jetzt immerhin. Nichts ist schlimmer für eine Mutter, als über das Schicksal einer Tochter im Ungewissen zu bleiben. Wir können nicht verhindern, dass so etwas passiert, Liebes. Wir tragen aber mit unserer Arbeit dazu bei, dass die Welt mit jedem Schurken, den wir einbuchten, ein kleines Stück besser wird. Es wachsen nur leider immer neue Kriminelle nach, die dafür sorgen, dass niemand von uns jemals arbeitslos wird. Franziskas Mörder haben wir aber letztendlich gefasst. Denk bitte nachher daran, dass wir es Frau König gegenüber nicht erwähnen dürfen, bis seine Schuld eindeutig erwiesen ist!«

»Werde ich schon nicht. Wobei ich mir aber sicher bin, dass wir den Richtigen in Gewahrsam haben. Denk an das Handy. Und an die DNA im Auto!« Chrissie holt noch einmal tief Luft, bevor sie den Finger entschlossen auf die Klingel an der Haustür des kleinen Einfamilienhäuschens legt.

Nichts scheint sich im Haus zu regen. Überhaupt liegt über dem gesamten Grundstück eine Grabesstille, nicht einmal Vogelgezwitscher ist zu hören.

Chrissie Ohlsen befreit sich mit einem unwilligen Kopfschütteln von dieser unangebrachten Analogie und vergewissert sich stattdessen mit einem Blick zur offenen Garage, dass der Wagen, den sie bei ihrer Ankunft sahen, nach wie vor dort abgestellt ist. Frau König müsste demnach zu Hause sein.

Ein erneutes Betätigen der Türglocke erübrigt sich aber, da jetzt deutlich schlurfende Schritte jenseits der Tür vernehmbar werden, die sich Sekunden später für die beiden Unglücksboten öffnet. Ohlsen atmet tief durch und wappnet sich für das, was in den nächsten Sekunden unweigerlich auf sie zukommen wird, den Blick fest auf das Gesicht der Frau in der offenen Tür gerichtet.

Helene König sieht zum Erbarmen aus. Dunkle Ringe unter den Augen zeugen von mehr als nur einer durchwachten Nacht, und sie scheint um Jahre gealtert. Wie viele Stunden sie wohl am Fenster oder neben dem Telefon wachte und auf ein Lebenszeichen ihrer vermissten Tochter hoffte? Jetzt jedenfalls sind ihre kraftlosen Augen auf die beiden Polizisten vor ihr gerichtet, und nach Sekunden der Stille glimmt mit einem Mal Verstehen darin auf. Haltlos sackt Helene König vor den Augen ihrer Besucher ohnmächtig in sich zusammen.

Wolfgang Müller springt mit einer Reaktionsschnelligkeit, die ihm kaum jemand zutraut, vor und fängt die bewusstlose Frau beherzt auf, bevor sie auf dem harten Steinboden zu Schaden kommt. Chrissie Ohlsen zieht betroffen ihr Handy aus der Tasche, um einen Arzt zu rufen. So dramatisch hatte sie sich das nicht vorgestellt!

***

Horst Weiland schaut zum wiederholten Mal in den letzten Minuten auf die Uhr.

Wolfgang und Chrissie sollten längst zurück sein, denkt er besorgt. *Es sei denn, es gab Komplikationen.* Aus eigener Erfahrung weiß der Oberkommissar nur zu gut, dass Mitteilungen über den Tod Angehöriger schnell zu Notarzteinsätzen führen können. Vor allem, wenn es sich, wie bei Helene König, um alleinstehende Personen handelt.

Arme Chrissie. Und das ausgerechnet bei ihrer ersten Aktion dieser Art! Kopfschüttelnd widmet er sich wieder seinem Bericht, den er über den gestern stattgefundenen Einsatz in der Tiefgarage zu verfassen begonnen hat.

Denise und Tobias sind noch bei Gericht, Wolfgang ist mit Chrissie unterwegs, und er selbst hat ohnehin derzeit nichts weiter zu erledigen, da momentan alle Ermittlungsansätze ausgeschöpft sind und mit der Festnahme Grunewalds eine baldige Aufklärung der Mordfälle in greifbare Nähe gerückt ist. Eigentlich alles gut, wäre da nicht dieser leise Zweifel, der in ihm nagt!

Ein verhaltenes Klopfen an der Tür lässt ihn innehalten. »Ja, bitte?«, ruft er, worauf eine Frau, Weiland schätzt, dass sie etwa in seinem Alter ist, zögernd das Büro betritt.

»Der Wachmann meinte, ich soll mich bei Ihnen melden«, beginnt sie zaghaft. »Sie wären über den Grund der Festnahme meines Mannes informiert, sagte er.«

Weiland geht ein Licht auf. »Dann sind Sie Frau Grunewald?«, vergewissert er sich und weist mit der Hand einladend auf den Besucherstuhl vor seinem Schreibtisch. »Bitte, nehmen Sie doch Platz. Was genau führt Sie denn zu mir?«

»Ich möchte eine Aussage machen«, antwortet die Frau, wobei sie ihrer Stimme jetzt einen festen Klang verleiht. »Mein Mann kann die Taten, die ihm vorgeworfen werden, nicht begangen haben!« Sie kramt hektisch in ihrer Handtasche herum. »Und ich kann es sogar beweisen!«

* * *

»Nehmen Sie bitte Platz!« Richter Biber setzt sich wieder an seinen Tisch. »Nach eingehender Prüfung und Würdigung der vorgelegten Dokumente ergeht hiermit folgender Beschluss: Gegen den Beschuldigten Reiner Grunewald wird gemäß § 112, Absatz 2 StPO *unter Vorbehalt* eine zunächst zeitlich befristete Untersuchungshaft angeordnet.«

Richter Biber schaut jeden einzelnen im Raum mit ernster Miene an. »In der Gesamtheit der vorgelegten Beweise handelt es sich im Grunde genommen ausschließlich um Indizien«, hebt er zur Begründung seiner Entscheidung an. »In Zusammenhang mit dem Ergebnis der vorläufigen DNA-Analyse ergibt sich jedoch durchaus ein hinreichender Tatverdacht, daher die Anordnung von Untersuchungshaft. Diese Entscheidung ist befristet bis zur Vorlage des endgültigen, exakten Ergebnisses des genetischen Fingerabdrucks!«

Er schaut jetzt speziell den Beschuldigten an, auf dessen Gesicht ein großes Fragezeichen steht, vermischt mit einer durch die Worte des Richters ausgelösten Spur von Hoffnung.

»Sollte dieses abschließende Gutachten keine ausreichende Übereinstimmung beinhalten«, fährt Biber mit seiner Begründung fort, »ist Herr Grunewald unverzüglich auf freien Fuß zu setzen, da ohne DNA die vorgelegten Beweise zu reinen Indizien werden und meiner Einschätzung nach keine ausreichende Beweiskraft haben, weil andere Belege seiner Anwesenheit in diesem Auto, beispielsweise in Form von Fingerabdrücken, bisher fehlen! Das Handy kann dann von jedem benutzt und im Fahrzeug deponiert worden sein, der Zugriff darauf hatte. Die Einlassung des Beschuldigten, das Mobiltelefon verloren zu haben, ist ohne einen Nachweis, dass Herr Grunewald das Auto fuhr, nicht zu widerlegen. Wir vertagen uns daher auf Freitag, den 12. April. Ich denke, bis dahin wird das Ergebnis vorliegen. Und damit ist der Haftprüfungstermin beendet, wir sehen uns in einer Woche!«

***

Nachdem der Besuch gegangen ist, bleibt ein sehr nachdenklicher Horst Weiland an seinem Schreibtisch zurück. Zögernd heftet er das von Brigitte Grunewald unterschriebene Protokoll und zwei weitere ihm überlassene ›Beweisstücke‹ in der Fallakte ab. Das in der letzten halben Stunde Gehörte könnte, so es denn der Wahrheit entspricht, ein völlig neues Licht auf die ganze Angelegenheit werfen!

Ich wusste gleich, dass in dieser Sache etwas gewaltig stinkt!, seufzt er. Sein beinahe untrügliches Bauchgefühl, welches ihm bei der Aufklärung von

Kriminalfällen schon oft wertvolle Eingebungen bescherte, ließ ihn auch dieses Mal nicht im Stich.

»Du machst ein Gesicht wie sieben Tage Regen!«, holt ihn die sonore Stimme Müllers aus seinen trüben Gedanken. »Ist was Schlimmes passiert, während ich unterwegs war?«

Weiland reicht dem Partner die Ermittlungsakte, nachdem dieser an seinem Schreibtisch Platz genommen hat. »Hier, lies selbst!«, fordert er ihn auf. »Ich fürchte, damit haben wir jetzt ein gewaltiges Problem am Hals!«

KAPITEL 11

Montag, 8. April, 10:00 Uhr

Auf der Leinwand endet die bekannte Videosequenz mit derselben Einstellung wie immer: Eine junge Frau bemüht sich, einen leblosen menschlichen Körper vom Rücksitz eines PKW zu ziehen. Sie legt ihn auf dem Boden ab und wendet sich wie um Hilfe bittend zu einer im Schatten stehenden Gestalt hinter ihr um.

Das Gesicht des Mannes ist nicht zu erkennen, seine Körperhaltung suggeriert aber, dass er im nächsten Augenblick aus dem Schatten zu treten beabsichtigt. Leider endet der kurze Film Sekunden vorher. Das letzte angezeigte Bild trägt den Zeitstempel *2019-3-23 23:41:43*.

»Exakt einunddreißig Sekunden«, kommentiert Tobias Heller das zum wiederholten Mal Gesehene. »Konnte dieser Mensch nicht noch zehn Sekunden dranhängen? Dann wüssten wir jetzt mit hoher Wahrscheinlichkeit, um wen es sich bei dem Kerl dort in dem Video handelt!«

»So, wie der unbekannte Voyeur bei der Aufnahme gezittert hat, hatte er die Hosen garantiert gestrichen voll«, antwortet Horst Weiland ihm. »Er wird ebenso wie wir den Eindruck gehabt haben, der Mann würde sich jeden Augenblick umdrehen und ihn entdecken. Aber um Grunewald dürfte es sich bei der Person auf dem Video nach den neuesten Erkenntnissen nicht handeln, er hat zwar für die Tatzeit kein Alibi, dafür aber eines für die Zeit nach 23:00 Uhr!«

»Das ergibt doch alles keinen Sinn!«, erregt sich Donner. »Alle Spuren und Indizien weisen eindeutig auf den Hausmeister als Täter! Ob er einen Komplizen hatte? Berichte uns doch bitte noch einmal in allen Einzelheiten, was seine Frau dir am Freitag zu Protokoll gab, Horst. Es steht zwar in der Fallakte, aber zu glauben vermag ich es nicht!«

»Das war, als Denise und Tobias beim Haftprüfungstermin waren«, beginnt Weiland umständlich mit seinem Bericht. »Auf einmal stand Frau Grunewald in meinem Büro und wollte eine Aussage machen.«

»Überspringen wir doch diesen Teil und kommen stattdessen zu dem, was sie sagte!«, schlägt Donner mit einem grimmigen Lächeln vor.

»Sie hatte im Rahmen der Festnahme zufällig mitbekommen, dass es neben dem Mord im Haus für denselben Tag eine weitere Straftat gab, die man ihrem Mann zur Last legte«, fährt Weiland ungerührt fort. »Sie gab an, sich am 23. März gemeinsam mit ihrem Ehemann in der Spätvorstellung den Film ›*Captain Marvel*‹ angeschaut zu haben. Der Film begann um 23:00 Uhr, hatte eine Spieldauer von über zwei Stunden, und endete demzufolge erst nach 1:00 Uhr. Die an der Abendkasse mit Mastercard gezahlten Eintrittskarten für das *Cineplex* in Troisdorf habt ihr ja alle in der Fallakte bewundern können. Was dort noch nicht drinsteht, ist die dazugehörige Kreditkartenabrechnung, die ich heute überprüft habe. Es ist alles so, wie Frau Grunewald es zu Protokoll gab: Ihr Ehemann war zum Zeitpunkt der Videoaufnahme zwar in einem Film, aber das war als Zuschauer und einige Kilometer entfernt in einem Kino!«

»Danke, Horst. Und um die Verwirrung komplett zu machen, hören wir jetzt den aktuellen Bericht der Forensik. Jürgen?«, fordert Donner den Leiter der KTU mit einem Kopfnicken zum Sprechen auf.

Jürgen Vogel erhebt sich umständlich von seinem Platz. »Das wird euch nicht gefallen, fürchte ich!«, prophezeit er ihnen. »Die forensischen Untersuchungen des sichergestellten Fahrzeugs, der Kleidung des Hausmeisters sowie den Garten- und Arbeitsgeräten aus dessen Geräteschuppen ergeben nämlich ein nahezu eindeutiges Bild. Kommen wir zunächst zur Kleidung: Bei den Sachen, die in Kleiderschrank und Wäschetruhe der Hausmeisterwohnung vorgefunden wurden, war unter anderem ein dunkelblauer Overall mit einem kleinen Riss in Höhe des rechten Oberschenkels. Und die am Fundort der zweiten Leiche sichergestellten Fasern passen wie die berühmte Faust aufs Auge zu diesem Kleidungsstück, sowohl in der Farbe als auch in der Struktur. Irrtum ausgeschlossen!«

Der Forensiker unterbricht sich kurz, um dem kollektiven Aufstöhnen der anwesenden Ermittler Geltung zu verschaffen. »Es kommt aber noch besser!«, fährt er anschließend fort. »Am linken Ärmel gibt es einen eingetrockneten Blutfleck, den wir der seltenen Blutgruppe ›B negativ‹ zuordnen konnten, die auch das erste Mordopfer hatte. Ein DNA-Vergleich ist in Arbeit.«

»Für das Blut gibt es eine Erklärung«, wendet Denise Malowski ein. »Es wird in der Wohnung an den Overall gelangt sein, als der Täter die Leiche bewegte. Für diese Zeit kann Grunewald ja kein Alibi vorweisen. Er gab ja im Gegenteil selbst zu, in der fraglichen Zeit dort gewesen zu sein!«

»Das ist ja alles schön und gut«, schüttelt Donner ratlos den Kopf. »Aber der Riss kann nur dort oben im Wald entstanden sein. Und das war definitiv während der Zeit, als Grunewald im Kino saß und vermutlich Popcorn in sich hineinstopfte! Wenn es die Kinokarten nicht gäbe, hätten wir eine lückenlose Beweiskette, wobei das Ergebnis der DNA-Analyse ja noch aussteht. Sollte es hier eine Übereinstimmung geben, weiß ich endgültig nicht mehr, was ich glauben soll. Denn dann hätten wir es mit einem klassischen Paradoxon zu tun. Niemand kann bekanntlich an zwei Orten gleichzeitig sein!«

»Ich hatte gehofft, dass der Wagen in der Tatnacht auf dem Weg von oder nach Wesseling von einer der Radarfallen auf der L150 erfasst wurde«, äußert sich Chrissie Ohlsen dazu. »Dann hätten wir ein Foto des Fahrers. Leider ist dies nicht der Fall, ich habe heute endlich die angeforderten Blitzerfotos erhalten. Der Punto von Heidrun Quadt taucht in der fraglichen Zeit auf keinem der Fotos auf.«

»In solchen Momenten freue ich mich noch mehr als sonst darüber, Wissenschaftler zu sein«, grinst Vogel. »Aber kommen wir wieder zurück zur

Spurenlage: Meine überaus tüchtige Mitarbeiterin Amara Jones ist zurzeit mit der Auswertung des Navigationssystems beschäftigt. Sobald sie damit fertig ist, werden wir wissen, wann und wo das Fahrzeug seit dem Mord an der Eigentümerin überall gewesen ist. Im Auto selbst gab es keine verwertbaren Fingerabdrücke, und die am Lenkrad waren zu sehr verwischt. Dafür fanden wir im Fußraum unter dem Beifahrersitz ein weiteres Handy, welches der getöteten Franziska König gehörte. Es enthielt aber keine SIM-Karte, die steckte nämlich in dem Mobiltelefon, das im Handschuhfach lag! Im Gepäckraum lag ein Spaten, dessen Blatt voller Blut war. Er könnte aus dem Bestand von Herrn Grunewald stammen, da in seinem Geräteschuppen keine Schaufel zu finden war, obwohl ansonsten haufenweise Gartengeräte desselben Herstellers vorhanden waren. Das Blut stammt mit großer Wahrscheinlichkeit von Franziska König. Auch hier muss ich euch bezüglich des DNA-Abgleichs auf später vertrösten. Dafür habe ich zum Abschluss meines Vortrages aber etwas ganz Besonderes für euch!«

Er greift zu einer mitgebrachten Tasche und fördert einen auf den ersten Blick ungewöhnlichen Gegenstand zutage, den er mit einer theatralischen Geste auf den Tisch stellt. »Meine Damen und Herren«, begleitet er die Handlung im Tonfall eines Zirkusdirektors, der eine Sensation ankündigt, »ich präsentiere die Mordwaffe!« Es handelt sich bei dem Teil im Wesentlichen um einen massiv aussehenden, kreisrunden Fuß mit einem langen, dünnen Stab in der Mitte.

»Dies hier dürfte der gesuchte Gegenstand sein, der auf dem Schreibtisch im Arbeitszimmer fehlt!«, erläutert Vogel. »Der Fuß passt exakt zu der kreisförmigen Stelle auf der Tischplatte und der Stift hat einen Durchmesser von drei Millimetern bei einer Länge von achtzehn Zentimetern. Er lag unter dem Rücksitz des Autos und es klebte Blut der Gruppe ›B negativ‹ daran.«

»Ein Zettelspieß!«, gibt Tobias Heller einen Kommentar dazu ab. »Das ist eine äußerst ungewöhnliche Mordwaffe, findet ihr nicht? Sind Fingerabdrücke darauf?« Die Frage geht wieder an den Forensiker.

»Ja, am Sockel. Und zwar die von Franziska König!«, lässt dieser jetzt die letzte Bombe platzen. Es wird still im Raum.

»Aber ... das ist unmöglich!«, ruft Chrissie Ohlsen aus. Ihr geht das Schicksal der jungen Frau immer noch sehr nahe. »Als Heidrun getötet wurde, war Franziska mit der Mutter im Restaurant. Sie *kann* es nicht gewesen sein!«

»Ich gebe mich geschlagen«, gibt der Kommissariatsleiter zu verstehen, mit seiner Weisheit am Ende angelangt zu sein. »Es passt alles hinten und vorne nicht zusammen! Alle Indizien und Beweise weisen eindeutig auf Reiner Grunewald hin, der aber zumindest für den *zweiten* Mord ein Alibi vorweisen kann. Ein vorläufiger DNA-Test ergab dessen ungeachtet eine hohe Wahrscheinlichkeit für ihn als Täter. Und jetzt das! Franziska König hat bekanntlich für den *ersten* Mord ein hieb- und stichfestes Alibi! Hat einer von euch eine Idee?

Horst? Chrissie?«, fordert er die beiden Querdenker der Truppe hoffnungsvoll zu einer Stellungnahme auf.

»Womöglich habe ich tatsächlich eine Theorie«, überlegt Christina Ohlsen laut, während Horst Weiland ratlos den Kopf schüttelt. »Versuchen wir einmal folgenden Denkansatz: Franziska König kann Heidrun Quadt nicht getötet haben. Punkt. Aber ihre Fingerabdrücke sind auf der ›Mordwaffe‹. Wie kann das sein? Sie war an der nächtlichen Aktion im Wald beteiligt, ob freiwillig oder unter Zwang, wissen wir nicht. Sie könnte daher den Zettelspieß angefasst haben, als sie die Leiche aus dem Auto zog. Es ist durchaus denkbar, dass der Täter ihn nach der Tat gar nicht entfernte, sondern dass Franziska dies tat. Es würde auch erklären, wie das Teil in den Wagen gelangte.«

»Ich bin ganz Ohr!«, ermuntert Donner sie, weiterzureden. »Und die Sache mit Grunewald, der nicht im Wald war?« Ein kurzes Lächeln stielt sich auf seine Lippen wegen des unbeabsichtigten Wortspiels. »Wie kommt die DNA in das Auto? Und wer ist der Mann in dem Video?«

»Es gibt nur eine Erklärung für die DNA«, antwortet Chrissie mit fester Stimme. »Es ist nicht die von Reiner Grunewald!«

»Darf ich darauf hinweisen, dass bei einem Schnelltest eine Übereinstimmung von knapp achtzig Prozent ermittelt wurde, junge Dame? Wer sollte es denn sonst sein?«

»Das ist nicht ganz korrekt, Chef!«, wagt die Kommissarin einen Widerspruch. »Die prozentuale

Angabe bezieht sich bei DNA-Analysen nicht auf den Grad der Übereinstimmung, sondern auf den Grad der *Wahrscheinlichkeit* einer Deckungsgleichheit. Das ist ein großer Unterschied!«

»Das ist doch Haarspalterei! Ich verstehe nicht ...«

»Aber ich!«, unterbricht Denise Malowski ihren Vorgesetzten verblüfft. »Ich weiß, was Chrissie meint: Nehmen wir zum Beispiel einen Vaterschaftstest. Jedes Kind ist genetisch nur je zur Hälfte mit Mutter und Vater verwandt. Eine vollständige Übereinstimmung der Gene gibt es demnach mit keinem der Elternteile. Und dennoch spricht man bei einem Vaterschaftstest von einer Sicherheit von 99,99 Prozent, wenn der DNA-Vergleich positiv ist!«

»Das ist völlig korrekt!«, mischt sich jetzt Jürgen Vogel ein. »Eine größere genetische Ähnlichkeit als fünfzig Prozent gibt es nur bei Kindern, deren Eltern im ersten oder zweiten Grad miteinander verwandt sind. Und unter Geschwistern. Da ist der Grad der Übereinstimmung immer fünfzig Prozent oder höher. Eineiige Zwillinge sind aber die einzigen Menschen, die genetisch *vollständig* identisch sind.«

»Hm. Ich erinnere mich, dass du vor einigen Tagen schon einmal so etwas erwähntest«, wendet Donner sich an Ohlsen. »Und zwar sprachst du in der Frage, ob Heidrun Quadt von ihrem eigenen Vater schwanger gewesen sein könnte, von einem Verwandtschaftskoeffizienten, glaube ich. Das bedeutet demnach, dass sich anhand der Gene feststellen lässt, bis zu welchem Grad zwei Menschen miteinander verwandt sind, richtig?«

»Wenn wir mit diesen Überlegungen die uns vorliegenden Beweise neu sortieren«, versucht Tobias Heller, Ordnung in die Diskussion zu bringen, »ergibt alles sofort einen Sinn, wenn wir Reiner Grunewald aus dem Auto entfernen und stattdessen einen nahen Verwandten hineinsetzen.« Er schaut bedeutungsvoll in die Runde. »Einen *sehr* nahen Verwandten! Es würde nebenbei bemerkt ebenfalls erklären, weshalb der Hausmeister nur im Bad Fingerabdrücke hinterließ, aber sowohl im Büro als auch auf dem Balkon Abdrücke einer bislang unbekannten Person zu finden waren!«

***

»Deine Theorie bezüglich eines Bruders unseres derzeitigen Hauptverdächtigen Reiner Grunewald klingt ... interessant!«, äußert sich Denise Malowski zögernd. Ihrem Tonfall gemäß ist sie von deren Richtigkeit keineswegs überzeugt.

Tobias Heller unterbricht kurz seine Recherche am Computer, wo er in den vergangenen Minuten diverse Melde- und Standesamtsanfragen online durchführte. »Danke, dass du nicht ›an den Haaren herbeigezogen‹ gesagt hast«, grinst er seine Partnerin an.

»Es lag mir auf der Zunge!«, gibt sie trocken zurück. »Was machst du da überhaupt?«, fordert sie von Tobias eine Erklärung.

»Ich versuche, herauszubekommen, wo der einzige Bruder von Reiner Grunewald sich versteckt«, informiert Heller sie bereitwillig. »Es gibt nämlich einen! Und nach Lage der Dinge *muss* es ein Bruder sein, der Ähnlichkeit der beiden DNA gemäß. Alles andere ergibt keinen Sinn!«

»Ich dachte ja eher an die minimale Wahrscheinlichkeit für ein solches Szenario, Tobi!« Denise schüttelt den Kopf. »Denk doch mal nach: Die beiden Brüder müssten sich doch nahezu zeitgleich am selben Ort aufgehalten haben! Doktor de Luca gab für den Mord an Heidrun Quad einen Zeitrahmen von zwei Stunden an. Und zwar war das zwischen 18:00 Uhr und 20:00 Uhr. Um 19:00 Uhr war der Hausmeister bei ihr, um dem Spülkasten ihrer Toilette zu richten. Entweder war sein hypothetischer Bruder mit ihm zusammen dort, oder kurz darauf. Und zwar *sehr* kurz danach!«

»Die Tat wurde demzufolge zwischen 19:00 Uhr und 20:00 Uhr begangen«, beharrt Tobias an seiner Theorie. »Entweder das, oder die Brüder haben zusammengearbeitet. Reiner Grunewald tötet Heidrun Quad, besorgt sich mit dem Spätfilm ein Alibi, und der Bruder - sein Name lautet übrigens Carsten - entsorgt in der Zwischenzeit die Leiche, wobei ihm Franziska König half, und die er anschließend gleich mit beseitigte.«

»Hm. Das klingt für mich auch nicht wesentlich besser!« Denise bleibt skeptisch. »Hast du denn jetzt herausgefunden, wo wir diesen Carsten Grunewald finden?«, erkundigt sie sich, weil Tobias sich während der gesamten Diskussion weiter mit seiner Recherche beschäftigte und jetzt die Computermaus beiseitelegt.

Bevor Heller den Mund zu einer Antwort öffnen kann, betritt Donner den Raum und reicht Malowski einen Umschlag. »Das kam vor ein paar Minuten mit der Post«, begleitet er die Übergabe des Dokuments. »Es enthält das endgültige Ergebnis der Analyse bezüglich der DNA-Proben aus dem Auto. Ich denke, ihr solltet es zuerst lesen!«

»Nicht identisch!«, liest Denise enttäuscht vor, nachdem sie hastig den Umschlag geöffnet und das darin enthaltene Schriftstück quergelesen hat. »Und ich hatte ehrlich gehofft, dass ...«

»Lies nur weiter, Denise!« Donner nickt ihr aufmunternd zu. »Da steht noch etwas darunter!«

»... männliche DNA ... nicht identisch mit Vergleichsprobe ...«, murmelt Denise vor sich hin, während sie das Dokument überfliegt. »Ah, hier steht es ja! Die Wahrscheinlichkeit einer genetischen Verwandtschaft liegt bei 99,99 Prozent, Verwandtschaftsgrad anhand des Verwandtschaftskoeffizienten ... bla, bla, bla ... vermutlich Bruder.« Sie hebt den Kopf und blickt direkt in das grinsende Gesicht ihres Partners. Sein triumphierender Blick sagt mehr als tausend Worte.

* * *

»Um deine Frage von vorhin zu beantworten«, sagt Tobias, nachdem Donner das Büro verlassen hat, »ich habe nicht herausfinden können, wo Carsten Grunewald sich aufhält. Beim Einwohnermeldeamt der Stadt Köln wird er seit über einem

Jahr als ›unbekannt verzogen‹ geführt. Und da die modernen elektronischen Melderegister sich heutzutage untereinander austauschen, ist davon auszugehen, dass er seither ohne festen Wohnsitz ist. Wir werden ihn zur Fahndung ausschreiben müssen, fürchte ich!«

»Das ist sicher die *zweitbeste* Maßnahme«, stimmt Denise ihm nach kurzem Nachdenken zu. »Das kann der Chef gleich anleiern, zusätzlich zur jetzt angebrachten Haftentlassung seines Bruders. Der Richter wird ihn ohnehin spätestens Ende der Woche auf freien Fuß setzen. *Wir* hingegen werden einer anderen Spur nachgehen, die meines Erachtens eine gewisse Aussicht auf Erfolg haben dürfte.«

Heller runzelt die Stirn. »Habe ich da was nicht mitbekommen?«

»Doch, hast du! Erinnerst du dich an den Tag, als wir die Festnahme durchführten? Frau Grunewald fragte uns gleich, als sie uns die Tür öffnete und die Polizeibeamten sah, was dieser Nichtsnutz jetzt wieder angestellt hat, oder so ähnlich!«

»Stimmt, das sagte sie sogar wortwörtlich! Ich dachte allerdings, dass es sich auf ihren Mann bezog.«

»Wer nicht? Wir sollten ihr aber unter Berücksichtigung dessen, was wir jetzt wissen, einen weiteren Besuch abstatten, findest du nicht? Schließlich muss sich ihr Schwager ja zumindest zeitweise in der Nähe aufgehalten haben, wenn unsere Annahme stimmt. Und ihrer Reaktion am Donnerstag uns gegenüber nach zu urteilen, wusste sie davon!«

»Du hast recht, das ist ein ausgezeichneter Gedanke!« Tobias ist bereits aufgesprungen und greift nach seiner Jacke. »Fahren wir!«

* * *

Brigitte Grunewald empfing die beiden Ermittler mit finsterer Miene und wollte sie zunächst unhöflich an der Wohnungstür abfertigen. Sie wurde aber sofort zugänglicher, nachdem Denise Malowski ihr die baldige Haftentlassung ihres Ehemannes ankündigte.

Auf dem Weg ins Wohnzimmer, in das Frau Grunewald sie nach kurzem Zögern bat, suchte Denise ebenso unauffällig wie vergebens nach Anzeichen für eine weitere Person, die sich in dieser Wohnung zumindest vorübergehend aufgehalten haben könnte. Die fehlenden Hinweise haben aber nichts zu bedeuten, wie sie sehr wohl weiß. Es gibt nämlich durchaus Menschen, die ihre Wohnung permanent in einem vorzeigbaren Zustand halten, wodurch Überraschungsbesuche wenig aufschlussreich sind.

»Ich hatte neulich den Eindruck, dass Sie auf Ihren Schwager nicht sonderlich gut zu sprechen sind!«, wird Tobias Heller umgehend konkret, worauf Brigitte Grunewald ihn mit einem überraschten Blick bedenkt. Offenbar hatte sie mit allem gerechnet, nur nicht damit, auf den Bruder ihres Mannes angesprochen zu werden.

»Wie kommen Sie darauf? Ich hatte ihn Ihnen gegenüber mit keinem Wort erwähnt!«

»Sie schienen zu glauben, wir wären seinetwegen gekommen, als wir am Donnerstag vor Ihrer Tür standen«, übernimmt Denise Malowski die Antwort. »Ich erinnere mich, dass Sie das Wort ›Nichtsnutz‹ benutzten. Er war hier, habe ich recht? Ihr Schwager hielt sich hier in der Wohnung auf!«

»Zu diesem Zeitpunkt nicht mehr, Frau Kommissarin. Carsten tauchte genau an dem Tag auf, an dem die junge Frau aus dem Erdgeschoss getötet wurde. Mein Mann und ich waren beim Abendessen, als er wie aus heiterem Himmel vor unserer Tür stand. Das war so gegen 20:00 Uhr, wir schauten uns die Tagesschau an. Später wollten wir ja noch ins Kino, allein deswegen war mir der Besuch dieses Menschen nicht sonderlich willkommen.«

»Das klingt nicht eben nach übergroßer Sympathie«, wirft Tobias Heller ein. »Was ist zwischen Ihnen beiden vorgefallen?«

»Zwischen mir und Carsten? Nichts. Aber wo er auftaucht, gab es in der Vergangenheit immer Ärger, glauben Sie mir. Mein Schwager ist, wie Sie sicher wissen, knapp zehn Jahre jünger als mein Mann. Ein Nachzügler sozusagen. Und der Liebling seiner Eltern, was ihn aber nicht davon abhielt, ständig den größten Unfug zu treiben und letztendlich auf die schiefe Bahn zu geraten.«

»Er ist vorbestraft?«, unterbricht Denise die Frau verwundert. »Wir haben nichts dergleichen in unseren Unterlagen gefunden!« Sie tauscht einen

Blick mit Tobias aus, der ebenfalls den Kopf schüttelt.

»Jugendstrafen, Frau Malowski«, erklärt Frau Grunewald ihr. »Zwei Verurteilungen wegen Diebstahl, und die sind längst aus dem Strafregister getilgt. Carsten hatte sich darauf ›spezialisiert‹ über offene Türen oder Fenster in Wohnungen einzudringen, schnell mal was einzusacken und wieder abzuhauen. Dabei war es ihm egal, ob jemand zu Hause war oder nicht. Er suchte sich immer Erdgeschosswohnungen von Einzelpersonen aus, die er observierte. Er wartete dann ab, bis derjenige sich in einen anderen Raum zurückzog, stieg schnell ein, und bediente sich. Das war seine Masche. Wurde er beim Klauen erwischt, war er aber durchaus bereit, körperliche Gewalt anzuwenden.«

Denise und Tobias werfen sich erneut einen bezeichnenden Blick zu. Beide denken dasselbe: Wenn die Vorstrafen getilgt wurden, sind ebenfalls die entsprechenden Akten vernichtet. Und das ist der Grund dafür, dass es für die in der Wohnung vorgefundenen und bisher nicht zugeordneten Fingerabdrücke, sofern sie überhaupt von Carsten Grunewald hinterlassen wurden, keinen Treffer in der *AFIS* Datenbank beim Bundeskriminalamt gab!

»Sie sagten vorhin, Ihr Schwager sei jetzt nicht mehr hier«, kommt Denise Malowski zum Ursprungsthema zurück. »Seit wann ist er denn fort?«

»Er stand ja an diesem Samstagabend gänzlich unerwartet vor unserer Tür«, holt Frau Grunewald etwas weiter aus. »Er hat einen gewaltigen Schuldenberg am Hals und ist daher ständig auf der Flucht vor seinen Gläubigern, weshalb er schon länger keine eigene Bleibe mehr hat und mehr oder weniger auf der Straße lebt. Er fragte, ob er ein paar Tage bei uns übernachten könne und mein Mann erlaubte es ihm natürlich gleich! Mir war das ja überhaupt nicht recht, weil wir ja auf dem Sprung ins Kino waren. Während der ganzen Vorstellung hatte ich andauernd Visionen einer leergeräumten Wohnung und vermochte mich gar nicht recht auf den Film zu konzentrieren.«

Brigitte Grunewald runzelt nachdenklich die Stirn. »Wie war ich jetzt dahin gekommen ...? Ach ja, Sie wollten ja wissen, seit wann Carsten wieder fort ist. Das war schon eine merkwürdige Sache: Als wir nämlich spät in der Nacht von unserem Kinobesuch nach Hause kamen, war er verschwunden. Wir wunderten uns zwar darüber, weil er erst Stunden zuvor angekommen war und von einigen Tagen sprach, die er bleiben wollte. Aber ich für mein Teil war froh, dass er weg war!«

»Und seitdem haben Sie nichts mehr von ihm gehört? Hat er etwas mitgenommen, als er verschwand?«, erkundigt sich ein nachdenklicher Tobias Heller. Mehr und mehr reift eine konkrete Idee in seinem Verstand.

»Nein, nichts. Das fand ich schon bemerkenswert, wo er doch so gerne lange Finger macht! Aber warten Sie ... Mein Mann vermisst einen seiner beiden Generalschlüssel seit dieser Zeit. Wir dachten aber, er hätte ihn verlegt. Ich sagte ja schon, dass Reiner dauernd was liegenlässt. Sein Handy ist ja ebenfalls seit zwei Wochen nicht mehr aufzutreiben. Wenn ich es recht bedenke ... Glauben Sie, mein Schwager hat die Sachen genommen?«

Statt einer Antwort greift Tobias Heller zu seinem Handy und wählt die Nummer ihres Vorgesetzten im Kommissariat. »Chef?«, hört Denise Malowski ihn sagen, »sag den anderen schon mal Bescheid, dass es heute nichts wird mit Feierabend!«

KAPITEL 12

Dienstag, 9. April, 00:02 Uhr

Im Schutze der Nacht erreicht ein ungewöhnlich großes Kontingent an polizeilichen Einsatzkräften das Wohngebäude an der Straße ›Zum alten Tor‹. Außer einem kompletten SEK sind dies das vollständig erschienene Kriminalkommissariat 1 unter der Führung des Ersten Hauptkommissars Peter Donner und zwei Hundeführer mit speziell ausgebildeten Fährtenhunden.

Die Annäherung der insgesamt zweiundzwanzig Personen und zwei Hunden an das Gebäude vollzieht sich in gespenstischer Stille. Kein Laut ist zu hören, als acht der insgesamt vierzehn SEK-Beamten sich routiniert auf sämtliche mögliche Fluchtwege außerhalb des Komplexes einschließlich der Tiefgaragenausfahrt verteilen, während der Rest gemeinsam mit den Kriminalbeamten leise das Gebäude betritt. Den dazu notwendigen Generalschlüssel erhielten sie am Nachmittag von der Gattin des Hausmeisters.

Ziel des Einsatzes ist das Untergeschoss mit den Kellerräumen. Tobias Heller weist zwei weitere Beamte des Einsatzkommandos an, die Aufzüge und die Treppe zu bewachen. Alle anderen folgen ihm auf dem Weg nach unten.

So abenteuerlich sich Hellers Vorschlag zu diesem nächtlichen Einsatz zunächst anhörte, entbehrt der Gedanke bei näherer Betrachtung durchaus nicht einer gewissen Logik. »Carsten Grunewald tauchte am Tattag unerwartet gegen 20:00 Uhr bei seinem Bruder auf«, argumentierte der Hauptkommissar dem Vorgesetzten gegenüber. »Das war definitiv *nach* dem Mord an Heidrun Quadt! Als Brigitte und Reiner Grunewald von ihrem Kinobesuch heimkamen, war er verschwunden. Wir wissen aber, dass er sich noch mindestens achtundvierzig Stunden dort oder in der Nähe aufgehalten hat. Zum Einen brachte er in der Nacht, vermutlich gegen 23:00 Uhr die Leiche fort. Um in die Wohnung zu gelangen, benötigte er einen Schlüssel, und sein Bruder vermisst einen seiner Hauptschlüssel! Ein weiteres Mal ist er aber auf jeden Fall Montagnacht zumindest im Haus gewesen, weil der Wagen, mit dem er nach Neunkirchen-Seelscheid fuhr, um dort eine SMS abzusetzen, anschließend wieder ordnungsgemäß auf seinem angestammten Platz abgestellt wurde. Was liegt also näher, als anzunehmen, dass der im Grunde obdachlose Carsten Grunewald sich nach wie vor dort versteckt hält?«

Eine Erklärung für die Notwendigkeit, den Einsatz zu dieser nächtlichen Stunde durchzuführen, lieferte Tobias ebenfalls: »Carsten Grunewald wusste nicht mit Sicherheit, ob man ihm auf die Schliche gekommen war und beschloss daher, sich zu verstecken«, erklärte er seinen Kollegen. »Da er keine andere Zuflucht hat, hält er sich seitdem vermutlich während der Nacht - er besitzt ja einen

Generalschlüssel – in einem der unzähligen Kellerräume auf. Es besteht auch die Möglichkeit, dass er öfter wechselt. Tagsüber wird ihm der Aufenthalt dort zu gefährlich sein, weil immer mal wieder Hausbewohner auftauchen. Wir müssen daher unbedingt in der Nacht zuschlagen, wenn er hoffentlich nicht mit uns rechnet! Die Wahrscheinlichkeit, ihn heute zu erwischen, liegt zugegebenermaßen bestenfalls bei fünfzig Prozent, aber sie ist vorhanden!«

* * *

Hinter den beiden Fährtenhunden mit ihren Führern bewegen sich die Kommissare des KK 1 und die vier SEK-Männer vorsichtig durch die weitläufige unterirdische Anlage. Ohne die Hunde wäre es ein sinnloses Unterfangen: Mehrere Dutzend Kellerräume, Wasch- und Trockenräume, sowie Räume für Haustechnik und Zentralheizung erstrecken sich labyrinthartig über etliche Hundert Quadratmeter Grundfläche.

Falls Hellers Annahme bezüglich des gesuchten Carsten Grunewald stimmt, muss dieser heute als Letzter durch die verwinkelten Gänge des Untergeschosses geschlichen sein. Die Fährtenhunde haben daher gegenüber den üblichen Mantrailern einen gewaltigen Vorteil: Im Gegensatz zu diesen benötigen sie nämlich keinerlei Geruchsprobe, sie sind darauf dressiert, immer der frischesten durch Menschen verursachten Duftspur zu folgen. Und sie bellen niemals ohne Erlaubnis, was eine unbemerkte Annäherung an ein mutmaßliches Versteck erst möglich macht.

Siebenmal gaben die Hunde in der vergangenen halben Stunde durch ihr Verhalten zu verstehen, am Ende einer Spur angelangt zu sein, indem sie schnüffelnd vor einer Tür stehenblieben und ihre Führer auffordernd anschauten. Siebenmal schloss Tobias Heller mit dem mitgebrachten Hauptschlüssel und gezogener Waffe die Tür auf, flankiert und gesichert von den bewaffneten Kollegen. Siebenmal war nur ein dunkler, menschenleerer Raum dahinter.

Nach einer weiteren Viertelstunde stehen sie ratlos vor der letzten Tür am Ende des Ganges. Die Suche ist beendet und die Hunde haben offenbar nirgends eine menschliche Spur aufnehmen können, deren Verursacher sich zur Stunde noch hier unten aufhält.

Nicht nur Tobias Heller ist seine maßlose Enttäuschung anzusehen. Trotz einiger Vorbehalte hatten sich auch die Kollegen insgeheim einen Erfolg erhofft. Im Schein der Taschenlampen - die Beleuchtung wurde aus naheliegenden Gründen nicht eingeschaltet - sieht er lauter betretene Gesichter um sich herum. »Das war's dann wohl, Chef!«, wendet er sich schulterzuckend an Donner. »Wir könnten natürlich jetzt auf Verdacht ohne die Hunde noch alle Räume nacheinander inspizieren, aber ...«

»Das wird eventuell nicht notwendig sein, Herr Hauptkommissar!«, unterbricht Gerhard Lindner, einer der beiden Hundeführer ihn leise, wie überhaupt sämtliche Gespräche hier unten im Flüsterton gehalten werden. »Es gibt hier einen Heizungsraum, wir sind vorhin daran vorbeigekommen!«

»Ja, und?«, gibt Heller ebenso leise zurück. »Ihre Hunde sind vorbeigelaufen!«

»Das stimmt. Aber ein Fährtenhund hat es schwerer als ein Mantrailer, der stur einer vorgegebenen Spur folgt. Große Hitze zum Beispiel irritiert ihn, und die Heizung war in Betrieb. Ich schätze, in dem Raum herrscht eine Temperatur von weit über dreißig Grad, das war sogar durch die Feuerschutztür zu spüren!«

»Na, dann nichts wie los!«, gibt Heller mit neuem Elan das Kommando zum Aufbruch. Zum Heizungsraum sind es seiner Schätzung nach etwa dreißig Meter in die Richtung, aus der sie kamen. Bleibt nur zu hoffen, dass der Vogel nicht in der Zwischenzeit Lunte gerochen hat und ausgeflogen ist. *Aber dann wäre er den SEK-Männern draußen in die offenen Arme gelaufen!*, beruhigt er sich in Gedanken.

***

»Der Schlüssel lässt sich nicht drehen!«, stellt Tobias kurz darauf verwundert fest, nachdem alle vor und neben der Tür zum Heizungsraum Aufstellung genommen haben. Wobei die Hundeführer sich mit den Tieren etwas weiter in den Gang zurückgezogen haben und die vier SEK-Beamten mit entsicherten Waffen unmittelbar hinter Heller stehen. Sie sind bereit, den Raum zu stürmen, sobald die Tür entriegelt ist. Tobias wird dann verabredungsgemäß vorher zur Seite springen und den erfahrenen Spezialisten das Feld überlassen. Solange keine gesicherten Erkenntnisse über die

Situation hinter der Stahltür vorliegen, wird aus Sicherheitsgründen standardmäßig von einer möglichen Schusswaffe ausgegangen. Allerdings ist diese Vorgehensweise in diesem Augenblick Makulatur, da der Schlüssel zwar ins Schloss passt, sich aber nicht bewegen lässt.

»Das kann nur eines bedeuten, Tobias!«, flüstert Chrissie Ohlsen hinter ihm. »Da steckt ein Schlüssel von innen im Schloss, es ist demnach jemand in diesem Raum. Wir haben ihn!«

»Ihre Kollegin hat recht!«, lässt sich einer der SEK-Männer jetzt in normaler Lautstärke vernehmen. Sekunden später flammt das Deckenlicht auf. »Es hat unter diesen Umständen keinen Sinn mehr, sich leise zu verhalten«, erklärt er seine Entscheidung. »Entweder ist die Zielperson dort hinter der Tür, oder nirgends. Wenn er den Raum verlassen will, muss er aber an uns vorbei!« Er zeigt den Kommissaren den mitgebrachten Grundrissplan. »Der Heizungsraum hat nämlich keine Fenster!«

Er gibt einem seiner Kollegen einen Wink, worauf dieser sich einige Meter in den Gang zurückzieht und leise in ein Funkgerät spricht. Es dauert keine fünf Minuten, bis zwei weitere SEK-Beamte mit einer schweren Ramme auftauchen, die sie zwischen sich tragen.

»Zum Glück öffnet sich diese Tür nach innen«, hebt einer der Männer zu einer kurzen Erklärung an, nachdem er die Tür untersucht hat. »Sonst wäre es schwierig, sie mit dem Rammbock aufzusprengen. Sie alle«, wendet er sich speziell an die Kommissare des KK 1, »ziehen sich am besten einige

Meter in den Gang zurück. Schauen Sie nicht zur Tür und pressen Sie ihre Hände auf die Ohren, sobald ich ›jetzt‹ rufe! Die Hundeführer sollten sich mit den Tieren in das Erdgeschoss zurückziehen oder das Gebäude verlassen.«

Die Aktionen der Spezialeinheit laufen in den folgenden Sekunden mit der Präzision eines Schweizer Uhrwerks ab: Nach drei, vier dröhnenden Treffern mit der Ramme fliegt die Tür mit einem lauten Knall aus den Angeln. Einer der SEK-Männer wirft einen zylinderförmigen Gegenstand in den Raum und gibt den abseits stehenden Kommissaren gleichzeitig das vereinbarte Kommando.

Ein ohrenbetäubender Knall zerreißt die Stille, begleitet von einem gleißenden Lichtblitz. Die vier Männer der Spezialeinheit stürmen den Raum. »Gesichert!«, hören Donner und seine Leute nur Sekunden später und eilen ebenfalls in den Heizungsraum.

In einer Ecke, zwischen Rohren und Heizkesseln, liegt ein wimmerndes Bündel Mensch auf dem Boden, von der zuvor eingesetzten Schockgranate nachhaltig außer Gefecht gesetzt. Neben ihm liegt eine Pistole. »Carsten Grunewald, Sie sind hiermit wegen des dringenden Tatverdachts zweier Morde festgenommen!«, erklärt Denise Malowski ihm mit fester Stimme. Ob der Mann sie hört, ist dabei allerdings mehr als fraglich.

Tobias Heller hingegen sieht lauter zufriedene Gesichter um sich herum. Donner klopft ihm anerkennend auf die Schulter. »Wir sehen uns morgen... äh, heute früh um 10:00 Uhr im Kommissariat, Leute!«, wendet er sich an seine Ermittler. »Seht zu, dass ihr bis dahin noch eine Mütze Schlaf findet.« Der nächtliche Einsatz ist erfolgreich beendet!

* * *

Dienstag, 9. April, 13:42 Uhr

Durch den Einwegspiegel schauen die versammelten Ermittler des Kriminalkommissariats 1 auf die in sich zusammengesunkene Gestalt im Vernehmungsraum. Grunewald sieht mitgenommen aus, die Haare sind fettig und ungekämmt. Die Kleidung wurde, wie es aussieht, seit etlichen Tagen nicht gewechselt und ist vom Aufenthalt im Heizungsraum völlig verdreckt. Ein zuvor vorsorglich herbeigerufener Amtsarzt attestierte ihnen jedoch, der Einsatz der Schockgranate habe keine bleibenden Schäden verursacht und erklärte Carsten Grunewald für vernehmungsfähig.

»Ihr geht jetzt da hinein und nehmt euch den Burschen zur Brust!«, instruiert Donner seine beiden Hauptkommissare. Denise Malowski und Tobias Heller werden wie immer die Vernehmung des Tatverdächtigen durchführen.

»Es geht mir dabei in erster Linie nicht um ein Eingeständnis seiner Schuld«, erklärt der Kommissariatsleiter. »Die dürfte nach aktueller Aktenlage nämlich nahezu lückenlos erwiesen sein, aber ich will wissen, was sich wie genau zugetragen hat, das sind wir den Angehörigen der Opfer schuldig!«

* * *

Denise Malowski und Tobias Heller waren trotz Donners nächtlicher Order zur üblichen Zeit auf der Dienststelle, um die für heute geplante Vernehmung vorzubereiten, was zum Glück durch die mittlerweile vollständig vorliegenden Laborergebnisse der KTU möglich war. Zwar steht ein Abgleich der im Auto sichergestellten DNA mit der von Carsten Grunewald noch aus, jedoch ist es strategisch sinnvoll, eine Vernehmung unmittelbar nach einer Festnahme durchzuführen. Vor allem, wenn sie unter solch dramatischen Umständen stattfand. Außerdem gilt es als erwiesen, dass diese DNA einem nahen Verwandten Reiner Grunewalds gehört, und damit ist dessen Bruder praktisch überführt.

Trotz der kurzen Nacht und der daraus resultierenden Müdigkeit befinden sich alle Ermittler des Kommissariats in einer Hochstimmung, die sie jedes Mal überkommt, wenn ein schwieriger Fall nach wochenlanger Ermittlungsarbeit endlich abgeschlossen ist. Malowski und Heller sind sicher, von dem offenbar immer noch unter Schock stehenden Grunewald ein umfassendes Geständnis zu erhalten.

»Wissen Sie, weshalb Sie heute hier sind?«, eröffnet Denise Malowski das Verhör. Carsten Grunewald sieht sie nur stumm an. Verwirrung liegt in dem stumpfen Blick, ja fast scheint so etwas wie Wahnsinn darin zu flackern. *Man wird ihn auf seinen Geisteszustand untersuchen müssen*, überlegt sie. *So ganz beieinander ist der nämlich nicht!* Auffordernd schaut sie ihm fest in die Augen, bis er den Blick abwendet.

»Ganz wie Sie wollen!«, übernimmt Tobias Heller und schlägt die mitgebrachte Fallakte auf. »Es geht um die Morde an zwei jungen Frauen«, schlägt er einen amtlichen Ton an. »Verübt am 23. März an Heidrun Quadt und Franziska König.«

»Wir werden Ihnen diese Taten sowieso nachweisen, Herr Grunewald!«, ergreift Denise wieder das Wort. »Und zwar lückenlos! Sie können Ihre Situation aber im Hinblick auf die bevorstehende Gerichtsverhandlung und die zu erwartende Strafe erheblich verbessern, indem Sie ein umfassendes Geständnis ablegen!«

»Wir wissen, dass Sie sich am frühen Abend des 23. März zwischen 19:00 Uhr und 20:00 Uhr in der Wohnung von Heidrun Quadt aufhielten«, liest Tobias aus der Fallakte. »Ihre Fingerabdrücke sind überall dort zu finden! Wir wissen weiterhin, dass Sie, nachdem Franziska König Ihnen half, die Leiche fortzuschaffen, diese ebenfalls töteten und mit dem PKW der Heidrun Quadt zuerst nach Wesseling fuhren, um von dort aus eine gefälschte SMS an die Mutter von Frau König zu senden, und dies am Montag, dem 25. März in der Nähe von Neunkirchen-Seelscheid wiederholten. Beide Fahrten sind im bordeigenen Navigationssystem mit Datum und Uhrzeit gespeichert. Ihre DNA wurde ebenso im Auto nachgewiesen, wie die der getöteten Frauen!«

Die Kommissare mustern nach Hellers Vortrag stumm und abwartend den vor ihnen Sitzenden, der weiterhin still vor sich hin brütet. Aus jahrelanger Erfahrung im Umgang mit Straftätern wissen sie, dass nicht wenige irgendwann einknicken und geradezu in einen Erzählzwang verfallen, nachdem ihnen zuvor unwiderlegbare Beweise vorgelegt wurden und anschließend niemand mehr etwas sagt.

Die Sekunden dehnen sich zu Minuten, die Denise und Tobias geduldig verstreichen lassen. Je länger die Stille andauert, desto wahrscheinlicher ist es, dass Grunewald es irgendwann nicht mehr aushält und redet. »Ich hab das nicht gewollt!«, dringt es dann auch endlich dumpf aus dem Mund des Beschuldigten. Den Kopf hält er dabei weiterhin nach unten gerichtet. »Ich wollte diese Frauen nicht töten«, wiederholt er leise.

»Wir sind ganz Ohr!«, ermuntert Denise Malowski ihn, weiterzureden. Und Carsten Grunewald, beschuldigt zweier grausamer Morde, beginnt, zunächst stockend, zu erzählen. Auf der anderen Seite des Einwegspiegels verfolgen Donner, Ohlsen, Müller und Weiland atemlos, was er in der nächsten Stunde zu berichten hat.

* * *

»Eigentlich hatte ich bloß vorgehabt, meinen Bruder anzupumpen, weil mir mal wieder das Wasser bis zum Hals stand. Und in alten Holzschuppen und baufälligen Häusern zu kampieren, ist auch nicht gerade prickelnd. Als ich aber dann um das Haus herumschlich, in dem mein feiner Herr Bruder den Hausmeister spielt, sah ich die offene Balkontür, die offenbar jemand zu schließen vergessen hatte, denn auch nach einer halben Stunde, die ich vor der Wohnung herumlungerte, sah ich keine Menschenseele dort drinnen.

›Wie leichtsinnig‹, dachte ich, und stand im nächsten Augenblick nach einem gekonnten Klimmzug über das Geländer auf dem Balkon und lauschte nach innen. Es blieb aber weiterhin alles ruhig. Ich beschloss, ohne lange darüber nachzudenken, ins Wohnzimmer zu huschen, mir schnell was zu greifen und mich dann vom Acker zu machen, wie ich es früher schon getan hatte.

Ich hatte auch zunächst Glück und konnte ein gut gefülltes Portemonnaie erbeuten. Als ich aber wieder auf den Balkon treten wollte, war nebenan eine Nachbarin damit zugange, ihre Wäsche auf einem Trockengestell aufzuhängen. In der Wohnung zu bleiben, war zu gefährlich, weil der Wohnungsinhaber jederzeit zurückkehren konnte, und der Weg über den Balkon war mir wegen der Nachbarin verwehrt, die sicher sofort das ganze Haus alarmiert hätte.

Ich fasste den folgenschweren Entschluss, die Wohnung auf die normale Weise zu verlassen und schlich vorsichtig in die Diele. Unglücklicherweise lag das Bad direkt der Wohnzimmertür gegenüber, und es drangen Stimmen durch die nur angelehnte Tür, eine Frau und ein Mann! Ich glaubte, in der Männerstimme die meines Bruders zu erkennen, die Frau war dann wohl die Wohnungsinhaberin. Aber das Schlimmste war, dass es sich anhörte, als würden sie im nächsten Augenblick durch die Tür treten und mich sehen! Schnell huschte ich deshalb in das Zimmer daneben, wo ich mich hinter der Tür versteckte. Es war eine Art Büro, dem riesigen

Schreibtisch nach zu urteilen, der vor dem Fenster stand.

Dann ging plötzlich alles sehr schnell. Ich hörte, wie mein Bruder die Wohnung verließ und wollte schon erleichtert aufatmen, als die Frau in das Zimmer trat. Sie lief zielstrebig zum Schreibtisch und beugte sich darüber. Offenbar suchte sie etwas. Sie drehte mir zwar den Rücken zu, stand aber kaum mehr als einen Meter von mir entfernt. Sobald ich hinter der Tür hervortreten würde, müsste sie mich unweigerlich bemerken. Ich beschloss, meinem Glück ein wenig nachzuhelfen, schlich mich an sie heran und gab ihr einen heftigen Stoß in den Rücken, der mir die notwendige Zeit verschaffen sollte, unerkannt zu verschwinden. Aber daraus wurde nichts, weil die Frau infolge meiner Attacke leblos auf der Tischplatte liegenblieb, ohne auch nur einen einzigen Laut von sich zu geben.

Ich ahnte Schlimmes! Es kostete mich zwar einiges an Überwindung, aber ich musste mir Gewissheit verschaffen. Ich ging also zu ihr hin, um nachzuschauen, wie es ihr ging. Sie war aber tot, aufgespießt von einem dieser Zettelspieße, wie manche Leute sie benutzen. Er war ihr direkt ins Herz gefahren und ich war somit gegen meinen Willen zum Mörder geworden! Nie und nimmer würde mir jemand glauben, dass es ein Unfall war. Ich beschloss daher, die Dunkelheit abzuwarten und die Leiche aus dem Haus zu schaffen. Ich hatte auch schon eine konkrete Idee, wie das zu bewerkstelligen sein würde.«

* * *

»Anschließend fuhren sie hoch zur Wohnung Ihres Bruders«, vermutet Denise Malowski, als Grunewald eine Pause einlegt. »Wir wissen, dass Sie etwa gegen 20:00 Uhr an seiner Tür klingelten. Was geschah dann?«

»Ich konnte Reiner davon überzeugen, mich in der Wohnung allein zu lassen, während er mit Brigitte im Kino war«, berichtet Grunewald weiter. »Ich wartete also, bis die beiden fort waren, zog mir einen seiner Blaumänner über und begab mich wieder in die Erdgeschosswohnung. Vorher steckte ich aber noch den Generalschlüssel ein, der am Schlüsselbrett neben der Tür hing.«

»Wozu das?«

»Weil ich in der Eile vergessen hatte, den Wohnungsschlüssel der toten Frau im Erdgeschoss mitzunehmen, und ich musste ja irgendwie wieder hineingelangen. Noch einmal über den Balkon zu klettern, erschien mir zu gefährlich.«

»Nun gut. Sie warteten also, bis Ihr Bruder fort war«, hakt Tobias Heller ein. »Das wird gegen 22:00 Uhr gewesen sein. Sind Sie dann gleich in den Wald gefahren, um die Leiche zu vergraben?«

»Nein, erst habe ich noch versucht, das Blut im Arbeitszimmer fortzuwischen. Es sollte möglichst nie jemand herausfinden, was dort vorgefallen war. Von mir wusste ja niemand etwas. Das meiste Blut befand sich auf der Tischplatte gleich neben der Stelle, wo dieser Zettelspieß stand, der jetzt in der Brust der Toten steckte. Als ich es wegwischen wollte, blieb aber ein Schatten zurück, wo das Blut in das Furnier eingedrungen war. Ich habe daher die Stelle mit einem Messer so lange bearbeitet, bis nur noch das nackte Holz zu sehen war. Ich wartete noch eine halbe Stunde und hievte die Leiche dann im Schutz der Dunkelheit über das Balkongeländer. Vorher hatte ich herausgefunden, welches Auto in der Tiefgarage der Frau gehörte und es so nah an dieser Stelle wie möglich abgestellt.«

»Und wann kam jetzt Franziska König ins Spiel?«, erkundigt sich Denise Malowski. »Das ist die zweite Frau, die Sie innerhalb weniger Stunden töteten!«

»Ich hatte mich verfahren, Frau Kommissarin. Ich hatte vorgehabt, die Leiche im Wald zu vergraben, und nahm zu diesem Zweck aus dem Fundus meines Bruders Spaten und Taschenlampe mit. Aber ich muss irgendwo falsch abgebogen sein. Ich wusste nicht mehr, wo ich war, und habe unterwegs eine junge Frau nach dem Weg gefragt. Leider hat Sie sofort die tote Frau auf dem Rücksitz bemerkt und wollte um Hilfe rufen. Es blieb mir daher nichts anderes übrig, als sie ebenfalls mitzunehmen.«

Denise schüttelt über so viel an Kaltschnäuzigkeit den Kopf. »Sie hätten doch einfach davonfahren können! Wie haben Sie die Frau eigentlich dazu gebracht, in das Auto einzusteigen? Haben Sie sie mit ihrer Pistole bedroht? Es ist eine Attrappe, wie wir mittlerweile festgestellt haben.«

»Das sieht man im Dunkeln nicht. Jedenfalls konnte ich zwei Arme zum Anpacken dort oben im Wald ganz gut gebrauchen, und so zwang ich sie, mitzukommen.«

»Aber Sie haben die Leiche nicht vergraben. Weshalb nicht?«

»Die Frau, die ich unterwegs aufgegabelt hatte, ist abgehauen und laut um Hilfe rufend davongelaufen. Ich bin ihr sofort nach und habe ihr mit der Schaufel eins übergebraten, um sie aufzuhalten. Ich habe wohl etwas zu fest zugeschlagen, jedenfalls war sie sofort tot. Ich hab mir ihr Handy gegriffen, das ihr aus der Tasche gefallen war, und mich schleunigst vom Acker gemacht.«

»Sie sind dann nach Wesseling gefahren, um eine SMS an die Mutter der Frau, die Sie im Wald erschlugen, zu schicken«, nimmt Tobias Heller den Faden wieder auf. »Sie benutzten dazu den Eintrag aus den Kontakten, die auf der *SIM* gespeichert waren, weshalb Sie auch nach dem Wechsel der Karte noch Zugriff darauf hatten. Das Telefon der Franziska König konnten Sie wegen des leeren Akkus ja nicht verwenden. Wenn das mit der SMS allein schon eine reichlich blöde Idee war ... warum benutzten Sie ausgerechnet das Handy Ihres Bruders dafür? Das hat uns über ihn nämlich erst auf Ihre Spur gebracht!«

»Sie hatte mir unterwegs gesagt, dass man sie vermissen würde, wenn sie nicht pünktlich zu Hause sei«, rechtfertigt sich Grunewald. »Da wollte ich mir zeitlich etwas Luft verschaffen. Allerdings hatte ich angenommen, es wäre das Handy der anderen Frau, ich hatte es in ihrem Badezimmer gefunden. Dass es meinem Bruder gehört, konnte ich doch nicht ahnen! Und dass es eine dämliche Idee war, weiß ich selbst, deshalb habe ich am übernächsten Tag noch eine Nachricht aus einer entgegengesetzten Richtung verschickt. Ich dachte, damit könnte ich etwas Verwirrung stiften.«

Das ist dir auch vollauf gelungen!, denkt Denise Malowski in Erinnerung an die Fragen, die diese mysteriösen Textnachrichten zu Beginn der Ermittlungen aufwarfen. »Den von Ihnen benutzten Overall fanden unsere Kriminaltechniker in der Wäschetruhe ihres Bruders«, stellt sie eine letzte Frage. »Es befand sich Blut des ersten Opfers daran. Einige Fasern, die unsere Kriminaltechniker an der Stelle im Wald fanden, wo Sie Franziska König töteten, belegen eindeutig, dass sie exakt *diesen* Overall dort trugen. Sind Sie im Anschluss an die Aktion in Wesseling noch einmal zurückgefahren?«

»Nein, das wäre zu spät gewesen, ich wollte verschwunden sein, bevor Reiner aus dem Kino zurückkam. Ich bin daher gleich nach der Pleite im Wald schnell in die Wohnung, um zu duschen. Sie liegt ja sozusagen auf dem Weg zur Autobahn. Bei der Gelegenheit habe ich dann den Blaumann gleich dagelassen.«

Tobias Heller wechselt einen schnellen Blick mit seiner Partnerin, den sie mit einem angedeuteten Kopfschütteln beantwortet. »Bringen Sie den Mann in seine Zelle!«, befiehlt er dem uniformierten Kollegen an der Tür. Das Verhör ist beendet.

* * *

»Uff!« Denise Malowski lässt sich erschöpft in ihren Schreibtischstuhl fallen, nachdem sie sich mit frischem Kaffee versorgt hat. »Das war ein langer Tag. Danke, dass du daran gedacht hast!«, nickt sie Chrissie mit erhobenem Kaffeebecher zu. Ohlsen hatte gegen Ende des Verhörs vorsorglich die Kaffeemaschine eingeschaltet.

»Was haltet ihr von dem Kerl?«, erkundigt sich Horst Weiland nach der Meinung der anderen im Raum. Außer Donner haben sich alle hier im Büro der Hauptkommissare zur Nachlese des vorangegangenen Verhörs eingefunden. »Ich finde, der hat ganz gewaltig einen an der Waffel!«

»Seine Aussage deckt sich jedenfalls zu hundert Prozent mit unseren Ermittlungsergebnissen«, stellt Tobias Heller fest. »Das kann er sich nicht alles ausgedacht haben! Was den ›Unfall‹ im Arbeitszimmer angeht, wird sich das Gericht damit auseinanderzusetzen haben. Unsere Arbeit ist getan!«

»Der Tod von Franziska König war aber kein Unfall!«, erregt sich Christina Ohlsen. »Die hat er mit der Schaufel erschlagen, und vollkommen sinnlos war das Ganze sowieso!«

»Das ist mir während seiner Ausführungen vorhin auch gleich aufgefallen«, stimmt Wolfgang Müller ihr zu. »Grunewald hätte einfach abhauen können, nachdem er sah, was er angerichtet hatte. Niemand wusste zu diesem Zeitpunkt von seiner Anwesenheit dort, nicht einmal sein Bruder.«

»Ich denke, dass hierbei eine gehörige Portion Paranoia im Spiel war«, überlegt Denise. »Er befürchtete, man habe ihn womöglich beim Betreten der Wohnung beobachtet. Aber wenn er den Leichnam verschwinden ließe, wird er sich gedacht haben, könne ihm niemand etwas nachweisen.

Ohne Leiche gibt es bekanntlich keine Mordanklage, das weiß doch heutzutage jeder!«

»Dafür hinterließ er seine Fingerabdrücke überall in der Wohnung!«, erinnert Horst Weiland die Kollegen. »Dass man das nicht macht, weiß auch jeder. Ich sagte ja, dass der gehörig einen an der Waffel hat!«

»Lasst uns Feierabend machen«, schlägt Tobias Heller vor. »Wir alle hatten heute Nacht nicht besonders viel Schlaf, und morgen ist auch noch ein Tag.« Er schaut ernst in die Runde. »Der nächste Mörder wartet garantiert schon auf uns, und wir werden ihn nicht kriegen, wenn wir unausgeschlafen sind!«

Epilog

Der Himmel öffnet seine Schleusen und schickt eine wahre Sturzflut zur Erde, als wolle er damit alles Leid der Welt an diesem traurigen Platz hinwegspülen.

Die letzten Trauergäste sind längst abgezogen, niemand hatte Interesse daran, in dem wolkenbruchartigen Regen nass bis auf die Haut zu werden. Nahe Anverwandte hatte die junge Frau, die heute hier zu Grabe getragen wurde, ohnehin nicht. Und für die wenigen Freunde und Mitstudenten wird das Leben spätestens morgen ganz normal weitergehen.

Nur noch eine einzige, in schwarz gekleidete Frau steht zitternd vor innerer Kälte am Rand des soeben erst zugeschütteten Grabes. Helene König spürt die dicken Regentropfen nicht, die sich mit den nicht versiegen wollenden Tränen auf ihrem Gesicht vermischen.

Niemand sollte sein eigenes Kind beerdigen müssen!, flüstert eine traurige Stimme in ihr. Unvermittelt kommt ihr einer der letzten Sätze aus dem Mund ihrer Tochter in den Sinn: *Wie hast du ohne Handy überleben können, Mama?*, fragte Franziska sie erst kürzlich beim Abendessen.

Und jetzt ist sie es, die überlebte: Die Mutter, die nie sonderlich viel mit der neuen Technik hat anfangen können, und nicht ihr geliebtes Kind, das nicht eine Minute ohne ihr Smartphone sein konnte! Eine Ironie des Schicksals.

Plötzlich spürt sie eine Hand auf ihrem Arm und sie hebt den Kopf, der bis jetzt unverwandt auf die frische Erde auf dem Grab der Tochter und den darauf abgelegten Blumengebinden gerichtet war. Neben ihr steht eine ebenfalls in schwarz gekleidete Frau, vielleicht einige wenige Jahre älter als sie selbst. Sie hält einen Regenschirm über sie beide und schaut Helene mitfühlend an.

»Ich habe meine Tochter vorige Woche gleich hier nebenan begraben«, flüstert die Fremde mit brüchiger Stimme. »Heidrun war Zwanzig, als sie starb. Darf ich fragen, wen Sie verloren haben?« Helene König steht gewiss nicht der Sinn nach einer Unterhaltung, aber etwas sagt ihr, es könne wichtig sein, mit der fremden Frau zu sprechen.

»Franziska war im selben Alter«, hört sie sich sagen. »Jemand hat sie mir genommen. Sie wurde kaltblütig ermordet!«

»Genau wie meine Heidrun!«, antwortet die Fremde und drückt ihren Arm. »Kommen Sie, lassen Sie uns zusammen einen Kaffee trinken. Ich glaube, wir haben uns eine Menge zu erzählen!«

Malowski und Heller kommen wieder!

Verehrte Leserin, verehrter Leser,

Ich hoffe, der vorliegende Fall für Denise Malowski und Tobias Heller und ihres Ermittlerteams hat Ihnen gefallen und ich konnte Ihnen einige spannende und unterhaltsame Stunden damit verschaffen, denn zu diesem Zweck wurde das Buch ja geschrieben!

Wenn dies der Fall ist, habe ich eine persönliche Bitte an Sie: Ich würde mich freuen, wenn Sie den Krimi auf der Produktseite von Amazon bewerten und dort ein kurzes Feedback hinterlassen. Sie müssen sich gar nicht in epischer Breite über den Inhalt auslassen, einige wenige Sätze reichen vollkommen aus.

Falls Sie auf Leserplattformen wie *Lovelybooks*, *Goodreads* usw. aktiv sind, einen Buchblog betreiben oder Ihre Leidenschaft für Bücher auf *Facebook*, *Instagram* oder *Twitter* teilen, würde ich mich auch hier über eine Rezension freuen und bedanke mich schon jetzt herzlich für Ihre Unterstützung.

Im Anschluss an diese Seite finden Sie die bereits erwähnten Kurzbeschreibungen der Protagonisten, soweit sie aus Gründen der Vermeidung von Wiederholungen für Stammleser im Text keinen Platz fanden.

Ihr René Falk

DAS ERMITTLERTEAM

Denise Malowski, Jg. 1981, begann ihre Laufbahn als Kriminalkommissarin bei der Kripo Köln und wechselte später zur Siegburger Kriminalpolizei. Dort ist sie seit 2009 die Partnerin von Tobias Heller. In ihrer kargen Freizeit macht Denise Taekwondo und besitzt den schwarzen Gürtel für den 3. Dan. Sie ist 1,70 Meter groß, schlank und hat grasgrüne Augen, deren Farbe je nach Stimmung oder Lichteinfall in ein helles Braun zu wechseln scheint. Das lange, hellbraune Haar ist meist aus Bequemlichkeit zu einem Pferdeschwanz gebunden. Ihr ganzer Stolz ist ein himmelblaues Smart Cabrio, von ihrem Partner oft als Spielzeugauto bespöttelt. Verheiratet ist sie seit 2015 mit dem Steuerberater Sven Leuchner, die gemeinsame Tochter Leonie wurde 2016 geboren.

Tobias Heller, Jg. 1979, studierte nach dem Abitur einige Semester Kriminalpsychologie an der Universität Bonn, brach dann aber bald das Studium ab und bewarb sich bei der Kriminalpolizei. Dort bildete er zunächst ein Ermittlungsteam mit der damaligen Kriminalkommissarin Melanie Klein, die er bald darauf heiratete. Die Ehe scheiterte jedoch zunächst, im Jahr 2016 ging das Paar aber eine zweite Ehe ein. Heller ist 1,85 Meter groß und hat eine sportliche Figur. Das dunkelblonde lockige Haar trägt er schulterlang. Seine bevorzugte

Kleidung besteht aus Jeans, Turnschuhen und Lederjacke, was einen krassen Gegensatz zur immer modisch korrekt gekleideten Kollegin Malowski darstellt.

Horst Weiland, Jg. 1988, besuchte das Gymnasium in Troisdorf, wo er im Alter von zehn Jahren seinen Klassenkameraden Wolfgang Müller kennenlernte. Die Freunde sind seit ihrer Schulzeit beinahe unzertrennlich und gingen nach dem Abitur gemeinsam zur Polizei. Seit 2013 bildet Weiland mit Müller ein Ermittlungsteam beim Kriminalkommissariat 1 in Siegburg, wo sie den Hauptkommissaren Malowski und Heller unmittelbar unterstellt sind. Horst Weiland ist 1,80 Meter groß und sportlich. In der Freizeit nimmt er oft an Marathonläufen teil. Er ist seit 2012 verheiratet und hat mit der Grundschullehrerin Birgit Weiland einen gemeinsamen Sohn, der 2014 geboren wurde.

Wolfgang Müller, Jg. 1988, macht mit seinen knapp hundert Kilogramm Körpergewicht, einer Körpergröße von 1,89 Metern, breiten Schultern und einer tiefen Bassstimme auf den ersten Blick einen eher behäbigen Eindruck, weswegen seine Freundin ihn liebevoll Brummbär nennt. Mit einer hohen Intelligenz, einer raschen Auffassungsgabe und einem Abiturzeugnis mit Bestnoten punktet er aber in jeder Hinsicht. Seit 2016 ist der bis dahin als überzeugter Junggeselle bekannte Ermittler mit Kriminalkommissarin Christina Ohlsen liiert, mit der er fest zusammenlebt.

Christina Ohlsen, Jg. 1991, ist seit 2016 im Team, wo sie zunächst die Stelle einer Kommissaranwärterin bekleidete und aufgrund überragender

Leistungen schon ein Jahr später zur Kommissarin befördert wurde. Ebenso wie Tobias Heller studierte sie nach dem Schulabschluss an der Universität in Bonn, wo sie Rechtswissenschaften belegte, aber schon nach kurzer Zeit aus einer inneren Überzeugung zur Polizei ging. Die nur 1,62 Meter große, zierliche Christina wird von den Kollegen meist Chrissie gerufen. Als Haustiere hält sie sich zwei zahme Frettchen mit den Namen Quasimodo und Esmeralda. Sie ist Ju-Jutsu Meisterin mit schwarzem Gürtel für den 2. Dan und ist eine ausgezeichnete Schützin mit einer konstanten Trefferquote von 100%.

Peter Donner, Jg. 1967, ist der Leiter des Kriminalkommissariats 1. Der Erste Hauptkommissar regiert das Kommissariat mit strenger, aber gerechter Hand. Er ist bei allen Mitarbeitern beliebt und überlässt die Ermittlungsarbeit meist seinen Leuten. Verheiratet ist er seit 1994 mit Adelheid Donner. Er ist 1,77 Meter groß und von untersetzter Gestalt, was ihn kleiner erscheinen lässt. Sein schütteres Haar besteht im Wesentlichen aus einem dunkelblonden, leicht angegrauten Haarkranz. Seine Laufbahn begann er bei der uniformierten Polizei, wo er während einer Tatortsicherung dem leitenden Ermittler durch eine ausgezeichnete Beobachtungsgabe und einen analytischen Verstand auffiel. Wegen akuter Personalknappheit wurde er daraufhin kurzerhand zur Kriminalpolizei versetzt.

Melanie Heller, Jg. 1980, begann ihre Laufbahn bei der Kripo zur selben Zeit wie ihr späterer Ehemann Tobias. Nach ihrer ersten Eheschließung wechselte sie zum Kriminalkommissariat 2, welches sie seit 2016 auch leitet. Die 1,75 Meter große Polizistin fällt durch ihre kräftige, dunkle und vor allem laute Stimme auf, wobei sie in der Regel kein Blatt vor den Mund nimmt. Die feuerroten Haare trägt sie lang bis auf den Rücken und meist sieht man sie in körperbetonter Kleidung und Stiefeln mit mörderisch hohen Absätzen, wodurch sie ihren Ehemann leicht überragt.